二 見 文 庫

私の唇は嘘をつく

ジュリー・クラーク／小林さゆり＝訳

THE LIES I TELL
by
Julie Clark

おまえならできると言ってくれたパパに。
やればできると教えてくれたママに。

私の唇は嘘をつく

登場人物紹介

メグ・ウィリアムズ	詐欺師
キャット・ロバーツ	ジャーナリスト
スコット・グリフィン	キャットの婚約者。刑事
コーリー・デンプシー	高等学校の校長
ロン・アシュトン	宅地開発業者。上院議員候補者
クリステン・ジェントリー	メグの高校時代の同級生
ネイト・バージェス	コーリーの親友
ローラ・レイザー	クリステンの親友
ロージー・ウィリアムズ	メグの母親。故人

キャット

現在——六月

　彼女は同じ部屋の向こう側にいた。パーティーに参加している献金者たちの小さな輪にまじって談笑している。会場の一角ではジャズのカルテットが奏でる軽やかな音色が躍るようにあたりに漂っている。上品な富裕層向けの当たり障りのないＢＧＭだ。

〝メグ・ウィリアムズの登場〟わたしはワインをひと口飲む。高価な年代物のワインを味わい、クリスタルグラスの重みを感じながら観察した。メグの写真は何枚もない。高校の卒業アルバムの不鮮明な顔写真と、〈ＹＭＣＡ〉の二〇〇九年版職員名簿から引っぱり出した写真だけだが、ひと目見るなり誰かわかった。〝戻ってきたのね〟とまずは思った。続いて頭に浮かんだ言葉は〝ついに〟だった。

　メグに気づくや記者証をハンドバッグにしまい、部屋の隅に引っこんだ。ここ二、三カ月、ロン・アシュトンの選挙運動の会合には欠かさず顔を出し、メグが姿を現わすのを今か今かと待ちかまえていた——十年前に設定したグーグルアラートの通知を受けてから。十年間の沈黙を破って四月に通知音が鳴り、ウェブサイト新設の知らせが届いた。〈不動産エージェント、メグ・ウィリアムズ〉いつかは戻ってくると思っていた。実名で戻ってきたということは、メグ本人はこそこそ隠れるつもりはないということだ。

　待ちかまえていたとはいえ、入口でコートを預けたメグがにこやかな顔で会場にはいってくると、さすがに心が乱れた。訪れるのか訪れないのか確信の持てなかった局面に突入したからだ。まえもって準備をしておくことはできる。どうなるのか百とおりものパターンを想定していても、いざ現実になると、息もつけない心境に陥るものだ。

　十年前に一度話をしただけだ。あの日電話に出た相手がこのわたしだとはメグは知る由もない。三十秒ほどの電話でわたしの人生は一変した。控えめに言って、その責任の一端はメグにある。

　経済的にも精神的にも負担がかかりすぎる、と婚約者のスコットは反対するはずだ。不確定なネタを追いかけて仕事を休む余裕はないだろう、選挙運動やら、ああいう連中の集まりやらにどっぷり浸かっていたら、傷を癒した苦労が水の泡になりかねないぞ、と。このネタをものにすれば、わたしはようやく自由になれるのに、それがスコットにはわかっていない。微々たる原稿料しか稼げないつまらない仕事から解放されるだけでなく、かつてメグに送りこまれた悪霊からも解放されるのに。

　わたしは大人数の輪にまぎれこみ、話に合わせて相槌を打ちながら、目だけはメグから離さなかった。メグが人と話をしては会場内を動きまわる様子をうかがっていた。彼を見るメグをわたしは見ていた。メグがロサンゼルスを離れる以前の数年間の動向を何百時間もかけて分析した結果、どこをどう見ても、その中心にロン・アシュトンがいた。メグの気持ちはわからないが――少なくとも今はまだ――損得を天秤にかける機会を逃すタイプではないことはわかる。

　メグが顔を仰向け、誰かの話に笑い声をあげている。そこへロン・アシュトンが背後から近づいてきた。その瞬間に立ち会っていることにわれながら驚く。これから何が起きるのか知っている人物は会場内でわたしひとりだという事実に。

いや、ひとりではない。メグ本人は知っている。

　わたしはわずかに体の向きを変え、ダウンタウンから海までを一望できる大きな窓から外を見ているふりをして、ふたりが初対面の挨拶をしている様子を観察する。気の利いた冗談、笑い声。ロンは身をかがめ、メグの話に耳を傾ける。どうやっているのだろう、とわたしは不思議に思う。どんな手口で丸めこみ、こういう者ですと名乗ったとおりの素性を信じこませ、相手の心の奥に潜む欲望をさらけ出させ、巧みな工作や策略にまんまと引っかけるのか。どうやって相手から進んでだまされるように仕向けているのだろうか。

名刺が手渡され、ポケットにしまわれるのを見届けてからわたしは視線をそらし、メグの接近方法を頭に刻みつけた。そこをこちらも足掛かりにしてやろう。

現在——六月
選挙の二十二週間前

メグ

いつだって始まりはこうだ。

わたしの場合、いつのまにかあなたのそばにいる。突飛な行動に出たり、派手な登場をかましたりするわけではない。あたかも昔からそこにいるかのように振る舞う。そこにいて当然であるかのように。

今回は会費一万ドルの資金集めのパーティーだった。十年近くの歳月を経て、富裕層の贅沢な環境——壁を飾る本物の芸術品、一般大衆の平均年収を上回る高価な骨董品、その存在をあえて目に入れない雇われのお手伝い——にしっくりとなじみ、眼下にきらめくロサンゼルス全域を見下ろす丘の上に立つ屋敷のなかをさりげなく動きまわっている。

あなたがわたしの標的なら、じっくりと吟味したうえで選ばれたということだ。おそらくあなたは人生の節目を迎えている。失業、離婚、親族との死別。あるいは、公職に立候補し、不利な形勢の選挙戦の渦中にいる。人は感情が先走ると危ない橋を渡る。ものをはっきりと考えられないから、わたしが餌に撒く途方もない話に飛びついて信じてしまう。

ソーシャルメディアは調査の主要ツールだ。行った場所がわかるチェックイン機能、位置情報、厚かましく吹聴する自己宣伝があふれている。それに、SNSで友達が回答して、共有してくるクイズがあるでしょう？〈犬派か猫派かどっち？〉〈兄弟や姉妹の数は？〉ほとんどは害のない質問に思われるが、次にその手のクイズを見かけたら、気をつけて見てみるといい。〈住んだことのある場所を五つ挙げよ〉とか、〈呼び名を四つまで〉とか――こういう質問の回答をもとにあなたに近づくことができるのだ。〝ジョン？　わたしよ、メグ！　ほら、ボイシ出身なの、憶えてる？　妹さんと知り合いだったんだけど〟

いとも簡単なものだ、嘆かわしいことに。

観察と調査にはたっぷりと時間をかける。あなたの人生に関わる人たちを分析し、友達になれる人を、あなたにつなげてくれる相手を見つけることに。調査が済んだときには、わたしはあなたのことを可能な限り何から何まで知っている。あなたのまわりにいるほとんどの人たちのことも知っている。〝初めまして〟と挨拶を交わす時点で、すでに何カ月もまえからあなたのことを知っているというわけだ。

　不安になる？　そうでしょうとも。

「カニ揚げだんご（クラブケーキ）は試してみた？」ヴェロニカが紙ナプキンを手に身を寄せてきた。ロサンゼルスに戻ってきた半年前から親しくなった女性だ。サンタモニカのヨガ教室で知り合った。会場のいちばん後ろでマットを隣同士に並べたのがきっかけで。レッスンが始まったときに初対面の挨拶を気さくに交わし、レッスンが終わる頃には友情が芽生えていた。インスタグラムのストーリーズの機能を使えば、ちょうどいいときにちょうどいい場所に居合わせることなど造作もない。つまり、ちょうどいい人物の隣に身を置くのはじつに簡単なことだ。

「まだ」とわたしはヴェロニカに言った。「ディナーに牛ヒレステーキ（フィレミニヨン）が出ると聞いたから、それに備えてるの」

　胸の奥が熱くなる。新しい仕事に取りかかるたびに、興奮が徐々に高まっていく。ここがいちばん楽しいと思う。わなを仕掛ける部分が。これから起きることを見越して、期待に胸をふくらませているときが何よりも楽しい。何度やろうとも、この瞬間に訪れるスリルに飽きることはない。

ヴェロニカは紙ナプキンを丸めた。「せっかくなのに、メグったら」

本名で呼ばれると、いまだにどきりとする。何年ものあいだ、いろいろな変名で通ってきたが、よく使うバリエーションは決まっていた――マーガレット、メロディ、マギー。身分は大学生からフリーの写真家まで幅があり、最近までは著名人向けの室内装飾家兼ライフコーチを名乗っていたが、どれもこれも嘘で塗り固めた経歴だった。できるだけ完璧に演じている役柄だ。しかし、今夜は本人としてここにいる、久しぶりに。

それについては選択の余地がなかった。この仕事のためには不動産免許を取得しなければならず、社会保障番号と指紋はごまかしようがない。でも、べつに問題ない。なぜなら今度ばかりは実名で通したいからだ。すべてを奪い去ったのはこのわたしだと、ロン・アシュトン――宅地開発業者、地方政治家、上院議員候補者――に知らせてやりたいからだ。財産のみならず、彼が年月をかけて築き上げた評判も何もかも奪い去ったのは、何を隠そう、このわたしだと。

室内を移動するロンの姿を目で追っていた。幅の広い肩は誰よりも高い位置にあり、白髪まじりの髪はきれいに櫛目が整っている。そして今、ヴェロニカの夫である選挙対策本部長と話をしている。

　ヴェロニカはわたしの視線の先をたどった。「デイヴィッドが言うのよ、選挙が近づいているから、追いこみの数カ月、ロンはひとつの失敗も許されないって」

「どんな人なの？」とわたしは訊いた。「ここだけの話」

　ヴェロニカはいっとき考えてから言った。「典型的な政治家タイプね。隠れ女たらし。レーガン元大統領の生まれ変わりだと思いこんでいる。デイヴィッドが言うには、ロンはレーガンに心酔しているらしいわ。〝何かといえばレーガンで、レーガンの話をやめやしない〟って」ヴェロニカはふふっと笑って、首を振った。

「あなた自身はどう思う？」

　ヴェロニカは面白がるような顔でわたしを見た。「世の政治家となんら変わらないと思うわ――病的なほどの野心家。でも、デイヴィッドに高額の報酬を払ってくれるし、手当もたっぷり出る」わたしの肩をそっと押して、話を続ける。「それにしても来てくれてよかった。あなたが知り合いになっておいて損のない人たちが集まっているから。新規のクライアントも見つかるかもしれないでしょう」

　わたしはもうひと口ワインを飲んだ。今夜ここに来たのはある特定の依頼人を獲得するためだ。「仕事に結びつけばいいんだけど。一から出直すのは大変だから」

「うまくいくわよ。ミシガンで経験を積んできたわけだしね。ほら、うちが買った八十丁目通りの物件の交渉手腕。いまだに不思議なのよ、あなたがどうやって売り手を説得してあれほどの値下げに応じさせたか」

思わずほくそ笑みそうになるところをぐっと堪えた。ヴェロニカと知り合ってほどなく、ヨガ教室の帰りに寿司をつまみながら、希望価格帯の投資物件を担当エージェントが見つけてくれないと打ち明け話をされたのだった。

「ケルトンの物件は紹介してもらった？」ヴェロニカ夫婦がどんな物件を探しているのか手に取るようにわかったので、わたしは即興で話を作った。「百七十万ドルで売りに出されていた昔ながらの平屋の物件だけど？」

ヴェロニカは目を丸くした。「ううん。でも、それなら申し分ないわ。担当者に訊いてみなくちゃ」

「もう遅いわ。売りに出されて即日、数倍の価格で買い手がついたから」とわたしは言った。「ブレントウッド地区の〈アペックス不動産〉に所属しているエージェントに頼んでるのよね？　業界内のメールで知らせが届くけど、その人がまとめている商談は一千万ドルや二千万ドルの物件よ」寿司をつまみながら話を続けた。「本当のところ、その価格帯の第三者預託契約は手間暇がかかるの」

わたしの経歴はミシガン州アナーバーで不動産販売の輝かしい実績を積み、故郷ロサンゼルスに戻ってきたという触れこみだった。新しく立ち上げたウェブサイトはミシガンのウェブサイトにリンクを張り、不動産検索サイトのジローやレッドフィンから拝借した物件一覧表を載せている。

ヴェロニカは箸を置いて切り出した。「マリブの家を買ったときはすごくよくしてくれた。でも、今こちらが探している価格帯は本来の取扱物件より低いのかもしれない」わたしはレモンウォーターを飲んで、ヴェロニカにゆっくりと考えさせた。しばらくして彼女は言った。「あなたにまかせるわ。何かないか、ちょっと調べてみてくれる？」

わたしはすぐに見つけてあげた。ウェストチェスター地区の並木道に立つ平屋建ての伝統的な家屋。堅木張りの床、張り出し窓、全面的に改修したキッチン。物件の特徴と価格が併記された間取りを提示すると、ヴェロニカはひるんだ。「予算の上限より五十万ドル近くも高いじゃないの」

ひと頃、デジタルデザイン科のクラスを受講していたことがあった。修了証も倉庫に積んだ箱のなかに眠っている。たしかに卒業証書は偽造だが、最初に猛勉強したので、学歴詐称がばれることもなく、それ以来技術は磨いてきた。

「価格は大幅に下げられると思う。とりあえず下見をして、どんな感じか見てみましょう。キーボックスが設置された物件だから、よかったら今から内見できるわ」

ヴェロニカに渡した物件の概要はほぼ正確だった——寝室の数、床面積、冷暖房空調設備。ただ価格を吊り上げただけだ。その上乗せした価格から〝値下げ交渉〟を始めて、リストに実際に掲載されている売値より二十万ドルをすこし上回る価格で商談を成立させたのだった。

ヴェロニカとデイヴィッドのような人々にとって、ジローやレッドフィンのアプリケーションは存在しないも同然なので、この手はうまくいったのだ。高額納税者は外部に委託できることは委託して、自分たちでは何もしない。支払いを済ませるのは会計士や簿記係。食料品の買い出しと食事の支度はメイドや家政婦。そして、物件の調査、売り手側の代理人と交渉して下調べを行い、内見を手配し、売買契約を代行するのは信頼の置ける不動産エージェントだ。

デイヴィッドとヴェロニカはこちらの指示どおり書類にサインし、しかるべき口座に電子送金した。そういえば売り手側のエージェントや売り主に一度も会っていなかったとふたりが気づいたとしても、一瞬頭によぎるだけで、すぐに忘れ去られた。

契約締結後、こんなに楽な取引は初めてだったとデイヴィッドから褒められた。関係者全員が欲しいものを手に入れたのだから、喜ばれて当然だ。売り主は提示価格より二十万ドル以上余分に金を手に入れた。価格の改竄が功を奏し、ヴェロニカとデイヴィッドは世紀の取引を成立させた気分になった。わたしはといえば、交友関係者のあいだで輝かしい——強固な——評判を手に入れた。

巧妙な詐欺の決め手は確固たる正当性だ。自称どおりの人物にちゃんと見えるかどうかにかかっている。映画のセットのようなもので、わたし自身は実在し、行動も実際に行っている。ただ、経歴を詐称しているだけなのだ。

デイヴィッドがそばに来て、ヴェロニカの腰に腕をまわした。「メグ、すてきな装いだね。リフォームの細かい話で妻に退屈させられていなければいいが」

わたしは愛想笑いを浮かべた。「まさか。じつはロンのことを話していたの。選挙が近づいているんでしょ？」

デイヴィッドはうなずいた。「内々の世論調査では接戦が予想されている。今夜の資金集めが追いこみに効果をもたらしそうだ」

「お疲れでしょうね。ヴェロニカから聞いてるわ、家に帰れないんだって」

デイヴィッドはヴェロニカにウィンクした。「留守中にふたりで何かたくらんでいるようだな。妻を忙しくさせてくれてありがたい」

「どういたしまして」

話題がデイヴィッドたち夫婦の恒例行事であるカリブ海への冬季休暇に移ると、わたしはふたりの話を聞き流した。パーティー客が何人かで話をしてはまた別の集団を形成する様子を観察しながら、リズムを変えたジャズカルテットの演奏に耳を傾ける。最後に住んでいたペンシルヴェニアとここロサンゼルスはまるで違う。大幅に軌道修正し、なごやかな態度で人に近づき、名乗っているとおりの人物像に沿うよう細部に気を配った。この土地の人はもともと用心深く、裏を読んだり、粗探しをしたり、だまされていないかどうか勘ぐったりする。出会った相手が本人の申告どおりの人物だとは誰も思わない。

わたしはがんばってほかの人の交友関係にまぎれこみ、自分を中心とした友達の輪が存在しないことを気づかれないようにしている。本当の友達は何年もいない。ロサンゼルスを離れるまえからずっと。キャルのことは考えないようにしている。今どこにいるのか、まだロバートとつきあっているのか。人生にほとんど悔いはないが、キャルとの顚末(てんまつ)はその数少ない後悔のひとつだった。

今後の予定をあらためて考えると、胸に不安が渦巻くような気がする。過去の仕事とは違って、今回は期限付きだ——選挙当日の十四日前。つまり、残りは二十週間。

日数にして百四十日間。時間はたっぷりあるように思えるが、しくじったり、進行を遅らせたりする余裕はほとんどなかった。すべてがうまくいくには条件を満たすべき具体的な基準点がある。最初の通過点がロン・アシュトンに引き合わせてもらうことで、今夜それを実現しなければならない。

背景調査の一環として、ロンの不動産ポートフォリオを調べ、公文書をあたって、純資産額や借入金はどれくらいか感触をつかんだ。選挙に立候補しているおかげで、ロンの納税額についても調べがついた。ロンは財政的リスクを負っているが、その多くは有利に展開していた。母をだまして、母とわたしに所有権があったものを奪い取った手口を思い返せば、ロンはほかに何人の人たちを利用しては切り捨て、上院議員への道を歩んでいるのかと疑わしく思えてくる。

「メグ、ちょっと知恵を貸して。セント・ジョン島かセント・クロイ島か、どっちがいいと思う?」ヴェロニカは訴えかけるような目を向けてくる。

ヴェロニカの気持ちがセント・クロイ島に傾いていることは知っていた。「セント・ジョン島に行ったのは三年ほどまえだった」わたしは思い出すのもやるせないというように首を振った。「あの島は大好きだけど、本当にがっかりしたわ。〈ヴィラズ〉に泊まるんでしょ?」

デイヴィッドがうなずいた。「あのホテルはいつもよくしてくれる」

わたしは不快そうに鼻にしわを寄せた。「組合を作ったのかもしれない。期待はずれのサービスだった」

「それは困るな」とデイヴィッドが言った。「だったらセント・クロイ島か」

ヴェロニカは小さく拍手した。「なぜわたしの言うことを聞かないのかしらね」

背後から会話に割ってはいる声がした。「三人で祝勝会の相談かな」振り返ると、目の前にロン・アシュトンがいた。人生をめちゃくちゃにし、母を二度と這い上がれないどん底に突き落とした男が。そのせいでわたしは高校の最終学年以降、ひとりぼっちで車上生活を余儀なくされたのだ。

わたしは笑顔を見せた。「時の人のお出ましね」手を差し出す。「メグ・ウィリアムズです」胸の奥が小さな興奮に疼いた。嘘偽りのない真実をロンに差し向けていると自覚しているからだ。この瞬間を何年も想像し、わたしが誰か気づかれるだろうかと思いをめぐらせてきた。苗字にロンはぴんとくるだろうか。母の面影をわたしに見出すだろうか。場合によっては再会を喜ぶ作戦に切り替えて、不思議なめぐりあわせだと無邪気なふりをしつつ、それとなく誘いをかけなければならないだろうかとも考えていた。過去のつながりによるわだかまりをさらりと受け流し、当時のわたしは何も知らず、今も事情を知らないのだとロンに思いこませる程度には積極的に。しかし、ロンは顔色を変えなかったので、わたしは安心して素性を伏せたままにした。

しっかりと握手を交わしたロンの手は温かかった。心持ち長く手を離さずにいると、ロンの目の奥にちらりと浮かんだ好奇心に気づいた。ロンはいずれこの瞬間を思い出すだろう。何度も思い返し、別の決断もできたのではないかと自問する。〝いや、どう考えても無理だった〟という答えにすることがわたしの仕事だ。

「メグはミシガンからロサンゼルスに引っ越してきたばかりなのよ」とヴェロニカが説明を買って出た。「うちのウェストチェスターの物件ですばらしい契約を取りつけてくれた人なの」

案の定、ロンの好奇心は深まった。SNSのアカウントによれば、ロンは十五年近く同じ不動産エージェントに仕事を頼んでいた。二件の性的嫌がらせの苦情がカリフォルニア州不動産協会に持ちこまれた男だ。第三、第四の苦情が続いた末に登録抹消に至らせるのは手もないことで、ロン・アシュトンはかれこれ四カ月近く代理人不在の状態に置かれていた。宅地開発業者としては頭の痛い状態だ。

「不動産エージェントか」とロンは言った。「売り上げ記録はどんなものかな?」

「ミシガンでは十年間上位一パーセントでしたが、ここロサンゼルスではどうかと言えば、なかなか軌道に乗らなくて」すこしだけ卑下してみせる手はどんなときにも有効だ。人は自分のほうが格上だとわかると気をよくする。

「名刺はあるかな？　連絡するかもしれない」

わたしはクラッチバッグから名刺を一枚取り出した。「ウェブサイトをチェックしてください。この街には来たばかりですけど、仕事に関しては新人ではないし、ロサンゼルスもよく知っています。ご興味があれば、ぜひお電話を」話を切り上げて、ヴェロニカのほうを向いた。「セント・クロイ島に行ったら、ぜひ〈リヴァーヘッド〉で食事をしてね」

旅程についてヴェロニカの話が始まると、あの感覚を抱いた。無視してはならないとずいぶんまえに身をもって学んだうなじの疼きだ。わたしはすこしだけ足を引き、つまずかないかと確かめるように左側に視線を下げる。顔を上げながら、室内に視線を走らせ、誰か自分を見ている人はいないかどうか探すが、部屋いっぱいに集まった人々は話をして、笑い声をあげ、グラスを傾け、州都サクラメントに送りこもうとしている男を褒め称えているだけだ。

わたしは笑みを浮かべてヴェロニカにうなずくけれど、もう話は聞いていない。ここに到着して、言葉を交わした人たちのことを頭のなかでおさらいする——駐車係、受付で各種献金を集めている選挙運動のスタッフ。顧客基盤を築こうとしている新顔の不動産エージェントには欠かせない、どうということのない世間話。そうしたことにすっかり気を取られていた。もしかしたらロサンゼルスに戻ってきた懐かしさのせいかもしれない。この土地の空気は独特だ。芝生と車の排気ガスがまじり合ったにおいで、海岸に近づけば、潮の香りもする。育った場所からは遠く離れているものの、積み重ねた層——詐称してきた数々の身分や、過ぎ去った年月——の下には、故郷を離れたときのわたしがまだ存在する。自分は誰にでもなれる、なんでもできると確信する強さを持ちながら逃走している女。わたしは男の聞きたがることを男に話すだけでよかったのだ。

十年前

カリフォルニア州ヴェニス

メグ

わたしは生まれながらの詐欺師だが、それに自分で気づいたのは詐欺師になってしばらくたってからのことだ。生きていく手段であると考えていただけだった。デートの相手を見つけ、食事をおごってもらい、残り物を、ときには相手の分も持ち帰った。母に現状を知られたらどう言われるか——亡くなって四年近くになるが——考えないようにしていた。男性を値踏みする基準はシーツの洗濯に柔軟剤を使うタイプか、シャンプーや石鹸（せっけん）や歯磨き粉などをバスルームの洗面台の下に買い置きしておくタイプかどうかで、そこから洗面道具をくすねていた。しかし、二〇〇九年十月、そういう生活はもはや立ち行かないと認めざるを得なくなった。

窓に雨が打ちつけるインターネットカフェでホットチョコレート——コーヒーよりおなかに溜（た）まる——をちびちび飲みながら、出会い系サイト〈サークル・オブ・ラブ〉の自分のプロフィールを呼び出し、画面をスクロールした。母の古いミニバンを停めた通りに目をやり、パーキングメーターの残り時間を計算した。長時間の立ち仕事で足が痛かった。〈ＹＭＣＡ〉の受付カウンターの奥に立って利用者の入館手続きを行い、内心くじけそうになっていることなどおくびにも出さず、タオルを手渡すのだ。

この仕事を首になるわけにはいかない。職場で毎日シャワーを浴び、着替えを保管し、業務でタオルを洗濯するついでに自分の洗濯物も洗っている。給料からガソリン代を捻出し、寝泊まりしている車を維持していた。週単位でもらう給料は個人的な出費と母の葬儀費用の利息支払いがかろうじて賄える程度で、母はわたしに背負わせるつもりはなかっただろうが、借金は数千ドルにのぼった。余計な出費は許されなかった。駐車違反切符を切られるわけにも、虫歯になるわけにも、ヘルペスにかかるわけにもいかない。膀胱炎にでもなれば、即ホームレス向けの施設行きになる瀬戸際だった。

それにしても昨夜は怖かった。月単位で順繰りにまわっている数ある場所のひとつ、マー・ヴィスタ地区の閑静な並木道に車を停めていた。お気に入りの場所だった。交通量もさして多くなく、街灯もまばらだからだ。

わたしは毛布にくるまり、スモークガラスの陰に身を隠し、窓が水蒸気で曇らないようにサンルーフをすこしだけ開けていた。どこかの近隣住民がスティングの「フィールズ・オブ・ゴールド」を聴いている。母が好きだった曲だ。聴くとはなしに聴いていると、眠りに落ちていき、体の力が抜けて頭がぼんやりとしていった。

助手席側のドアのロックをこじ開けようとしている音がして、一気に目が覚めた。窓越しに大きな人影が見えた。黒っぽい服装でフードをかぶった人物と、薄い窓ガラス一枚で隔てられているだけだった。わたしは本能に従って行動に出た。後部座席から飛び起き、鍵束をつかんだ。クラクションにのしかかるようにしてキーを差し、エンジンをかけると、道路脇から車を急発進させた。駐車中の車にあやうくぶつけそうになりながら、大あわてで走り去った。

あてもなく一時間ばかり車を走らせてようやく手の震えが収まり、鼓動が落ちついた。あのまま車内に押し入られていたらどうなったのか考えるとぞっとした。想像すればするほど、さらに恐ろしい筋書きが次々と浮かんだ。口を塞ぐ手。人気（ひとけ）のない場所まで車で連れ去られ、側溝に捨てられる。

寝不足でごろごろする目で、出会い系サイトに登録した自分のプロフィールを読み返した。名前と年齢だけは事実だった。〈メグ・ウィリアムズ、二十一歳。職業：マーケティング。趣味：生演奏を聴きに行くこと、外食、旅行。面白いことが大好きで、いつも冒険を探しているの！ 対象年齢層：十八歳〜三十五歳。結婚相手ではなく、楽しめる相手を募集中〉最後のひと言は食事にありつくための方針だった。がんばって週に三回はデートの約束を取りつけ、お茶ではなくディナーに行きたいと言い張った。車で生活していたら、何が悲しくて水分ばかりおなかに入れたがるだろうか。誘われればけっして断らなかった。オンライン上で気を持たせるやりとりが名人級に得意になった。テーブルには布のナプキンが用意され、まずは食前酒や前菜を勧められ、デザートメニューで締めくくるちゃんとしたディナーに連れていったら、そのあとでいいことがあるかもしれない、と相手に幻想を抱かせた。

最低週三回のデートで少なくとも五十ドルの節約になり、お金を貯めればやがて部屋を借りる余裕もできると期待していた。ところが、計画の遅れにつながる事態がつねに何かしら生じた。車検。ガソリン代の高騰。駐車違反。

そういうわけで、雨降りの十月の午後、とうとう白旗をあげ、二、三日に一度夕食をおごってもらう急場しのぎを続けているだけでは埒が明かないと認めたのだ。安心して住める場所が必要で、そういう場所を喜んであたえてくれる人が必要だった。そういう相手はこの画面に並んだ男性からは見つけられない。彼らは皆、二十代か三十代なのだから。手軽なデートにしか興味はない。あとくされないセックスがしたいだけ。すぐさま家に転がりこもうとしているガールフレンドは求めていない。

もっと年上を狙わなくては。

設定画面に切り替え、対象年齢の範囲を三十五歳から四十歳までに引き上げた。これくらい年上ならいいんじゃない？　四十路の女は下り坂だが、男性の賞味期限は長い。

「むかつく」わたしはそうつぶやいて、範囲を五十五歳まで広げた。

ふたたび母に思いを馳せた。意地を張ってなんでも自分でやろうとして、わたしの子供時代を本来の十倍も生きづらくした美しい女性。救いの手を差し伸べられても、頑として助けを借りなかった。母にのぼせ上がる哀れな愚か者がつねにまわりにいたから、力になろうとする男はしょっちゅう現われた。わたしに靴を買ってやりたいとか、一週間のサマーキャンプの費用を持とうとか、そういう男性たちから申し出があるたびに母は断った。住むところが必要だったときにも、住まいの提供を突っぱねた。車の修理代も。すてきなレストランで食事でもどうかという誘いも、ディズニーランドに連れていってやるという誘いも、だ。何も母に体を売ってほしかったわけではないが、ときには誘いに応じていれば、生活にすこしは潤いがもたらされていただろう。

しかし、女は自立するべきだと母は信じていた。施しを受けるのではなく、真のパートナーを見つけたいと願っていたのだ。ロン・アシュトンとそういう関係を築けたのだと思いこみ、ロンの腐った性根に気づいたときには遅きに失していた。

二回りも三回りも年上の男性たちのプロフィールが画面に読みこまれ始めた。その大半がすっかり白髪頭だった。そのうちのひとりとテーブルをはさんで座り、その先もけっして感じることのない魅力を感じているふりをする場面を想像し、思わず息を呑んだ。

ひとつずつプロフィールをクリックして目を通していった。年寄りすぎる。気持ち悪すぎる。デートに発展しそうな相手を見つけると、共通点を探すのがいつもの手順だった。見つからなければ、でっち上げた。〈スティーリー・ダンが好き!〉グーグルでささっと検索すれば、過去の公演スケジュールが出てくる。〈去年の秋、ラスヴェガスまで追いかけてライブを見たわ。最高だった!〉夜が終わる頃、デートの相手がまあまあ感じよければ、共通点が本当だろうが嘘だろうがそんなことはどうでもよくなるものだ。

ところが、今画面に映し出されている男性たちはまったく世代が違う。彼らが愛着を抱く歌手はバリー・マニロウで、名物キャスターだったトム・ブロコウを敬愛している。

ホットチョコレートをもうひと口飲み、次のプロフィールに移った。画面に現われた顔を見て、わたしは思わずむせそうになった。「やだ、嘘でしょ」

〈コーリー・デンプシー〉母校の高校数学教師、デンプシー先生だ。ハシバミ色の目は記憶に違わず鮮やかで、まとまりにくい茶色の髪は以前と同じく耳のまわりでうねっている。女子生徒に人気があって、男子生徒からはあんな大人になりたいと憧れの目で見られていた。プロフィール欄に記載された年齢は四十八歳だが、昔から実年齢よりも若々しく見えた——教師というより見た目は生徒に近かった。愛想がよくて、精力的で、最上級生による教師の人気投票で毎年一位に選出され、わたしの卒業年度でもそうだった。

しかし、デンプシー先生が噂の的だったのは教え方がうまかったからではない。女子トイレや学食の片隅で、アメリカンフットボールの試合の観覧席で、生徒たちはひそひそ話していたものだ。

〝デンプシー先生って、超イケてる〟

〝数学の授業のあと、いい感じで声をかけられちゃったぁ。こっちからもアクション起こせばうまくいくわ、きっと〟

〝ちょっと、待ってよ。べつに特別扱いされてないでしょ、先生はみんなにやさしいんだから〟

わたしはあらためてデンプシー先生のプロフィールに目を通した。

〈コーリー・デンプシー。職業：高等学校校長〉

〈結婚歴：独身、未婚〉

〈趣味：バスケットボール、アメフトのオンラインゲーム（ファンタジー・フットボール）、サーフィン、若い世代の人材育成〉

当然ながら、クリステンのことが頭に浮かんだ。厳密には友達同士だったわけじゃない——クリステンは人気者で、わたしは国語の授業で隣に座っていた目立たない生徒だった。でも、班別研究ではいつもわたしを仲間に入れてくれたし、校内の廊下でばったり会えば、クリステンは必ずわたしに声をかけてくれた。まるで透明人間であるかのようにみんなの目がわたしを素通りしても。

ほかの生徒たちにとって、わたしは〝ホームレス女〟だった。リュックサックを買うお金がなくて、使いまわしの買い物袋に教科書を入れて持ち歩いていたからだ。でも、クリステンはいつだってわたしをかばってくれた。「ばかなことはやめて」ロビー・マクソンにこう反撃してくれたこともあった。「先週、理科室で鼻をほじっているのを見たわよ」

クリステンがうまく話題をそらしたので、わたしは人知れずその場を離れ、重い買い物袋を肩に食いこませながら、クリステンの思いやりに感謝した。

「どうして親切にしてくれるの？」と本人に訊いたことがあった。トイレでふたりきりになったときだ。手洗い器に並んで立ち、わたしは手を洗い、クリステンはリップグロスを塗っていた。鏡越しに目を合わせ、彼女は言った。「女子の掟（おきて）だから。わたしたち女子は女子同士で助け合わなきゃ。だってほかに誰も味方になってくれないもの」

その後、学年の途中で、クリステンはすっと姿を消した。わたしの隣の席に座り、親友のローラ・レイザーに冗談を言っていたかと思ったら、次の日にはいなくなっていた。最初はただ体調を崩して学校を休んでいるだけだろうと思った。しかし、二週間が過ぎ、三週間が過ぎ、クリステンはもう戻ってこないということがはっきりした。どこへ行ったのか、なぜいなくなったのか、誰も知らないようだった。

もちろん、それぞれ持論があった。

〝スイスの寄宿学校へ留学した〟

〝名門進学校（ミス・ポーターズ）の編入試験に合格した〟

〝おばあちゃんが病気になったから、家族でフロリダに引っ越した〟

〝妊娠して、若い未婚の母のための施設にはいった〟

ローラ・レイザーはクリステンの不在について話題にするのを拒み、何も知らないと言い張った。でも、嘘をついているとわたしにはわかった。なぜクリステンがいなくなったかローラは知っているし、わたしも察しがついていた。

高校生になる頃にはわたしは周囲に溶けこむすべを身につけていた。リサイクルショップで調達した衣服のほつれに気づかれたり、髪を洗わないと臭う限界を一日過ぎていることに気づかれたりしないよう、人目につかない隅の場所を見つけるすべだ。そして、わたしはほかの人たちが見落とすものを見ていた。

たとえば、クリステンが昼休みに頬を染め、髪をわずかに乱れさせ、スカートの裾を下に引っぱりながらデンプシー先生の教室からこそこそと出てきたこと。ある日の午後、後ろを盗み見てからデンプシー先生の車の助手席に乗りこんだこと。

あからさまではなかったが、クリステンが以前より口数が少なくなったことにわたしは気づいた。仲間との会話にクリステンが上の空であることにも、だ。

先生とクリステンのあいだに何があったにせよ、わたしには関係ない。しばらくして、クリステンは引っ越したとみんなは結論づけたようだった。クリステンのことはそれで終わりだった。

今のわたしはもう透明人間ではなく、隅に隠れているわけでもない。高校卒業後の三年間で、目立つ服装で部屋にはいっていく所作を心得た女性になりきるにはどうすればいいか、コツを身につけていた。高級レストランでどんなふうにワインを注文すればいいか、小さなフォークは何に使うのか。ナチュラルに見えるメイクの仕方や、口紅を歯につけない方法も憶えた。道端でデンプシー先生に遭遇しても、わたしは先生の目に留まるタイプの女性だけれど、わたしだとは気づかれないはずだ。

先生はクリステンが急に姿を消したことに関係があったのか。たぶんあったのだろう。わたしはそこにつけこめる？　つけこめる、間違いなく。

彼にメッセージを送ることを想像した。〈デンプシー先生、こんにちは！　二〇〇六年に卒業したメグ・ウィリアムズで～す！〉

隣の席のゲーマーがマウスを乱暴に扱い、受付の従業員から睨みつけられた。わたしは画面に目を戻し、デンプシー先生との初デートを想像し、人が初対面で必ず口にする質問を思い浮かべた。どこの出身か、どんな家族構成か、何をしているのか。

〝母ひとり子ひとりの母子家庭で育ったけど、母はまともな治療を受けられず、癌で亡くなったの。今は車で寝起きしていて、貧困ラインを若干下回る生活。ブルース・

スプリングスティーンとドジャースのファン〞

デンプシー先生に漫然とメッセージを送って、結果を楽観するわけにはいかなかった。誘いを断られれば、それでおしまいだ。まずは先生について情報を集められるだけ集めなければ。何を信奉しているのか。何に拒絶反応を起こすのか。何よりも大切にしていることはなんなのか。それがわかれば、やりようがある。

外に目を向けると、雨が窓に打ちつけていた。今夜は車の屋根にも雨音が響く。寝ようとしても、神経が休まらないだろう。ドアや窓に鍵がついた家に暮らすのはどんな感じだろうかと想像をめぐらした。車ではなく家屋の屋根に打ちつける雨音を聞くのは。テレビがあって、話し相手がいる暮らしは。

ログアウトし、〈サークル・オブ・ラブ〉のトップページに戻り、〝新規会員登録〟のボタンをクリックした。

最初に作成した虚偽のプロフィールはうまくいかなかった――ディアドリ、四十三歳、ややニューエイジ志向、年を取ることをぜったいに認めない主義。メッセージを送ったが――〈知り合いたいタイプの方だという気がするの〉――返信さえ来なかったので、二日後にまたインターネットカフェに行った。

〈サンディ。三十二歳。結婚歴：未婚。職業：接客業。趣味：山で日の出を見ること。午後五時にウォッカトニックを飲むこと。マンモス・ケーブ国立公園まで足を延ばすこと〉デンプシー先生へのサンディからのメッセージ：〈セクシーな方ね〉一夜をともにしたいと誘いをかけた。

　数分もたたないうちに、サンディのメッセージ欄の下にあるマークが〈送信済み〉から〈既読〉に切り替わった。身を乗り出すと、デンプシー先生が返信を入力中であることを示す三つの点が表示された。

　一分経過。二分経過。どんな返信内容か想像した。気を引くようなことを書いているのだろう、たぶんお世辞だ。わたしがサンディと似ても似つかない人物であっても問題ない。しばらく場を持たせればいいだけだから。

　ようやくデンプシー先生からのメッセージが表示された。〈せっかくだけど、ぼくはもうすこし真剣な出会いを求めている。そちらもがんばって！〉

　わたしは画面を見つめ、文面を読み解き、次にどう動けばいいか頭をひねった。クリステンのことを思い返した。あのとき、まだ十七歳だった。サンディを十歳若く設定していたら、先生の反応は違っただろうか。

　もう一度画像検索し、別の写真を探した。夕陽（ゆうひ）を背にした、笑顔のブロンド女性。

わたしはまるで童話『三びきのくま』に出てくる少女ゴルディロックスのようだ。ゴルディロックスが屋内にトイレがついた家に住みたくてたまらず、そんな家に住まわせてくれる男性と寝てもいいと思っている二十一歳のホームレスの女ならばの話だが。〈アメリア。年齢：二十一歳。結婚歴：未婚。職業：学生（幼児教育専攻）、現在休学中で、復学を希望。趣味：サーフィン。ロマンス小説の読書。真剣な交際相手を探しています〉

デンプシー先生へのメッセージにはこう書いた。〈一緒に波乗りしませんか？〉送信ボタンを押し、ログアウトした。彼に誘いをかけるのは、いったんこれで打ち止めにしたほうがいい。それにしても、校長のくせして出会い系サイトにプロフィールを載せるとはどういうつもりだろう、と不思議に思わないでもなかった。自分の学校の生徒に見られるかもしれないのに。

答えはすぐに浮かんだ。〝見られても気にしないってことだ。ぜひ見てくれとさえ思っているかもしれない〟

その夜、照明の明るい駐車場に車を停めて寝ようとしたが、たぶん全部足しても、せいぜい三時間か四時間ほどしか眠れなかった。車のドアが閉まる音、サイレン、足音など、物音がするたびに目が覚めてしまい、翌朝早く、〈ＹＭＣＡ〉の駐車場に車を乗り入れ、ようやくひと息ついた。シフトはいつも早番だ。施設内の照明をつけると、タオルを乾燥機から取り出して畳んだ。早朝に出勤するので、車上生活者がいると通報されるまえに路上から引き上げられる。シャワーを浴びて洗濯物を洗濯機に放りこめることはさておき、この時間帯の静けさが好きだった。感じの悪い会員登録係はまだいないし、子供向けクラスの騒がしさもない。あるいは、ジョギング用のベビーカーを押し、健康被害を回避するＢＰＡ（ビスフェノールＡという化学物質）フリーの水筒を提げてヨガのレッスンに集まる母親たちの姿もない。早起きの常連会員が、まだ寝ぼけ眼で会員カードを読み取り機に通し、わたしが畳んでいるタオルを一枚つかみ取るだけだ。

正面のガラス窓に目を向けた。暗い通りを背景に自分の姿が映っている。洗い髪はポニーテールにきっちりとまとめていた。施設のロゴマークが前面にはいった白いポロシャツは輝いているが、わたしの輪郭はぼやけている。いつもそんなふうに感じていた。体が周囲の空間にじわじわと溶け出し、そのうち車のキーとまだ畳んでいないタオルの山だけが残されるのではないか。そんなふうに思わないでもなかった。

コンピューターの電源を入れ、なんとなく出会い系サイトにログインした。意外にも〈既読〉マークがつき、返信も来ていた。

〈どこでサーフィンしたい?〉

わたしは肩越しに後ろを見た。誰かに背後から近づかれて、何をしているのか見られるのではないかという気がして。薄暗いオフィスの向こうからトレッドミルのかすかな音とウェイトトレーニングの用具の金属音が聞こえるだけで、あたりは静かなものだ。興奮が全身を駆け抜けた。

すばやくグーグルで〝ロサンゼルスの人気サーフィン・スポット〟を検索し、アメリアはどんなタイプか考えてみた。何に関心があり、誰に憧れているのか。そして、アメリアの生い立ちを具体的に考えた。アメリア・モーガンはエンシノ出身。カリフォルニア州立大学ノースリッジ校に何学期か通ったが、やむを得ず中退。デンプシー先生が自分なら助けになってやれるかもしれないと思うような人物像だ。

空白のメッセージ欄でカーソルが点滅していた。わたしはことの重みを感じた。申し分ない返信を作成することが重要だった。〈ズマ〉と返信欄に打ちこんだ。ロサンゼルス郡北端付近の海辺なら、盆地(ヴァレー)育ちの娘にぴったりだ。しかもデンプシー先生——コーリー——が出入りしている場所だとは思えない。〈マリブで最高の波が来るの!〉と書き添えた。

送信ボタンをクリックすると、不安に襲われた。チャンスを逃すことには慣れっこになっていた。人生の崖っぷちに立たされると、人は週に一度セルフサービスの洗車機に二十五セント硬貨を何枚か投入し、ミニバンが住まいに見えないように気を使うようになる。

　もう一度、デンプシー先生のプロフィール画像を見た。歯並びは少々悪いが、にっこりと微笑む顔にいくらか個性的な印象を醸している。長年のサーフィンで鍛えられたたくましい肩。ほかの候補者より断然ました。

「やあ」八時半に出勤してきた親友のキャルに声をかけられた。「ゆうべロバートと『リコシェ』を観てきたけど、いやあ、あの映画はきみも観たほうがいいよ。今週末、昼間の上映につきあわないか？」

　わたしはちらりと後ろを見た。責任者のジョニーが日曜学校の教師よろしく唇をすぼめ、コンピューターに向かってキーボードを叩いていた。

「週末はびっしり予定がはいってるの」とわたしは言った。

「残念だな。じゃあ、今日のランチを一緒にどう？」

「いいわね」

　キャルは指の関節でカウンターをこつんと叩き、青春映画『アウトサイダー』の台詞（せりふ）を引用して言った。「輝き続けろよ、ポニーボーイ」

わたしより十歳以上は年上——実年齢をけっして明かさない世代——のキャルは、わたしが車上生活を送っていることを知っている唯一の人物だった。ちょっとした口実を見つけては、わたしに気後れさせないようにして、さりげなく助けてくれた。ボーイフレンドのロバートと旅行に行くときは、わたしに留守番を頼むのが習慣だった。水やりが必要な植物があるわけでも、餌やりが必要なペットを飼っているわけでもないのに。そして、新しい会員に推薦してくれたおかげでトレーニングセッションの新規契約が取れたからそのお礼、という名目で週に一度はランチに連れていってくれた。いつも食べきれないほど注文し、残り物を持ち帰らせてくれるのだ。わたしと同じ早番のシフトで受付に立ち、夜間は学校に通い、トレーナーの認定資格を取る勉強をしている。何か授業を受けてみてはどうか、といつもわたしに勧めていた。〝コミュニティカレッジはぼくたちみたいな連中のために設立されたんだよ〟それもいいかもしれないと思ったが、どんな科目を受講すればいいのかわからなかった。未来像が浮かばないとき、人はどうやって自分を磨くのだろう。どの講座を取ればいい？　会計学？　美容学？　溶接技術？

「メグ」ジョニーがオフィスから声を張りあげた。「いいか、タオルはまず三つ折りにしてから二つ折りだ。手順を忘れるな」

午前中ずっと、〈サークル・オブ・ラブ〉のウェブサイトを手もとのコンピューターに呼び出しっぱなしにして、複数のウィンドウの陰に隠していた。十一時頃、ウィンドウを切り替え、コーリー・デンプシーの最新メッセージを読み返した。〈きみとやりとりしていると、つい仕事を忘れてしまうね、あやうく保護者面談をすっぽかすところだった〉

アメリアとコーリーは朝からメッセージをやりとりしていたが、最初に気を引くそぶりで仕掛けてきたのはコーリーだった。〈信じられないよ、大昔からLAのビーチでサーフィンをやっていたのに、きみに出会わなかったなんて〉最初のメッセージから数時間で、コーリーは自分のことをさらけ出していた。わたしはさらなる情報収集に努めた。

まずは簡単な質問から始めた。〈いちばん大事にしていることは?〉

コーリーの返答は予想どおり感傷的だった。〈家族だね。個人的成功や財産よりも、健康よりも、何よりも〉

悔やんでも悔やみきれないのは祖父が生きているうちに恩返しができなかったこと

だという。〈つらかったが、そこから多くのことを学んだ。絶えず学び、成長しないのなら、人としてどうなのか？　いちばん身に染みる教訓こそ厳しい教えじゃないかな〉

仕事について質問すると、コーリーはこう返信してきた。〈若い心を動かす仕事はスリルがあるし、特権でもある〉

細かなこともわかったから、そこから関係を固められるかもしれない。コーリーは猫にアレルギーがあった。アイスホッケーは理解できないが、わかったふりをしている。ショウガ入りの食べ物全般が苦手で、ブラックコーヒーが好み。自称、意識的な楽観主義者。

気にしないで。ググらないとわたしも意味がわからなかったから。

アメリアも自分のことをさらけ出し、二年生のときに大学を辞めたのは両親と力を合わせて白血病の弟の面倒を看るためだった、とコーリーに打ち明けた（〈弟はもう元気になったけど、復学するのは大変！〉）。ウェイトレスの仕事を首になった顛末も披露した。同僚が食材をくすねていると報告したけれど、じつはその同僚が店長のガールフレンドだったとあとからわかったのだ、と。

われながら驚いたことに、そうした身の上話はすらすらと出てきた。しっかりと形になって頭に浮かんでくるので、わたしはただそれを再現してメッセージを書くだけでよかった。〈信じられないけど、あなたには素直に打ち明けられる〉とわたしはキーボードを打っている。〈ここに登録している男の人たちって、形だけの質問を三つしたら即、関係を持ちたがる人ばっかりだから〉

わたしは楽しんでアメリアになりきった。自分の問題をいったん忘れて別人になれることに解放感を覚えていたのだ。アメリアにはわたしにはない選択肢があり、キーを叩けば、さらに選択肢が増えた。今日のアメリアは失業中であったとしても、明日にはまえよりもましな仕事が見つかるかもしれない。わたしがそういうことにすればそうなるからだ。

「なんだ、それは?」すぐ近くからジョニーの声が聞こえて、わたしはぎくりとした。出会い系サイトから画面を切り替えたが、すでに見られていた。「私用でコンピューターを使うのはだめだ。今度やったら、上に報告することになるぞ」

「すみません」とわたしは言った。「二度としませんから」ぺこぺこするのはいやだが、この仕事は死守しなければならない。

タブを閉じ、また窓の外を見た。ジョニーが洗濯の終わったタオルの山を目の前のカウンターにどさりとおろした。わたしはジョニーに愛想笑いを浮かべ、タオルを畳み始めた。

仕事のあと、サンタモニカの公立図書館に車を走らせた。またインターネットカフェに行って散財したくなかったからだ。今週末に食事にありつきたいのなら、少なくとも一回はデートの約束を取りつけなければ。大きな図書返却ポストがあり、貸出カウンターが壁いっぱいに延びる広い空間に足を踏み入れると、過去へと記憶がさかのぼった。いつだって図書館は避難所だった。母は週末になるとわたしを図書館に連れていってくれた。外の世界から守られた図書館の片隅で、ふたりで本を読んで過ごしたものだ。母はいちばん大きなハンドバッグにおやつを詰めて――グラノーラ・バー、小袋のポテトチップスやクッキー――開館と同時に図書館にはいり、通りを見渡せる二階の特等席を確保した。わたしたちは交代で本を探しに行き、こっそりおやつを食べた。日がな一日読書をして過ごし、照明が点滅し、閉館を告げる館内放送が流れてからようやく腰を上げたものだった。

わたしは案内デスクに近づき、図書館カードを提示した。係員はコンピューターが並んでいるほうを指差して言った。「お好きな場所でどうぞ」

インターネットの利用者はほかにふたり――ホームレスに見えなくもない中年男性

と、どうやら学校をさぼっているティーンエイジャー――だけだった。わたしは奥の席を選び、アメリアのアカウントにログインした。

コーリーからの新着メッセージはなかった。ふと失望が胸をよぎり、わたしは驚いた。彼からメッセージを受け取るスリルに早くもはまっているとは。

次に自分のアカウントにログインした。メッセージをやりとりしている相手は三人いたが、三人とも似たり寄ったりのタイプだった。すべての文を〝ぼくは〟で書き始める印象のあるベンチャー投資家のジェイソン。マンハッタンビーチ在住の住宅ローンブローカーのショーン。イベント興行主のディラン。

これまでのところ、相手に求める条件はいたって単純だった。仕事をしていること。わたしについて三つ以上の質問をすること。爆弾魔ユナボマーのような外見ではないこと。デート相手とは必ず公共の場で会うことにしていたし、身の危険を感じたら自宅にはついていかなかった。しかし、異変に気づいたときには手遅れだった場合もあった。頭を撫でられながら髪を強く引っぱられたり、手を痛いほど強く握られたり、痣があるのに気づいたり――容易に隠せる位置だったけれど。そういうことはちょくちょくあるわけではなかったが、実際にそうなったときには現実を切り離して考えるすべを身につけた。いったん思考を停止し、別の場所に心をさまよわせ、ことが終わるのをじっと待つ。

ジェイソンから来た前回のメッセージに目を向けた。ヴェニスにオープンしたばかりのレストランへ行かないかという誘いだった。ジェイソンのご機嫌を取るだけ取って、下心には応じずにお開きになるまで長い夜になるだろう。

次に、コミュニティカレッジのウェブサイトを呼び出した。いちおう調べてみたとキャルに報告するためにのぞいてみたのだ。〝会計学〟〝美術史〟〝経営学〟それらの科目をぼんやりと眺めているうちに、〈デジタル技術認定証〉という言葉が目に飛びこんできた。〈六カ月のコースで、ＨＴＭＬコード、ウェブデザイン、画像編集の基礎課程を履修できます。受講生は企業で即戦力になるか、フリーランスで活躍する技術を身につけられます〉画像編集講座の課題として使われた見本画像を見た。公園で撮影された家族写真で、部外者も何人か映りこんでいる。二枚目の画像は同じ家族写真で、こちらは不要な人物があたかも最初から映っていなかったかのように全員削除されていた。

授業料のボタンをクリックし、ため息が出た。カリキュラムを履修し、修了証を発行してもらうのに、登録料も含めて二百ドル近くかかる。必要な教材を買わされるとしたら、もっとだ。いざ講座を修了したら、今度は自前の道具が必要になる。もちろんパソコンだ。ソフトウェアも要る。手取りで週給百五十ドルに満たない者にとって――その大半は入金されたとたんに口座から消えていく――二百ドルは二百万ドルにも相当する。ウィンドウを閉じ、門前払いを食らうたびに覚える後悔の念を覚えた。ログアウトし、挨拶代わりに図書館員に手を振った。夜間に駐車する場所を明るいうちに探す時間はあと四時間余りだ。

駐車場所を探すのはあとにして、遠回りをしてブレントウッド地区に車を走らせた。まるで古い友人のようになじみ深い道だ。母がアイスクリームを買ってくれた〈ブレントウッド・カウンティ・マート〉。運がよければ、そのショッピングセンターの書店で本を買ってもらえた。自転車から転げ落ちて、膝を擦りむいた曲がり角。嵐で倒れた木の大きな根元。あれはわたしが七つのときで、サンビセンテ大通りは一日じゅう通行止めになった。

左折してキャニオン・ドライブにはいり、自動で運転しているかのように車を走らせた。各戸の区画は広く、家々は通りから奥まったところに立ち、高い門に隠れてほぼ見通せない屋敷もある。カーブした道をゆっくりと進み、あたかも磁力に引き寄せられるように、すべてが始まった場所に戻った。

敷地の南側に車を停めた。家を眺めるのにいちばん見晴らしの利く場所だった――濃い色の木材と白い漆喰壁の懐かしい家の輪郭をなぞるのには。三階の小さな書斎に続く螺旋階段を囲む塔。居間の大きな窓。母はあの居間で自分の祖父の話をしていたものだ。おじいさんはパイプをくゆらし、更生施設にはいっている期間のほうが施設から出ている期間より長い息子――母の父親――の心配をして日々を送っていたのだ、と。

「玄関ドアはヴァージニアの森から切り出したオークの木で作られたの」わたしは記憶を頼りに静かな車のなかで復唱した。「ここに運ばれて、わが家の安全を守るようになるまえは、ジェームズタウンの入植者たちを出迎えていたのかもしれないわ」母はこんなふうにして話を始めたものだった。夜、わたしを寝かしつけるときに。寝るまえに小さな子供に絵本を読み聞かせるようにして、母はわたしたちが帰りたくてたまらなかったあの家のなかをふたりで歩いてまわっているかのように話して聞かせてくれた。わたしはいつも目の奥にわが家を思い浮かべた。壁を塗った職人のトレイの跡が残る漆喰壁。居間の天井に渡された木の梁。手すりの近くを踏むたびにきしむ階段の四段目。屋根裏にウォークインクローゼットがある。母の身長だけでなく、生後数カ月のわたしの身長も測った壁。

母のロージーは両親が高校を卒業する直前に生まれた。母親は早い時期に失踪し、父親は麻薬と酒に溺れ、母は祖父母――わたしにとっては曽祖父母――に預けっぱなしにされていた。母もわたしもふたりを、おじいちゃん、おばあちゃんと呼んでいた。母にしっかりと影響をあたえた人物はその祖父母だけだったのだ。

授業参観日に学校へ行くのはおじいちゃんとおばあちゃんだった。母に自転車の乗り方を教えたのも、デートに出かけた高校生の母を寝ないで待っていたのもおじいちゃんとおばあちゃんで、わが子のように母を育てたのだ。

母が恋に落ちたのは生涯でたった二度だった。一度目の相手は大学のアイスホッケー選手で、ヨーロッパへ行ったきり帰ってこなかった。その相手との交際で母はわたしを授かり、わたしの子供時代を決定づける一連の法則を定めた。

〝便利さと居心地のよさに流されてはいけない。必要なものがあれば自分たちで稼ぐこと。男性に買ってもらう必要はない〟

〝お金に余裕がなければ、もっと働くこと〟

〝女性ふたりが力を合わせれば、向かうところ敵なし〟

母は仕事をいくつも掛け持ちしてどうにかやりくりし、敷金を捻出できればワンルームのアパートメントを借り、そうでなければ曽祖父母と同居した。おじいちゃんたちと暮らしたときがいちばん幸せだった。わたしの胸にはその頃の思い出が刻まれている。おばあちゃんはチョコレートチップ・クッキーの作り方を一から教えてくれた。家庭菜園の始め方も教えてくれた。おじいちゃんはトランプのクリベッジとポーカーのやり方を教えてくれた。

母が二度目の——そして最後の——恋をしたのは、おじいちゃんとおばあちゃんが死んで数年たってからのことで、相手はロン・アシュトンだった。

通りの向かい側で、自動式の門がひらき、女性が外に出てきた。雑巾と掃除用具を入れたポリ袋を手に提げたメイドだった。メイドは怪訝そうな目でわたしを見た。家に戻って、車のなかから向かいのお宅をじろじろ見ている女がいると雇い主に報告するべきか考えあぐねているようだ。わたしはメイドに微笑みかけ、携帯電話を耳もとに上げて、電話に出るために車を停めたふりをした。そして、また家に目を向けた。うちの家族のものであるはずだった家に。ロン・アシュトンがわたしたちから盗んだ家に。

コーリーからのメッセージは翌朝八時過ぎに来た。〈きみに会いたい。今日の四時はどうかな？　メインストリートの《ロケットマン・コーヒー》で〉

背後の乾燥機のなかで洗濯物は順調にまわっていたが、わたしはキーボードの上で指を浮かせたままためらった。習いたての歌を歌うように、本能に身をゆだねた。すると、ひと息つきなさい、と心の声が聞こえてきた。すぐに返信してはだめ。何もしないことこそ最強の一手になることもあるのよ。

正午近くまで待った。〈今日の四時でいいわ！　楽しみにしてます〉興奮が全身を駆けめぐった。これでコーヒーショップにはいっていった瞬間から優位に立てるのは間違いない。

シフトが終わると、わたしはシャワーを浴び、体の曲線にぴったりと張りつくジーンズを穿いた。深いVネックのタンクトップを着て、ざっくりとしたセーターを重ねた。アメリアはサーファーで、人生につまずいている学生だ。デートをすっぽかしたアメリアの後釜にすんなりと納まるように念には念を入れなければ。

〈ロケットマン・コーヒー〉から数ブロック離れた場所に車を停め、その場で待ち、コーリーが先に店にはいり、席につく頃合いを見計らった。バッグから携帯電話を取り出してひらき、キャルに電話をかけた。

二回目の呼び出し音でキャルは出た。「やあ」

「お願いがあるんだけど、聞いてもらえる？」

「きみの頼みならいつでも」

「三十分くらいしたら、わたしに電話してくれる？　何もしゃべらなくていいし、すぐに切ってくれてかまわない。携帯電話を鳴らしてもらいたいだけだから」

キャルは笑った。「デートをすっぽかすつもりかい？」

アパートメントから女性が出てきて、ベビーカーを玄関先におろし、赤ちゃんを乗せてシートベルトを締めた。「まあね」わたしはキャルに言った。「やってくれる？」

「いいよ。忘れないようにアラームをセットする」

「よろしくね」

わたしは電話を切り、車のドアをロックした。心臓がばくばくいっている。これがうまくいかなかったら、インターネットカフェに戻って、父親であってもおかしくない年齢層の男性のリストをチェックすることになる。またミニバンに乗って、朝まで安全に駐車できる場所を探して、暗くなった近所を車でまわるのか。不安に駆られ、息を吸い、ゆっくりと息を吐いた。

コーヒーショップにはいると、コーリーが奥のテーブルについていた。目の前には大きなマグ。中身はなんだかもう知っている。〝ブラックコーヒー〟だ。

あたかも舞台の演出家になって、采配を振るい、芝居のテンポを統制するような気分になり、力がみなぎった。向こうにとってわたしは見ず知らずの他人だが、わたしは彼の好きなことも苦手なこともすでに知っている。何が欲しくて、何を大切にしているのか。

ノースサイド高校の廊下で見かけた顔だとわたしのことを思い出す可能性はなきにしもあらずだが、そうなったらそうなったで、どうにか押し切るつもりだった。じつは片思いをしていたと告白すればいい。〝すごく恥ずかしいけど！〟

わたしもブラックコーヒーを注文した。マグを持ち、希望に満ちた表情を顔に貼りつけて、コーリーのテーブルに近づいた。

「ロジャー？」とわたしは声をかけた。息を凝らし、わたしに気づいた気配がコーリーの目に浮かぶのを待った。

しかし、何も反応はなかった。「いや、あいにく」コーリーはやさしそうな笑みを浮かべて言った。近くで見ると、金色がかったハシバミ色の目を囲む睫毛(まつげ)は濃く、首のまわりにはウェットスーツの日焼け跡がかすかについている。

わたしは隣のテーブルの席についた。「ああ、やっちゃった、じつはブラインドデートなの」と説明した。

コーリーは頬をゆるめた。「同じく」

「こういう気まずさって、いつになっても解消されないわよね？」

コーリーはどっちとも取れるように肩をすくめた。わたしはそれ以上反応せず、コーヒーをちびちび飲み、機が熟すのを待った。

二十分ほどたつと、コーリーはさらに頻繁に携帯電話をチェックし、不在着信がなかったか、メッセージが来ていないかどうか確認した。わたしはコーリーの動きを模倣し、目の前に置いた携帯電話と出入口に視線を交互に向けていた。そうしながら、ある時点で、困ったような顔でコーリーに微笑むと、コーリーも笑みを返してきた。キャルから電話がかかってくるまえにコーリーは席を立ってしまうのではないか。わたしは不安になり、コーリーを引きとめておく方法をひねり出そうとした。天気の話でもしようか。そう思ってコーリーのほうを振り向きかけたところで携帯電話が鳴った。

「もしもし？」とわたしは言った。

「約束の電話だよ。もう切るけど、どういうことか明日教えてくれ」

キャルからの電話は切れたが、わたしは話し続けた。「ああ、そういうことね」失望に押しつぶされまいとするかのように目をつぶり、肩を落とした。「わかった。ううん、いいの」〝いいの〟で声を震わせ、コーリーが聞き耳を立てている様子をこっそりと確認した。「つまり、おめでとうってことね」間を置いた。「うん、ありがとう」

わたしは電話を切り、途方に暮れた風情で冷めたコーヒーに目を落とした。しばらくして顔を上げ、恥を忍んでというように言った。

「ガールフレンドと仲直りしたんですって」

コーリーはわたしの携帯電話に手を差し向けた。「少なくともきみには断りの電話が来た」

「ロサンゼルスで出会いを求めるのは不可能ね」昨日コーリーがアメリアに送ったメッセージの一節をそのまま繰り返した。

「そのとおりだ。宝くじの当選券を探すようなものさ」

「宝くじを買うのは楽しいわ」とわたしは言った。「デートは……そうでもないけど」

コーリーは笑った。「コーヒーのおかわりをおごらせてくれ。もしかしたらおたがい今日の不運を挽回できるかもしれない」

幸運と二度目のチャンス。そんなことが自分の身にも訪れるのだと人は皆信じたがる。

わたしたちは肩を寄せ合いながらメインストリートを歩き、コーリーは高校の校長を務めている自分の仕事についてわたしに話して聞かせた。「生徒たちはとにかく元気なんだよ。ほかの分野の仕事に就いていたら、あの活力に触れる機会はない。気分が高揚するのさ。生徒たちの情熱や、可能性を感じるとね」

わたしはコーリーが自分の仕事についてアメリアに書いたメッセージを思い返して言った。「若い心を動かす仕事ができるなんて、校長先生の特権ね」自分がメッセージで語った言葉がほぼそっくりそのまま自分に向けられているとコーリーは気づくだろうか。ひと口ずつ食べさせるようにして、目で見るより心で感じるつながりが築かれるかのように仕向けた。

コーリーが目を輝かせてわたしを見た。「まさにそうだよ」

こんなに簡単にいくのか、とわたしは驚いた。あたかもコーリーが台本を書き、わたしは自分の台詞を読むだけでいいといった具合だ。信号が青に変わるのを待ちながら、わたしはコーヒーカップのふたをいじった。そのままふたを手慰みにしながら言った。「昔は先生になりたかったの。小学校の」

わたしたちは縁石から降り、浜辺の手前に延びる板張りの遊歩道のほうへ歩いた。

「昔はってことは、何かあったのかい？」とコーリーは尋ねた。

わたしは肩をすくめた。もっともらしい嘘とは真実にまぎれこませた嘘だ。「高校を卒業する年に母が病気になったの。大学に出願する暇もなかったわ。母の看病をしながらどうにか授業についていくのが精一杯で」

空になったカップをふたりして通りすがりにごみ箱に捨てた。自転車道の端で立ち止まり、自転車の流れが途切れるのを待った。コーリーはわたしの手を取った。走って道路を渡り、海辺の広大な砂浜を見渡すベンチにふたりで座った。「お母さんの具合はよくなったのかい？」

「いいえ」わたしはぽつりと答え、重い余韻を残した。「人生ですごく大変な時期だった。でも、贈りものでもあったわ」

コーリーは興味をそそられたような顔をした。「どんなふうに？」

わたしは考えるふりをしたが、答えはもう用意されていた。コーリーが昨日アメリアに書いた言葉がそっくりそのまま頭に浮かんでいたのだ。「最悪なことも起こり得ると学んだの。そうなってもわたしは大丈夫だということも。人生は教訓に満ちている。その教訓に苦しむのも、教訓から学ぶのも自分次第なのよ」

コーリーが身を乗り出したので、狙いどおりだとわかった。驚きと感嘆がよぎった目の色からも成功を確信した。「きみの年頃でそんなふうに悟りがひらけている人はそう多くはないよ」

まえにも聞いた言葉だといわんばかりにわたしは肩をすくめた。「楽観主義は自分で選べる生き方だもの」

「ぼくがいつも言っていることだよ！」コーリーは手放しで喜んだ。「もっとも、かなり年を取るまでぼくはわかっていなかったけどね」

わたしは疑うような目でコーリーを見た。「そんなに年を取ってないでしょ」

コーリーは顔をしかめた。「四十八だ」

わたしはコーリーの肩に肩をぶつけた。「わたしは年上好きなの」

コーリーは含み笑いを浮かべた。「それはよかった」わたしたちは一瞬、黙りこんだ。「出身は？」とコーリーは訊いた。

「グラスヴァレー。シエラネヴァダ山脈の小さな町」とわたしは言った。「たぶん聞いたことないわよね。人口は一万二千人。だから住民同士みんな顔見知りなのよ。母が亡くなったあと、なかなか町から抜け出せなかった」コーリーの顔をじっと見つめ、話を疑っている気配を探ったが、信じきった顔で耳を傾けていた。〝わたしの話を信じてる〟

「どうしてロサンゼルスに？」

「ボーイフレンドがいたから。よくある話よね。でも、ここに出てきてよかった。サンタモニカのコミュニティカレッジに通ってデジタルデザインを勉強してるの。今は学生寮に住んでるけど、卒業したら部屋を借りて、デザインの仕事を始めたいと思ってる」

コーリーはわたしの目をのぞきこんで尋ねた。「運命を信じるかい？」

わたしはチャンスをつかむ力を信じていた。思いどおりの人生を歩めるものと信じていた。目的のために人を踏み台にしなければならないとしたら、それなりの理由があってしかるべきだ。なぜかといえば宿命（カルマ）も信じているからだ。「今日は信じる」

コーリーは身をかがめ、わたしにキスをした。唇がそっと重なると、わたしは目を閉じて、目尻の笑いじわや生え際の白髪を見ないようにした。

「今度いつ会える？」コーリーはささやくような声で尋ねた。

ローラーブレードの女性が自転車道を颯爽（さっそう）と通りすぎると、ヘッドフォンからビート音がかすかに洩（も）れてきた。わたしは海に目を向けた。太陽が水平線に沈みかけている。この役を演じるのは古いコートを身につけるように簡単で、まるで何年も愛用してきたコートのようにしっくりと体になじんだ。「木曜はどう？」

キャット

コーリー・デンプシーの事件が報じられたとき、わたしは『ロサンゼルス・タイムズ』で働いていた。この職に就けたのは幸運の賜物だった。母の交友関係のつてで、著名な調査報道ジャーナリストであるフランク・ダーラムの見習い記者として雇ってもらえたのだ。わたしにとって最初の大きな事件だった。自分の実力を認めてもらいたくて、フランクの取材先についてまわり、記者会見や警察回り、情報筋との面談に同行した。コーリーの家族に接触したときにも同席したのだが、厳しく制限がかけられつつも貴重なインタビューが取れた。

メグ・ウィリアムズの名前を初めて耳にした場所はその取材現場だった。インタビューの最中に名前が出たわけではない。世間体を気にする両親は、息子が少女たちにしていた悪事に対する親としての責任問題を必死にかわそうとしていた。

しかし、隅のほうに座ってメモを取っていたわたしは、デンプシー夫妻をサンディエゴから車に乗せてきたいとこの男女から別の話も小耳にはさんでいたのだ。本来なら耳にするはずのなかった内緒話の断片的な情報だった。デンプシー家の人々にしてみれば、わたしはヘッドフォンをつけた小娘で、上司がインタビューを終えるのを待ち、取材メモをまとめるだけのたんなるアシスタントだった。

「たぶんだけど、コーリーがガールフレンドと同棲中にしていたことなんだろうな。彼女がそばにいるのに平然と」二十代後半らしきいとこが言った。

「いやだ、想像できる？　自分のボーイフレンドが少女にあんなことをしていたなんて」女のほうのいとこが言った。

わたしはノートから目を離さず、〝同棲していたガールフレンド〟と書きこみ、丸で囲んだ。そして聞こえもしない音楽のビートに合わせて頭を振りながら、引き続き話に耳をすました。

「コーリーならやりそうなことだよ」

「ガールフレンドがいたって誰から聞いたの？」

男のいとこは顔をしかめた。「ネイトさ」

ネイト・バージェス、コーリーの親友だ。フランクから渡されていた資料に連絡先の情報も含まれていた。わたしはネイトの名前を書きかけの関係図につけ加えた。

「ネイトはほかになんて？」

「女子高校生たちのことはほとんど話に出なかった。何も知らないの一点張りさ」

女は鼻先で笑った。「なるほどね」

男がわたしのほうをちらりと見る様子が目の端に映った。男は声をひそめて言った。

「でも、面白いことを言ってたよ。メグっていうガールフレンドについて」

わたしは〝メグ〟と名前をノートに書き加え、息を殺した。

「ネイトの話では、そのメグは七カ月前にどこからともなく現われて、コーリーの生活にはいりこんだかと思ったら、うまく言いくるめて、コーリーのすべての情報にアクセスできるようになったらしい」

「もしかして、若くてセクシーな子だったんじゃない？」

「たぶんな。でも、それだけじゃないんだ。いいか——ネイトが言うには、コーリーがメグから聞いていた身の上は全部嘘だったんだとさ。メグは最初からコーリーに目をつけていて、コーリーが生徒にしていたことを隠れみのに利用し、コーリーの銀行口座を空にして、姿を消した」

「それって詐欺師というより、正義の味方ね」

フランクと車に戻ると、わたしは話を切り出した。「いとこたちが話していたんですが、コーリーはガールフレンドのメグにだまされていた可能性があります。すべてメグが仕組んだことじゃないかと」

センターコンソールをはさんで隣に座るフランクを見た。無造作に広がった白髪頭。記者たちのあいだで〝アインシュタイン〟の異名を取るのもうなずける。伝説的な人物であるフランクの下で修業を積めるわたしはラッキーだった。でも、順風満帆ではない。公文書の調査や男性同僚たちから押しつけられるランチの注文取りではなく、ちゃんとした仕事を割り振ってもらうために、絶えずがんばらなければならなかった。

フランクはうめき声を洩らして言った。「仮にそうだとしても、こっちが書こうとしている記事は高校の校長が生徒に手を出したという事件だ」

「でも、裏で糸を引いていたのはメグだったのかもしれない、といとこは考えている。女詐欺師は面白い切り口になるんじゃないですか」

フランクは首を振った。「きみも今のうちに肝に銘じておいたほうがいいが、いいネタがすべて報道されるとは限らない。新聞は廃れつつある商売で、おれたちの仕事は新聞の売り上げにつながる記事を書くことだ。売れるネタはセックスとスキャンダル。それだけ書いていればいいんだ」

賛同はできないが、反論するつもりはなかった。ただし、このネタを手放すつもりもない。母にはこう諭されていたのだ。〝女だてらに報道の世界に身を置くなら、人一倍努力して、頭を使って、リスクを取らなければ、男性と肩を並べる実力があると証明できないわよ〟

事務所に戻ると、フランクがコーヒーを買いに行くのを待ち、彼のメモを漁ってコーリーの両親の電話番号を見つけた。

「こんばんは、ミセス・デンプシー、『ロサンゼルス・タイムズ』のキャット・ロバーツです。先ほどフランクと取材に伺いました。メモを読み返して気づいたのですが、逮捕されたときに息子さんが一緒に暮らしていた女性の名前を確認しそびれていました」

「実際に会ったことはないけど、名前はメグ・ウィリアムズです」とコーリーの母親が言った。「メグが愛称なのかどうか、ちょっとわからないわ。そもそも本名なのかどうかも。すべてが明るみに出る直前にいなくなったの。だから、もし彼女を見つけたら、教えてもらえないかしら？」

「もちろんですよ」とわたしは言った。「連絡します」

フランクはコーヒーを手に戻ってきた。「まずはどこから取りかかるつもりだ？」

わたしはノートを閉じた。「今日の取材で聞いた話の裏取りから始めます」

フランクはうなずいて、コーリー・デンプシーのような人物がいる公立学校というものとその体制をテーマに、四部構成を予定している連載記事の執筆に着手した。

そして、わたしがメグ・ウィリアムズの調査を始めたのはその夜からだった。コーリー・デンプシーの人生を破壊し、姿をくらました張本人について。その後ほどなくしてわたしの人生もめちゃくちゃにした女について。

すぐに見抜いたが、コーリーはセックスの予感に行為そのものと同じくらい興奮する性質の男だった。わたしは流れに乗って——自意識過剰気味に——早い段階で打ち明け話をした。これまでひとりとしかつきあったことはなく、ロサンゼルスまであとを追いかけた例のボーイフレンドひとりきりで、別れてから一年以上たつのだ、と。

「経験が乏しくてもかまわないならいいんだけど」すでにそう話していた。わたしたちはソファにいた。コーリーのシャツが床に脱ぎ捨てられてすぐ、わたしはいきなり体を引いた。「あなたにはこれまで感じたことのないものを感じる。でも、ゆっくり進めたい。これってわたしにとって未知のことだから」

「もちろんだよ。あまり経験豊富じゃなくてよかった」コーリーの指先がわたしの顎の線をたどり、首筋をおりていった。「ぼくの好きなやり方を教えてあげられるからね」

わたしは耳を疑うような目でコーリーを見た。自分の幸運が信じられないといわんばかりに。「ほんとに？」

コーリーはわたしの顎を傾け、そっと唇を重ねた。「本当だ」

緊張した初心な娘が欲しくてたまらない、あの飢えたような目の輝きは予期していなければ見逃していただろう。手綱を握っている限り、主導権は自分にある。わたしはそのときそう悟った。

つきあい始めて三週間目までに、わたしは学校に通い出し、週四日はコーリーの家で寝泊まりしていた。ヴェニスの平屋造りの小さな家だ。自分の役になりきって、問題を抱えているふりをして、コーリーを頼っては解決に導かせていた。〝駐車禁止の標識を読まなかったのが間違いだったね〟求めてもいないアドバイスも受けていた。〝教授にはすぐに自己紹介するといい。顔を憶えてもらえば、成績に色をつけてくれるよ〟

表面的には、コーリーはよく気が利いて、面倒見がよかったが、愛情の陰に支配欲が見え隠れした。わたしのアルバイトと授業のスケジュールを知りたがり、休みの日に誰と過ごすのか、自分と一緒に過ごさない夜は誰と出かけるのか知りたがった。

細部はなるべく実生活に近づけていたが、それでも気を抜けない綱渡りだった。コーリーに近づこうとしつつも一緒に過ごさない夜のことは知られまいとし、ウェストサイド地区の方々の通りに停めた車で寝ていることは知られないようにしていた。とはいえ、週三日車上生活を送るためにそういうことをしているわけではなかった。ずっと一緒にいたいとコーリーに言わせせなければならない。

そこで、ハイになるのが好きなシルヴィという情緒不安定なルームメイトの存在をでっち上げた。「あそこはもううんざり」とわたしはコーリーに言った。「服にマリファナのにおいがついちゃうし。あなたがにおいに気づかないなんて不思議だけど」シルヴィのことをしょっちゅう愚痴り、シルヴィのせいでコーリーも迷惑を被るように仕向けた。疲れが溜まっているからディナーに行くのは無理で、なぜかといえば、昨夜はシルヴィが呼んだ人たちが午前二時まで帰らなかったから。コーリーとのランチに遅刻したのはシルヴィに部屋から締め出されたから。そういう話をして、解決策をコーリーが持ち出すのを待っていた。〝うちに引っ越しておいで〟

でも、コーリーは餌に食いつかない。食いつく代わりに、学生時代のルームメイトの話をわたしに聞かせたものだった。同室だったネイトがあるとき女の子を丸一日部屋に連れこんだせいで、コーリーは学生寮の談話室で寝る破目に陥った話。あるいは、ネイトが窓辺の枯れた鉢植えにうっかり火をつけてしまった話。

わたしは何度も寝返りを打ちながら車中で過ごす夜に辛抱の限界を迎えていた。コーリーの家の上質なシーツとくらべると、自分の毛布はやけにチクチクしている。底冷えのする秋の夜には寝つきが悪くなり、夜が明けるまでトイレも我慢しなければならない。

そういうわけで、十一月半ばの火曜日の夜、衣類を詰めた大型のダッフルバッグを提げて、コーリーの家を訪ねたのだ。もつれた髪に赤い目をして。

「どうしたんだい？」とコーリーは尋ねた。わたしは玄関の近くに荷物をおろした。

「寮を追い出されたの」わたしは声を震わせた。

「なんだって？　何があった？」

「シルヴィがやらかした」

コーリーはわたしを居間へ連れていき、ソファに座らせ、ワインを注いでくれた。わたしは感謝のまなざしをコーリーに向け、グラスに口をつけた。「わたしたちの部屋からマリファナのにおいがすると通報があったの。寮の世話役が来て、室内を調べたら、冷蔵庫の奥からマリファナが出てきた。自分のではないとシルヴィは言い張って、もちろんわたしも同じように主張した」わたしは目をつぶり、その場面を想像してみた。信憑性を出すには絶望的な様子に見えなければならない。これが事実なら、自分の計画が大きく狂わされてしまうのだから。「運よく退学処分は免れた。でも、ふたりとも寮から追い出されたの。シルヴィは実家に帰ればいいけど、わたしには実家がないから手立てを考えないと。それもすぐに。車上生活者になりたくなければ」

そう口にしたとたん、わたしは後悔した。〝事実に近すぎる〟

コーリーに抱き寄せられると、わたしは身を預け、彼の鼓動の数を数えて待った。

「ここに引っ越してくればいい」

わたしは体を離し、目を見開いた。「だめよ、そんな。まだ日が浅いわ」

「きみはもうここに住んでいるようなものだろう」とコーリーは反論した。「置いてある服がすこし増えて、きみの鍵束に鍵がひとつ増えるだけのことだよ」

安堵が胸に広がったが、わたしは首を振り、きっぱりと言った。「母から教えられたのよ、必要なものがあれば、自分で稼いで手に入れなさい、体目当ての男性に面倒を見てもらってはいけないと」

コーリーは傷ついた顔をした。「ぼくのことをそんな目で見ているのか？」

「もちろん違う。でも、親切にすれば期待が生まれ、期待は不満を招く。わたしたちはまだつきあい始めたばかりでしょ。ふたりの関係をだめにしたくない」

「そんなふうにはならないよ、きみもわかっているはずだ」

わたしは沈黙し、申し出を検討しているふりをしながら、母が一度だけ申し出に応じたときのことを思い返していた。母が待っていた男はロン・アシュトンだった。〝あの人は別なの〟と母はわたしに言ったのだ。〝健全な人間関係は愛だの恋だのというだけじゃない。それぞれが何かしら持ち寄って、パートナーシップを築くのよ。責任ある協力関係をね〟

母は数百万ドルの価値のある資産を持参した。ロンの手土産は嘘だけだった。

「家賃は払わせてもらう」とわたしは最後に言った。

「金はもらいたくない」コーリーはわたしの腰に両手をまわし、左右の親指を素肌にかすめながら、シャツの裾をめくり上げた。「いつもここにいてくれるなら、交際も順調に進む。これから信頼関係を築いていけるね。残りの壁を壊して」

一カ月近く、一線を越えずに持ちこたえてきた。ぎりぎりまで気を持たせてはお預けを食わせるという芸当を繰り返してきたのだ。でも、そろそろけりをつけるときが来た。これはわたしに必要なことなのだから――安全な生活は。安定した関係は。何ごとも代償を払わなければ手に入れられない。

よく考えた末、わたしは大きく息を吐いた。「わかったわ」

その夜、コーリーが眠りにつくまで待って、わたしは寝室を――ふたりの寝室を――抜け出し、彼のパソコンに近づき、〈サークル・オブ・ラブ〉の自分のアカウントにログインした。デートを希望する男性たちからの新着メッセージを無視し、画面の右上隅の〈アカウントの設定〉をクリックした。そして、下までスクロールし、〈アカウント停止〉ボタンの上にカーソルを動かして手を止めたが、そこを飛び越えて〈アカウント削除〉をクリックした。

そのあと、アメリアのアカウントも削除した。

家に広がる静けさは祈りのようで、わたしはこの瞬間の重みを噛(か)みしめた。もう愛想笑いはしない。その気もないのに誘いをかけたりもしない。興味があるふりもしない。コーリーのパソコンを前にして、二度と車上生活には戻らない、とわたしは胸に誓った。

そしてベッドに戻った。

「ぼくが買ってあげた黒いスカートと赤いブーツにしてくれ」

コーリーとわたしはネイトと飲みに行くことになっていた。

わたしは自分で選んだ服装を見下ろした。濃い色のジーンズにカシュクールのトップス。ため息を堪えた。あの黒いスカートはウエストに食いこむし、ブーツは爪先が痛くなる。でも、にっこりと微笑んだ。ちょっと譲歩すれば、わたしが自分ではどうしていいかわからず、人の言いなりになりやすい若い子だとコーリーに思わせておける。「いいわ、ちょっと待ってて」

「急いでくれ」とコーリーは言った。「遅刻は困る」

〈サークル・オブ・ラブ〉で見つけた相手とのデートで何度か行ったことのあるバーだった。その夜、仕事帰りの客で混み合っていた。ネクタイをゆるめたドレスシャツ姿の男たちだ。かすかにしわの寄ったビジネススーツの女たちはカウンターでグラスをぐいぐい空けている。

ネイトは隅のテーブルについていた。頭上の大型テレビではサンフランシスコ・フォーティナイナーズの試合が音を消した状態で流れている。ネイトは立ち上がって、わたしと握手した。「噂のメグか」

「あなたにも同じ言葉をお返しする」

ネイトは視線を上から下に這わせ、また上に戻してから、わたしの手を放した。

「ビールをふたつ」テーブルを通りかかったウェイターにコーリーは声をかけた。

「グラスワインのほうがいいわ」とわたしは言った。

コーリーはブース席の背もたれに腕をまわした。「スポーツバーでワインなんて飲むものじゃない。彼女もビールだ」注文を繰り返してウェイターをさがらせた。

ネイトは半分空になったジョッキを挨拶代わりに掲げた。

わたしは脚を組み、スカートの裾が太腿の半ばまでずり上がるのをネイトが見ていることに気づいた。フォーティナイナーズがタッチダウンを決めて得点すると、周囲で歓声があがった。

「教えてくれないか、メグ」とネイトが言った。「ふだんは何をしているんだい?」

「学生だ」コーリーが代わりに返事をした。

ネイトは眉を上げた。「おっと、学園ドラマを地で行くおふたりさんか?」

コーリーは笑って、説明した。「ばか言うなよ、メグは大学生だ。コミュニティカレッジに通っている」

「デジタルデザインを勉強してるの」とわたしはつけ加えた。

「コーリーの家に引っ越してきたんだってな」口調こそさりげなかったが、ネイトの視線に圧を感じた。わたしの真意を無言で問い質(ただ)しているようだった。

わたしは軽くいなすように肩をすくめた。「寮を追い出されたの。どっちみちコーリーの家に入り浸っていたから、一緒に暮らしたほうがいいってことになったのよ」

「コミュニティカレッジに学生寮があるとは知らなかった」

コーリーは試合中継に目を向けたが、わたしはネイトから視線をそらさなかった。

「ウェストサイド地区の家賃は高いわ。学生はどこに住めというの？」

ネイトはビールをちびちび飲み、コーリーを指差した。「とにかく、こいつをつかまえられておめでとう。めったなことじゃ女に縛られないやつだから。もっとも、きみはまさにこいつの好みのタイプだけど」

「よかった」

コーリーはまたわたしたちに視線を戻した。すぐに男同士で話を始め、仕事や共通の友人、ネイトがものにした数々のデートの相手についてあれこれ話題にした。

夜のあいだじゅう、ネイトの視線を感じていた。わたしの正体を暴こうとするような目つきだった。でも、わたしはしっぽをつかませなかった。にこにこしながらビールを飲み、ほとんど口を閉じていた。

人の生活に根を張るには時間がかかる。日曜日のブランチや特別な日のお気に入りのレストランでの食事など、習慣を定着させなければならない。自分と相手を結びつける儀式だった。コーリーとの生活は八割方習慣で成り立っていた。ふたりがつきあう人たちはコーリー側の友人だけであるとたとえ気づいていたとしても、コーリーは何も言わなかった。

しかし、ネイトは確実に気づいていた。「きみの友達はどこにいるんだよ、メグ?」ある夜、そう訊いてきた。「どうしておれたちと出かけないんだ?」

「あなたのお相手をさせろということ?」とわたしは切り返した。

ネイトはじっと視線を据えてきた。「妙だと思ってるだけだ。きみくらいの年齢の女の子が同性同士でつるんでいないなんてな。お仲間はどこにいるんだ?」

「年がばれるわよ、ネイト。今は〝女性〟と呼ぶの、〝女の子〟じゃなくて」

コーリーは笑った。ネイトも笑った。しかし、ネイトはわたしからすぐに目をそらさなかった。それでわたしも気づいた。この人は曲者（くせもの）だ、と。

男というのはたいてい気前がよくて、単純な生き物だ。何を大事にしているのかわかれば、それで事足りる。頃合いを見てあたえてやればいいのだ。それを探り出すべく、わたしはコーリーの留守中に持ち物を調べ、日頃は隠している心の奥を探ろうとした。おじいさんから譲り受けた彫り物入りのポケットナイフが下着の引き出しの奥から出てきた。日付がはいっていない母親からの誕生日カードにはこんな言葉が書いてあった。〝お父さんの七十歳のお祝いにあなたも顔を見せてくれるといいわ。口には出さないでしょうけれど、お父さんはあなたを許しているのよ〟

作業はゆっくりと進めた。一度に引き出しひとつだけにして、しまってあるものの位置がずれているとコーリーに気づかれないか、引き出しのなかを引っかきまわしたことがばれていないか様子を見た。どうなるか成り行きを確かめる目的で時々、盗みも働いた。洗濯済みの靴下の下に隠してあった二十ドル札を二枚。もっと大きなものもくすねた。たとえば、キッチンの引き出しにはいっていた車のスペアキー。手のひらにすっぽりと収まる黒いスマートキーだ。しかし、コーリーはまったく気づかなかった。盗んだ現金は使ったが、車のキーはハンドバッグの外ポケットに忍ばせた。同棲生活の目的を忘れないでおくために。

ナイトテーブルの引き出しの中身をベッドに空けているときに携帯電話が鳴り、どきりとした。「もしもし。今シャワーから出たところ」

「つかまってよかった」とコーリーが言った。「予算報告書のバインダーをデスクに置き忘れたんだよ、午後の会議で必要なのに。通学の途中で持ってきてくれないか？」

なるべく元どおりになるよう中身を引き出しに戻していった。「いいわよ。服を着て、髪を乾かさないといけないから、二十分後になるけど」

「となると、昼休みにかかるね。ぼくの居場所を探すのは大変だろうから、校長室に置いておいてくれ」

「了解」

脇道の駐車スペースに車を停めて、小さな区画を一ブロック分高校まで歩いた。昼休みで開放された校門から生徒があふれ出てきた。クリップボードに名前を記入し、訪問者バッジをシャツにつけた。そして本館に背を向け、北校舎に向かった。

旧館の角を曲がると、目の前の光景に足取りが重くなり、やがてその場で立ち止まった。生徒でにぎわっている場所で、おのおのバックパックを手近な地面に投げ出していた。ここは母校ではなかったが、生徒たちの会話が切れ切れに耳にはいってくると、ノースサイド高校に通っていた頃に引き戻された。静かな場所を見つけて、サンドイッチを食べながら自習をしていたっけ。

コーリーに群がる女子の集団も見憶えのある光景だった。とうとうコーリーを見つけてみれば、このざまだ。黒髪の女子生徒が髪をかき上げ、話をしながらすり寄り、コーリーの腕に手を置いて注意を引こうとした。わたしはコーリーが後ろに下がるのを待った。職務上の適切な距離を置き、励ましの言葉のひとつでも残して見まわりを続けるのを。ところが、コーリーは身を乗り出し、女子生徒の話に熱心に耳を傾けた。

ここの生徒たちのなかにも、着衣が乱れた状態で校長室からこそこそ出てくるような関係を夢見ている女の子がいるのだろうか。コーリーの車の助手席に乗りこむような関係になりたいと思っているのだろうか。

わたしは作り笑いを浮かべてコーリーたちに近づいた。わたしに気づくと、コーリーは驚いた顔をして、ようやく後ろに下がった。「メグ」

わたしはバインダーをコーリーに手渡した。「予算報告書よ、ご要望どおり持ってきたわ」

「やだあ、いい感じ」ひとりの女子生徒が言った。「校長先生の宿題を持ってきてあげるなんて」

コーリーはその生徒に視線を投げてから、わたしに目を戻した。「校長室に置いておいてくれと言ったはずだ」

「せっかくここまで足を延ばしたのに会えずに帰るのはいやだったの」わたしは距離

を詰め、さもキスでもするかのように身をかがめたが、コーリーはさらにもう一歩後ろに下がった。さっきまでコーリーの腕に手をかけていた女子生徒は勝ち誇ったような顔でわたしを見た。

最後にわたしは言った。「もう行くわね。じゃあ、あとでうちで」

コーリーはほっとしたような笑みを見せた。「ああ」

わたしは体の向きを変え、校庭を突っ切って元来たほうへ戻りながら、今の状況を思い返し、自分の目で見た印象を頭のなかで整理した。思いついたことや疑念も。そして、どう反応するべきか考えをめぐらした。

こういうときは喧嘩を吹っかけるに限る。「屈辱的だったわ、邪魔者扱いされて」

夕食のあと、わたしは切り出した。

「大げさだな」とコーリーは言い返した。「ぼくは権威ある立場だ。昼休みの校庭の真ん中でガールフレンドとキスシーンを演じるわけにはいかない」

「気まずそうにしたわよね」立ち話をしていた女子生徒たちとの距離の近さをわたしは思い返していた。コーリーはさりげないけれど、それとわかるように、女子生徒たちの欲求に応えていた。「なんだか生徒たちに知られたくなかったみたいだった、わたしがガールフレンドだって」

「きみがぼくのなんなのか、生徒たちには関係ないことだよ」コーリーは髪を手で払いながら言った。「とにかく、きみへの態度を正当化するつもりも、言い訳するつもりもない。きみはぼくに頼まれたとおり、校長室にバインダーを届けてくれればよかっただけだ」

コーリーが攻撃に転じたので、ここは黙って従っておくべきだとわかった。わたしは焼きもちを焼いただけだとにおわせておいた。それでじゅうぶんだ。

それでも、その夜ベッドではコーリーに背を向けた。コーリーは苛立たしげに息を荒らげたが、しつこく迫ってはこなかった。わたしは壁を見つめたまま、眠りに落ちてゆっくりになっていくコーリーの息遣いに耳をすまし、これでよしというように口もとをほころばせた。自分を取り合ってくれて喜ばない人はいない。

コーリーのデスクに取りかかる頃には、痕跡を残さずに引き出しを探る達人の域に達していた。ぎっしりとしまいこまれたこまごまとしたものを調べ、自分にとって価値があるかどうか見極めては次へ進んだ。

寝室が二室だけのこの小さな家をコーリーが九十万ドルで購入していたことがわ

かった。チェース銀行に三つの口座を開設していた。普通預金、当座預金、そして家計用の口座には約三万ドルがはいっていた。

銀行口座へのアクセスにパスワードは設定されていなかった。電子メールの受信トレイもパスワードなしで閲覧できたが、そのほとんどはネイトから転送されたジョークやどぎつい下ネタのメールで、大量に溜まっていた。

あるはずなのにないものというのもまた興味深い。家族の写真はほとんどなかった。〈サークル・オブ・ラブ〉のプロフィールによれば、コーリーは家族思いであると考えられるのに。家族とのメールのやりとりもわずかばかりだった。それらは身内の集まりへの誘いかけのメールで、コーリーは毎回断っていた。家族と疎遠であるのはどうしてなのか、不思議に思った。原因はなんなのだろうか。

書類棚のいちばん下の引き出しには、自動車保険や住宅所有者保険の書類など、さして目を引くものもなく、そろそろ終わりにしようかと思ったところであるファイルが目についた。〝ノースサイド〟と薄い鉛筆書きでラベルに記されている。その文字が消えてなくなればいいと願っているかのような筆致だった。

中身はコーリーがノースサイド高校ならびに学区の教育委員会と取り交わした合意書だった。

法律用語を読み解くのに多少手こずったが、合意書の表紙に記された日付はクリステンが学校に出てこなくなってから半年後にあたると気づいた。教職から管理職への異動についてコーリーによくよく尋ねたことはなかった。たんに昇進したのだろうと思いこんでいたからだ。しかし、合意書を読んでみると、まったく違う図式が見えてきた。教師としての職権を乱用した男。それによって精神的なダメージを受けた少女。事態を必死に隠蔽しようと画策した学区の教育委員会。

合意書自体は客観的だった。事実だけが記載されていた。けれども、最終ページは被害者の供述で、それを読んでクリステンに何が起きたのか、わたしが考えていた甘い見通しは粉々に打ち砕かれた。たしかに、最初は同意があったうえでのことだった。しかし、車に無理やり乗せられたわけではないからといって、あるいは教室に引きずりこまれたわけではないからといって、本人が好きでその場にいたとは限らない。

このまえ校庭にいた女子生徒たちのことが頭に浮かんだ。若さと美の威力を試し、その力があっけなく奪われ、手の届かないところに持ち去られたら、もう取り戻せないことに本人たちはまるで気づいていない。

わたしは合意書のページをめくって前に戻り、あらたな視点で目を通してみた。精神療法を必ず受けることと、ひっそりと転任することを交換条件に、コーリーは他校の管理職の地位に就く推薦状を手に入れ、正式な責任を問われることはないとされた。

ひとりの少女の人生の値打ちがこれか。加害者はカウンセリングを受けるだけで失態をちゃらにされ、他校に転任し、昇進までしている。

キャット

フランクは卒業アルバムの山を編集局のわたしのデスクに置いた。「背景をそれで調べろ。コーリー・デンプシーが選んだ引用文、獲得した賞、顧問を務めていたクラブ活動。飛ばし読みはだめだ。通読しろ。すべてのページに目を通してくれ」

わたしは山積みにされた卒業アルバムを上から取り、表紙を眺めた。〝ノースサイド高校二〇〇五年―二〇〇六年〟の文字と、生徒が描いた砕け散る波と夕陽の挿絵。

わたしはため息をつき、自分の高校時代を思い返した。卒業アルバムの年度はこのアルバムよりも四年古いだけだ。表紙をめくり、自分が通っていた頃の同級生たちと似たり寄ったりの生徒たちのスナップ写真を確認していった。青春を謳歌する方法を知っているこういう生徒たちを尻目に、わたしは母が成し得なかった夢を叶えるために必死になっていた。母が『ワシントン・ポスト』入社二年目にして妊娠検査で陽性の結果が出て奪われた機会を、娘のわたしが埋め合わせようとして――しくじっても

――いた。

その務めに一心に打ちこんでいた。学校新聞の記事を書くだけでなく、編集も担当した。ウォッカを忍ばせた水筒ではなく、手帳を持ってアメリカンフットボールの試合を観戦し、交際目当てではなく、コメントを取るためにロッカールームの外で選手たちを待った。

本当に情熱を傾けていたのは創作だった。頭に浮かんだ短編や対話形式の短い作品を、暇を見てはノートに書き溜めていた。作家デビューをして、自著のブックツアーに出たり、文学賞の最終候補に選出されたりする夢を思い描いた――もしかしたら受賞だってできるかもしれない。敬愛する教授が推薦状を書いてくれて、作家志望者なら誰もが憧れるアイオワ大学創作学科の大学院課程にせっかく入学を認められたが、ジャーナリズムの分野のほうが格上だとする母に反対された。〝小説なんてティーンエイジャーや暇な主婦が読むものでしょう〟というのが母の持論だ。そういう経緯があり、ノースウェスタン大学のジャーナリズム学院に進んだのだった。二十万ドル以上の学生ローンを背負い、二年の歳月を費やして得られた特典はといえば、フランク・ダーラムのために卒業アルバムに目を通す作業というわけだ。

名前と顔をざっと確認しながら卒業生の顔写真――タキシードに蝶ネクタイ、真珠にオフショルダーのフォーマルドレス――が並ぶページをめくり、クリステンの写真を見つけて手を止めた。年度の初めに撮影されたはずだ。つまり、夏休み明けに。休み中は海辺で過ごしていたのだろう。にぎやかな女の子たちが集まったグループの中心人物で、サーファーやライフガードにもちやほやされて。そんな様子が目に浮かぶようだ。

笑顔で写るクリステンの顔写真に見入った。髪は肩におろしている。引用文はシャーロット・ブロンテの言葉を選んでいた。《前に目を向けないようにし、後ろを振り返らないようにもし、上だけを見るようにしている》という言葉だ。なぜこの引用文を選んだのだろう。今となっては違うことを意味しているのだろうか。

隣のページにはクリステンのスナップ写真が載っていた。少女同士で腕を組んでいた。その写真の説明文には〝クリステン・ジェントリーとローラ・レイザー〟とある。ローラの名前をノートに書き留め、また先に進んだ。とくに見るべきものはなく、ひたすらページをめくっていった。やがて、思いがけない名前が目にはいった。〝メグ・ウィリアムズ〟だ。まさかここで出てくるとは。口もとに中途半端な笑みを浮かべてカメラを見つめている。これといって特徴がなく、会ってもすぐに忘れるような顔だった。

わたしはまわりを見渡した。編集局の人員は誰もが自分の仕事に没頭していた。電話で話している者、キーボードに指を走らせている者、戸枠に寄りかかって、都市部デスクのマーティーとしゃべっている者。自分のチームのことを考えてみた。男性三人とわたしの全員が全員とも、何かしら意味のあることで仕事に貢献したいと願っていた。フランクの署名記事の末尾に自分の名前が載るのを見たくてたまらないのだ。

〝取材協力キャット・ロバーツ〟

わたしはコンピューターに向かい、取材源を見つけるときに使う検索エンジンにログインし、ローラ・レイザーの情報を入力した。ものの数秒で現在の電話番号と住所が明らかになった。

ローラの昼休み中に会った。ローラはウェストウッドの高層オフィスビルで派遣社員として働いていた。「昼休みは四十五分間しかないの」と電話で言っていた。「だからロビーのカフェでサラダを食べるしかないわね。それでよければ」

勤め先のビルに面した歩道に並ぶ、脚がぐらつく金属のテーブルをはさんでわたしたちは座った。目の前のウィルシャー大通りを車が行き交っている。ローラは意外に背が高く、面接用らしきスーツを着ていた。ふたりともプラスチックのふたを開け、出来合いのサラダをつつき始めた。「カリフォルニア大学ロサンゼルス校（UCLA）に行ったの？」とわたしは尋ねた。

「コミュニケーション学を専攻して、いちおう卒業はしたけど」ローラは目を上へ向けた。「大学院へ進めばよかった。就職難だから」

「コーリー・デンプシー先生の話を卒業生から聞きたいと事前に話したけど、関連事項の調査も進めているから、そっちの話もちょっと教えてもらえたらありがたいわ」

ローラはサラダから顔を上げ、警戒心をのぞかせた。「クリステンのことは話さないわよ」

「そうじゃなくて、別のクラスメイトのことを訊きたいの。メグ・ウィリアムズなんだけど」

ローラはほっとした表情になり、キュウリをフォークでつついた。「へえ、メグのことを？　ずっと思い出しもしなかった。で、何を知りたいの？」

「デンプシー先生の件を暴露したのは彼女だったという見方があるの」

ローラはキュウリを嚙んでいた途中で動きを止め、フォークを宙に浮かせたまま苦笑を洩らした。「嘘でしょう？　メグがどうやってそんなことを？　そもそもどうして？」

「あなたならわかるんじゃないかと思っていたのよ。先生に近しい人の考えでは、メグに標的にされたんじゃないかというの。計画的だったと」

ローラはフォークをおろし、笑うともなく笑った。「正直に言って、よく知らないの。メグは一匹狼で、いつもみんなから浮いていた。クリステンはメグとも仲よくしてあげてたけど、クリステンは誰とでも打ち解ける子だった。〝女子の掟〟だからっていつも言ってたわ」

「メグもデンプシー先生の餌食にされていたと思う？」

ローラは首を振った。「それはない。メグは地味だったから、ぜんぜん先生のタイプじゃなかった。先生はきらきらした子が好きだったの。目立つタイプがね。メグのような女子たちはほとんど相手にされてなかった」

「クリステンはメグに打ち明け話をしていた？」

「していたとしても、わたしは何も聞いていない」

「メグに話すとしたら、デンプシー先生のどんな話をしていたと思う？」

ローラは探るような目でわたしを見ると、ソーダをひと口飲んだ。「だからクリステンのことは話しませんってば」

わたしは録音装置を止めて、ペンにキャップをした。「クリステンのことを記事にしたいわけじゃないの。なんならこのやりとりを全部オフレコにしてもいい。つまり、そういうことにしたら、あなたの話をそのまま載せることも、ほかの言葉に置き換えることもできないということよ。あなたと話をしたことを編集長には報告するけれど、ほかの人に言うつもりもない。でも、クリステンに何があったにしろ、メグは知っていたんじゃないの？　だからこそああいう行動に出た。なぜデンプシー先生と同棲して、関係を持っていたのか、それで説明がつくかもしれない」

ローラに考える時間をあたえ、わたしは待った。無理強いはしないと決めていた。性暴力について女性に口を割らせることだけは——たとえ本人の経験ではないとしても——越えたくない一線だった。

「公開された裁判記録には、デンプシー先生がクリステンに何をしたのかの詳細は含まれていない。となると、また聞きがいちばん確実な情報収集策だってわけ。復讐なら復讐で、事件の全容を知りたいの。何に対する復讐だったのか」

「オフレコなのよね？」

「ええ、オフレコよ」わたしは請け合った。

ローラはプラスチックのフォークを食べかけのサラダの上に置き、容器を脇に押しやった。「ふたりの関係は九月に始まったの」と彼女は話し始めた。「最初は些細なことだった。昼休みに特別にお手伝いをするとか。そうしたら、ちょっとしたプレゼントをクリステンはもらうようになった。組み紐（ひも）のブレスレットとか、かわいらしいネックレスとか、高価なものではないけれど、不適切といえば不適切だった」

ローラはソーダのストローをいじり、氷をつつきながら先を続けた。

「特別扱い。ふたりだけの内輪のジョーク。クリステンは目をかけられて舞い上がったのね。デンプシー先生はかっこよくて、そんな先生の眼鏡にかなったんだから。みんなを差し置いて自分だけが選ばれて、それを喜ばない女子なんている？　すぐにクリステンは放課後に居残る口実を作り出すようになった。先生からメールが来ると、勉強会に出席する予定を急に思い出したりしたものだった」風が吹きつけ、紙ナプキンがテーブルから舞い上がり、交通量の多い車道に飛ばされていった。ふたりしてそれを目で追うと、紙ナプキンは四車線の道路を横切る途中でバスに踏みつぶされた。

「気持ち悪いよって、わたし、クリステンに言ったの。何回か言い合いになって、わたしは話題に出すのをやめて、そのうちクリステンもけじめをつけるだろうと思ったの。でも、十月にボーイフレンドのほうと別れちゃった。わたしたちとお昼を食べなくなって、アメフトの試合も観に行かなくなった。最終学年だったのに、クリステンは消えちゃったの。ううん、いたことはいたけど、ほら、いないも同然だった」

「何があったのか具体的な話はクリステンから聞いた？」

「あとになってから」ローラは腕組みし、通りすぎていく車に目をやり、記憶をたどるようにして話し続けた。「クリステンがやらされていたことは悪趣味だった。オーラルセックスを教務室で。先生の車で。正しいやり方を教えたいと先生は彼女に言ったの、たいていの女性がマスターできない技を教えてやるって」ローラはふいに視線を向けてきた。無表情だった。「放課後になると、ふたりはよく海岸へドライブしていた。人気（ひとけ）のない駐車場へ行くの。車の後部座席でセックスするのがお決まりのパターン。クリステンはいつも親に嘘をついたわ、わたしの家でお泊まりするんだって。でも、本当は先生の家に泊まっていた」

「両親には見抜かれなかったの？」

ローラは吐き捨てるように笑った。「ご両親は……」言葉を探しているのか、いったん声が小さくなった。「留守がちだった。お父さんはどこかの重役で——どこの会社か知らないけど——稼ぎがいいから、お母さんはショッピングに行ってはビーチクラブでランチの毎日を送るご身分だった。クリステンが完璧な娘を演じている限り、どちらも無関心だった。いわゆる聞かざるの放任主義」

「ふたりの関係はどうして発覚したの？　クリステンが誰かに打ち明けた？」

「突然クリステンから呼び出しがかかったの、十一月だったわ。泣きながら、こっそり会いに来て、と頼まれた。きっとひどい別れ方をしたんだろうなと思ったの。たぶん先生に捨てられたか、先生が正気に返ったかして」ローラは額にかかった髪をかき上げて、耳の後ろにかけた。「でも、そうじゃなくて、妊娠していたの。おなかにデンプシー先生の赤ちゃんがいたのよ」

わたしは椅子の背もたれに体を預け、教師と不適切な関係に陥り、その教師の子を身ごもった十七歳の少女を頭に思い浮かべた。どんな心境だっただろうか。妊娠に気づいた衝撃と恐怖。どんな行く末が待っているか、クリステンのような頭のいい生徒ならすぐに見通せただろう。

ローラはため息をつき、遠い目をした。「クリステンが両親に打ち明けたとき、わたしも同席したの」わたしに視線を戻して話を続けた。「ご両親がなんと言ったか知りたい？　〝ばかなことをしたものだな〟って。まるでカンニングかずる休みがばれたような言い草だった」

「それからどうなったの？」

「両親が解決に動いたわ。クリステンのお父さんは有力者だったから、てっきり弁護士がここぞとばかりに腕を振るうと思ったの。デンプシー先生が首になるのを今か今かと待っていたわ。または休職に追いやられるか、なんらかの処分がくだされるのを。でも、冬休みが終わって学校に出てきた先生は冗談を飛ばして、クリステンの席だった空席に目も留めなかった、何ごともなかったかのように……」ローラは肩をすくめた。「だからといって、わたしに何ができる？　当時はとにかくあの学校がいやで、すべてのことから逃げ出したかった」

「クリステンは今どうしているの？　赤ちゃんは産んだ？　高校は卒業したの？」

「一家は引っ越した。悪いけど、オフレコであれ、なんであれ、引っ越し先を話すつもりはない。クリステンはおなかの子を堕(お)ろして、高校卒業資格(GED)を取得した。もう彼女とは連絡を取り合う気もないわ。SNSにも登録していないようだし」ローラは悲しげな顔をした。「クリステンは優秀な生徒だったの。医学の道を志していたのに、デンプシー先生がその夢を奪った。先生はまた同じことを繰り返したみたいね」

「でも、メグが阻止した」

ローラは首を振り、虚(うつ)ろな笑い声をあげた。「あの〝ホームレス女〟がそんなお手柄を立てるなんて思いもしなかった」友人の身に起きた出来事にまだ心を乱され、やるせない表情を浮かべていた。「わたしももっと何かできたはずよね――だめなことはだめだと言えばよかった。自分の親にも言えなくて、先月デンプシー先生のニュースが報道されてようやく話したの」

「あなたは若かったから」とわたしは言った。「関係者の大人たちが対処するものと思った。やるべきことをやるだろうと。それをしなかったのは大人たちの責任で、あなたに責任はないわ」

「メグがやってくれてよかったけど、本当はわたしがやるべきだった」

「次の機会に」とわたしは言った。テーブルをはさんで目と目が合い、世の中には悲しい現実があるのだと暗黙のうちに通じ合った。コーリー・デンプシーのような男たちがまだ大勢野放しになっていることをどちらも知っているからだ。

メグ

寝室にはいり、引き出しとクローゼットから衣類を取り出しては、ダッフルバッグに放りこんでいった。コーリーが帰宅するまで二時間。わたしはそれまでにいなくなるつもりだった。

居間に行き、ダイニングテーブルから授業のノートをかき集めた。あたりをすばやく見まわし、何か忘れていないかどうか頭を働かせた。玄関脇の納戸からトイレットペーパーを二個、食品収納棚からパンとピーナツバターを取り出して買い物袋にしまい、食器棚からバターナイフも持ち出した。

窓の外には、私道に停めた自分の車が見える。骨身に染みる寒さが今から感じられるようだった。寒さをしのごうと縮こまって、すぼめた肩の張りも。

またしても、住む場所を追われようとしている。五年前はロン・アシュトンのせいだった。最後には嘘だとわかった空約束を携えて現われた男。〝融資の手続き上のことだから〟とわたしたちは言いくるめられた。

そして今もまた同じことの繰り返しだ。わたしたち女は男の求めに必死に応じ、男は欲しいものを手に入れるという図式だ。ロンと対決したときに母がなんと言われたか、あれは忘れもしない。解決しようにも法的手段がないのだと気づいたときにどんな言われようをしたか。〝世の中には勝者と敗者がいるんだよ、ロージー。ここではきみが敗者だ。負けを認め、次は賢くやることだ〟

そして、鏡のなかからクリステンがこちらを見ているような気がした。〝女子の掟だから。わたしたち女子は女子同士で助け合わなきゃ。だってほかに誰も味方になってくれないもの〟

おもむろに回れ右をして、荷物を元の場所に戻していった。ノートはテーブルに、衣類は引き出しに、食品は収納棚に。

クリステンの〝女子の掟〟を守るためだ。ここに居残って、コーリーに償わせなければ。

コーリーが何をしたか知ったあとも一緒に暮らし続けるなんて無理だと普通は思うだろう。たしかに最初の週はきつかった。でも、やっぱり出ていこうかと思うたびに、コーリーの手が伸びてきて顔をしかめそうになるのを堪えるたびに、心を未来に傾け、ことが済んだ暁にコーリーの人生がどんな様相を呈するか思い描いた。

しばらくたつと、すこし楽になった。コーリーの求める役割をわたしはちゃんとこなしていた。もっと大変なことをやってきたでしょう、と自分に言い聞かせていた。今だから言えるが、やってみればわたしはなかなかうまかった。自分を偽ることも人を操ることも、第二の皮膚のようにしっくりとなじんだのだ。同棲を続けたわたしは人から非難されてもおかしくないだろう。コーリーと手を切らず、そばを離れなかったことを責められても。しかし、コーリーが今現在どこにいるか調べてみれば、疑いの余地はない。敵を引き寄せておくほうが、ナイフを背中に突き立てるのはずっと容易(たやす)い。

〈売ります・買いますサイト(クレイグスリスト)〉の広告を印刷して、しかるべき場所に置けばどれほど効力を発揮するか、これは驚きだった。〈売ります――２００６ ＭａｃＢｏｏｋ Ｐｒｏ――五百ドル、応交渉〉

「なんだい、これは?」コーリーがプリントアウトをキッチンに持ってきた。わたしはワインをちびちび飲みながら夕食を作り、彼の帰りを待っているところだった。

フライパンで焼いている豚肉の切り身を引っくり返した。「いつまでもコンピューター室で作業をするわけにはいかないもの。自分用に端末を買わなくちゃ」

コーリーは広告をキッチンカウンターに置いた。「でも、中古品を？ 目先の節約は長い目で見れば高くつく。ちゃんとしたものを買えば、何年も長持ちする」

わたしはいらついた顔をしてみせた。「遊ばせている予備の三千ドルがあればよかったけどね。現実の世界では、必要なものはこうやって手に入れるの」コーリーからなんの返答もなかったので畳みかけた。「たぶん友達のリアムが闇で一台見つけてくれるかも」

「つまり盗品ということか？」

わたしは肩をすくめ、またワインを飲んだ。

「きみにそんな真似(まね)はさせない」

「させないですって？」わたしはグラスを置いた。「アドバイスはありがたいけど、わたしはずっとひとりで生きてきた。どうすればいいか教えてもらわなくてもいいの」

解決策をさらに提案されるまえにわたしはキッチンを離れ、選択肢は〝中古品〟か〝盗品〟の二択のままにしておいた。この二カ月でわかったことだが、コーリーは問題と見るとやたらと解決したがる性分だった。わたしがしばしばわざと創作した困りごと――残高がマイナスになった口座、コミュニティカレッジの入学事務局とのいざこざ、理不尽な教授との成績をめぐる口論――を収拾する賢者を気取り、そういうときは決まっていささか恩着せがましく、悦に入った口調になった。こちらが自分の思ったとおりの人物であることに満足するのだ――世間知らずで、ぼくに頼りきっている小娘。コーリーはヒーローになりたくてうずうずしている。だから、彼がヒーローになれる場をあたえてやれば、それで事足りた。

三日後、コーリーは新品のMacBook Proを抱えて帰ってきた。「こんなことはしてくれなくてよかったのに」わたしは外箱をうっとりと眺めながら言った。顔に浮かんだ喜びはまさしく本物だった。ひと言で言えば、いとも容易く成功したからだ。

コーリーはもうひとつの袋をわたしのほうに滑らせて言った。「こっちは収納ケースだ。ひと足早いクリスマスプレゼントだと思ってくれ」

わたしはクッションがはいった革製のケースを取り出した。斜め掛けして持ち歩ける長いストラップに、コードをしまえるファスナー付きの小物入れもついていた。

顔を上げ、目に涙を浮かべてコーリーを見た。「子供の頃からずっと、あちこち探してかき集めたものを組み合わせて、そうやって仕方なく必需品を調達してきたの。それが今……」目の前に広がる可能性を嚙みしめて、声が途切れた。「あなたのおかげで未来がひらけてきた」嘘ではなかった。

コーリーはわたしの顎に手をあてがって顔を上向かせ、目をのぞきこんできた。「お礼の方法を思いついたんじゃないかな」

ベルトのバックルに手を伸ばしたところでドアベルが鳴った。

「くそっ。忘れてた、今夜はネイトと約束があった」着衣を整え、部屋を突っ切って玄関のドアを開けた。

「〈フリンの店〉で飲み放題だ」ネイトが家にはいりながら言った。そしてわたしをからかうようにこう言った。「偽の身分証明書持参で参加しろよ、メグ」

わたしはネイトを無視して新しいコンピューターから目を離さなかった。

「よく買えたな？」とネイトが訊いた。

「コーリーが買ってくれたの」

ネイトは驚いたように眉を上げた。「マジかよ」

コーリーは鍵束をつかみ、わたしの頭のてっぺんにキスをして、声をひそめて言った。「寝ないで待っていてくれ。ぼくが買ってあげた黒のネグリジェを着て」

わたしはソファから腰を上げ、ふたりを玄関まで見送った。ドアを閉めかけていると、ネイトの声が聞こえた。「ちょっと高すぎやしないか、ろくに知りもしない相手に買ってやるにしては」

わたしはためらいつつもコーリーの返答に耳をすました。「そんなことないよ。もう二カ月もつきあっている仲だ」

「でも、素性はよく知らないんだろう？ どこからともなくコーヒーショップに現われた」

コーリーは笑った。「メグは見たまんまさ。田舎の出の素朴な子だよ」

わたしはそっとドアを押して閉め、鍵をかけ、鼻歌を歌いながらパソコンの前に戻った。


高校時代に国語の教師が小説家を授業に招き、創作過程について生徒向けに話してもらったことがあった。その女性作家の話によれば、本の結末がどうなるかはわかって書いているが、どんなふうにそこにたどりつくかはいつもわからないのだという。それを探りあてる作業が作家としての腕の見せどころで、創作の楽しさでもあるのだとか。

わたしもそれと同様の曖昧な状況を楽しんでいた。計画の輪郭は浮かんでいて、その計画が立ち上がる機会を待っていた。細心の注意を払う方法を身につけ、どうやって相手を利用するかというレンズを通してものごとを見て、突破口がひらけるのを待つ。それに、わたしは得意だった——計画を実行することが。わなを仕掛け、その場を離れる。コーリーがわなに陥るものと期待して。

もちろん、やればなんでもうまくいくというわけではなかった。火事で焼け出された〝家族ぐるみの友達〟が家を建て直すための募金活動についてコーリーに相談したときはあえなく断られた。また、こんな失敗もあった。二ドルで修理する方法を事前にＹｏｕＴｕｂｅの動画で調べてから、便器のふたのボルトにスパナでひびを入れておいた。業者を手配したから修理代の二百ドルを置いていってと話したところ、コーリーが自分で直してしまったのだ。

しかし、すべての試みからあることを学んだ。計画に穴があることを見通すすべを学び、断られそうな場合を予測し、選択の余地を奪う方法を身につけたのだ。わたしは腕を磨き、賢く立ちまわるようになった。コーリーにかけた縄をじわじわと絞めていった。

年が明けてすぐ、わたしは写真を見つけた。その日はすでに授業に遅刻するのが決定的で、急いで支度をしようとクローゼットの明かりのスイッチを押した。電球が低い音をたてたかと思うと弾けるような音がして、あたりは闇に包まれた。「もう！」

電球はコーリーが冷蔵庫の上の戸棚に買い置きしていたが、手が届かない奥の奥にしまってある。椅子を持ってきて、その上に立ち、古い天パンや缶入りジンジャーエールを脇に寄せた。そのときに気づいたのだ。小さな白い封筒が、使ったためしのないポップコーンメーカーの後ろに隠されていた。その封筒を引っぱり出し、引っくり返してみると、ふたの口糊が黄ばみかけていた。

封筒のなかには五枚の写真がはいっていた。すべて寝室で写されたクリステンとコーリーの写真だった。白黒写真で、ふたりともすこしずつ衣服を脱いでいる姿が撮影されていた。わたしは立っていた椅子に腰をおろし、写真をめくり、一枚ずつ眺めた。

クリステンは記憶にあるよりも幼く見えた。笑みを浮かべてはいるが、虚ろな目をして、元気がなさそうだ。自分の手に負えない状況になっているとすでに気づいていたのだろうか？　シャッターが切られた瞬間、クリステンがどんなことを考えていたのか想像してみた。こんな写真を撮られて最後はどうなってしまうのか不安になっていたことだろう。断る選択肢はないと観念していたのかもしれない。

胸のなかで荒れ狂う怒りをわたしは押し殺した――これが何を意味するのか、クリステンがどれほど苦しんだか。感情的になってもなんの役にも立たないが、これらの写真は役に立つ。

写真を封筒に入れ、ポップコーンメーカーの裏側に戻すと、椅子に座り直し、あの写真で何ができるか考えてみた。

ポケットで携帯電話が鳴り、メッセージを受信した。携帯電話を取り出してみると、キャルからだった。

〈最近ぜんぜん会えないね。一緒にランチができなくて寂しいよ〉

わたしはまだ〈ＹＭＣＡ〉で早番のシフトにはいっていた。アルバイト代で母の葬儀代の借金をすこしずつ返済していたが、学校に通い始めたのでキャルとシフトがほとんど重ならなくなっていたのだ。とはいえ、キャルを避けているのも事実だった。コーリーとの生活にキャルを関わらせたくなかった。わたしの素性をばらすようなことをキャルが口走るのではないかと不安だったからだ。

〈授業で忙しいの〉とわたしはメッセージを打った。〈近いうちにね〉

でも、近いうちにキャルとランチに行くことはない。それははっきりしている。たったひとりの友達とこのまま安全な距離を置き、そうこうするうちに縁が切れてしまうということも。

そう気づいたときに初めて実感したのだと今にして思う。やらなければならないことをやるためには、自分を現実から切り離さなければならない。真実に結びつくすべてのことから。

コーリーはすべて自分が払うと言って聞かなかった。食料品などの家計費も、夜の遊興費も全額。わたしも出すと時々は申し出た。気前のよさに胡坐（あぐら）をかいていないと見せかけるための様子うかがいにすぎなかったが。しかし、気前がいいというよりも、コーリーにしてみたら、金さえ出していれば、わたしを言いなりにしやすいからだった。

その図式を引っくり返さなければ。

チャンスが来たと思ったのは、またネイトと飲みに行ったときだった。バーで数時間過ごし、コーリーはそろそろ帰ろうと合図を出した。財布からクレジットカードを取り出して、わたしに手渡した。「トイレに行っているあいだに支払いを済ませてくれ。ぼくの名前でサインして、チップは十ドルつけて」

カウンターの奥の鏡はバレンタインデーにちなんでハート柄で縁取られていた。鏡を見ると、ネイトがわたしの右隣に座った女性に体を寄せて、彼女の髪をいじっている。

「ボーイフレンドがいるの」と女性は言って、ネイトから体を引いた。

「一杯おごらせてくれ」とネイトは言った。「ただの友達として」バーテンダーに合図を送って、ふたり分のおかわりを注文した。

わたしは前を通りかかったバーテンダーを呼び止めて、コーリーのクレジットカードを手渡した。「こっちの会計をお願いできる？」

男子トイレに通じる出入口を見据え、会計を急いでちょうだいと念じた。バーテンダーが戻ってくると、ネイトと女性の前にそれぞれビールを置き、わたしにクレジットカードとレシートを手渡した。

わたしはこれ見よがしにサインをして、クレジットカードはしっかりと握って、待った。

「遠慮しておくわ」と隣の女性が言った。

「いいか、心変わりさせてみせるさ」ネイトが食い下がった。

「だめなものはだめなの」わたしは誰に言うともなくつぶやくと、カウンターに腕を載せて寄りかかり、なみなみと注がれたビールグラスから数センチのところに肘を近づけた。

コーリーが席に戻ってくるのを確認し、彼を出迎えようと振り向きざまに肘を突き出した。満杯のグラスを倒し、弾みで女性の背中にビールがかかった。その混乱に乗じてクレジットカードをお尻のポケットに滑りこませた。

「ごめんなさい」わたしは女性に謝って、紙ナプキンに手を伸ばした。

「何やってるんだよ、メグ」コーリーはわたしの手から紙ナプキンをひったくり、こぼれたビールを手早く拭き取った。ビールが床にまでこぼれて広がり、まわりの客たちもスツールごと脇に避難した。

バーテンダーが片づけを引き継ぎ、こぼれたビールを雑巾で拭き取ったのを見届け、わたしはコートを着た。

「家まで送らせてくれ」とネイトは女性に言った。

「けっこうよ」女性は脇に垂らした腕をこわばらせて言った。「車で来ているから」

「本当にごめんなさい」わたしはもう一度女性に声をかけ、ネイトに小さく肩をすくめてみせた。〝ついてないわね〟

コーリーとドアのほうへ歩いていくと、ネイトが後ろから呼びかけてきた。「コーリーにカードを返すのを忘れるなよ、メグ」

わたしは肩越しに振り返った。ネイトが鋭い視線を返してきた。目を細め、待っていた。

わたしはポケットに手を伸ばし、クレジットカードをコーリーに返した。冷たい外の空気が顔に吹きつけた。窓からネイトが見える。おかわりを前に、カウンター席にぽつんと座っていた。

どっちみち、その計画は失敗するに決まっていた――すぐにではないとしても、数日以内には。クレジットカードを返してくれ、といずれコーリーに言われただろうし、そうなれば返すしかない。しかし、それでも収穫はあった。欲しいものを盗んで手に入れることはできないと学んだからだ。ノートパソコンのように、コーリーが進んでわたしにあたえてくれる方法を見つけなければ。

翌朝、午後の職員会議が終わったら食料品の買い出しに行くとコーリーが言い出した。買い物リストをまとめて、夕方までにメールしておいてくれ、とわたしに頼んだ。

その夜帰宅したコーリーは疲れきって、イライラしていた。「スーパーは大混雑だった」買い物袋をキッチンカウンターにおろしながら言った。

わたしはコーリーの頬にキスをした。「熱いシャワーを浴びて着替えてきて。食料品は片づけておくわ」

「職員会議は職員会議でとんでもなかった」まるでわたしの言葉など聞こえなかったかのようにコーリーは自分の話を続けた。「数学科の主任がまるっきり役立たずで、うちの学校は大型助成金をもらえる機会を逃してしまった。その主任が申請書類の提出を忘れたせいで」

わたしは冷蔵庫から冷えたビールを取り出し、コーリーに手渡した。「いいから落ちついて。夕食は三十分で用意できるわ」

食料品を片づけながら――フェアトレードの有機(オーガニック)コーヒー、牧草飼育牛のオーガニック牛乳、十二ドルのフィレミニョンが二枚――平日の買い出しでいくらかかったのか頭のなかで計算した。もしかして二百ドルも？　母とわたしならほぼ一カ月分の食費だ。

ステーキ肉に味付けし、グリルに入れた。そして、ロメインレタスを何枚かと赤ピーマンを二個、ニンジン、キュウリ――もちろん、すべてオーガニック野菜――を混ぜ合わせ、ステーキが焼き上がるあいだにサラダを作った。コーリーがスウェットパンツに濡れた髪でシャワーから戻ってくるまでに食卓を整え、彼の好みに合わせてろうそくに火をつけ、ワインをグラスに注いでおいた。

向かい合わせに席についた。コーリーが一日の出来事を事細かに話すのをわたしは遮らずに聞き、公立高校を運営する苦労に同情的な相槌を打った。資金不足、教職員の問題、卒業があやぶまれる出来損ないの生徒。

「あなたはたくさん抱えすぎてるのよ」とわたしは言った。「大勢の人たちのために尽くしてる。わたしも含めて」

コーリーはうなずいてナイフとフォークを取った。

「わたしにも手伝わせて」と話を続けた。「なんだか助けられてばかりだという気がする。ここにただで住んでるし、ただで食べてる。高価なパソコンを買ってもらって、かわいがってもらってる……あなたのために何かさせて」

「きみだっていろいろしてくれているよ」コーリーはわたしにウィンクした。

わたしは居住まいを正して言った。「正直に言って、気持ちが落ちつかなくなってきたの。わたしはずっと自立していた。自活して、自分のことは自分でやっていた」

腕を組み、居間に目を向けた。「あなたがよかれと思ってやってくれていることはわかってる。あなたがしてくれるすべてに感謝してる。でも、わたしはそういう育ち方をしていない」わたしはコーリーに視線を戻し、真剣な表情で言った。「自分が安っぽく思えるの」

「ばかを言うな」

「対等なパートナーとしてここで暮らしてると思いたいの。わたしが若くて世間知らずだとあなたに思われていることもわかってる」コーリーが口をはさもうとしたが、わたしはおかまいなしに続けた。「あなたとネイトがわたしのことをどんなふうに話しているか耳にはいってくるわ。それはそれでいいの。あなたは間違っていない。あなたとくらべたら社会経験も乏しいし、お金もたいして稼いでいない。でも、わたしにも何かしら家計に貢献できる余裕はある。まかせてくれたら、あなたの日常をすこしは楽にできるわ」

コーリーはしばし考えた。そして最後に言った。「どんなことをやろうとしている？」

「食料品をわたしに担当させて。買い出しをまかせたらどんなに楽か想像してみて。家に帰ったら、温かい食事ができてるのよ」テーブルの下でシャツの裾を引っぱり、Vネックの胸もとがさらに深くくれるように細工する。「エプロンをつけて料理をしてもいいわね」

コーリーが何を想像しているか、手に取るようにわかった――露出度の高い服で食事を出すわたし。「試しにやってみてもいいか」

わたしは顔をほころばせ、テーブル越しに身を乗り出して、コーリーにキスをした。

翌週、これ見よがしにリストを作り、補充する必需品を洗い出した。「あなたが帰ってくるまでに、棚はいっぱいになってるし、夕食の用意もできてる」わたしはコーリーの腰に手をまわし、ハグをした。「お手伝いできて気分がいいわ」耳もとでささやいた。「ありがとう」

コーリーはわたしのシャツのなかに両手をもぐりこませ、腹部を撫でまわした。

「七時に帰るよ」

わたしは一週間の食費を百ドルに設定したが、コーリーが通っている高級店でその予算を費やすつもりはなかった。その代わりにクーポンを山ほど持って、大手のスーパーマーケットに向かった。買ってきたものは子供の頃によく食べていた品々だった。キャンベルのスープの缶詰。プロセスチーズのベルヴィータチーズ。安い食パンにインスタントコーヒー。牛挽き肉の大容量パック。七ドルのワイン。オーガニック製品はひとつもなく、すべてが一般大衆向けの食品だった。

牛挽き肉を鍋に入れ、瓶入りソースを加えて煮込んだ。そして、パスタ用に鍋に湯を沸かし、コーリーの帰宅を待った。

玄関でワインのグラスを持ってコーリーを出迎えた。コーリーはひと口飲んで、顔をしかめた。「なんだい、これは？」

「特売になってた」とわたしは得意げに言った。

コーリーはもうひと口試飲し、わたしにグラスを突き返した。「ワイン代をどぶに捨てたほうがましだったな。ぼくは水でいい」

「五分で夕食の用意は整うわ」とわたしは言った。「着替えてきて」

ミートソーススパゲティを盛りつけた大きなボウルをふたつ食卓に並べ、バターを塗って、塩を振り、こんがりと焼いた薄切りの食パンを載せた皿も添えた。コーリーはテーブルにつき、スクリューキャップのボトルワインと湯気の立つスパゲティをまじまじと見た。フォークを手に取り、ほんのすこしだけ口に入れ、吟味するようにスパゲティを嚙んだ。

わたしは気をもむような顔で様子をうかがっていたが、やがてコーリーは言った。

「変わった味だね」

「変わった味って、いい意味で？」

コーリーは水をがぶ飲みした。「そうじゃない」

「腕を磨くわ」とわたしは約束した。「レシピを調べてみる。料理番組をいくつか見てみるのもいいかもしれないわね」いいことを思いついたというように顔をほころばせ、わたしはスパゲティをせっせと口に運びながら考えた。コーリーが庶民的な食事に耐えられるのは何週間だろうか。


三週間だった。ホットドッグ、トマトスープ、プロセスチーズのホットサンドイッチが食卓に並ぶ三週間。フォルジャーズの特大の赤い缶入りの挽いたコーヒー豆で淹れるコーヒーを飲まされる三週間。とうとうコーリーが口を出すまでに三週間かかった。「メグ、気を悪くしないでくれよ。でも、こういう粗悪品を食べ続けるのは無理だ。塩分の摂りすぎだし、きみもズボンがきつくなったようだ」わたしのウエストの肉をぎゅっとつまんだ。

　わたしは目を覆い、気まずそうにした。「何を言われているのかわかってる」と話し始めた。「でもね、あなたが通っていた店にも行ってみたのよ。テスラやアウディの隣にミニバンを停めて。〈ルルレモン〉の服を着こなした女性や流行に敏感な人たちのあいだを縫って、あなたの好きなものでカートをいっぱいにしたわ。百パーセント無添加ジュース、オーガニックの野菜にオーガニックのお肉」そこで顔を上げ、目を潤ませてコーリーを見た。「お金が足りなかった」ささやくような声で言った。「だから、自分の知ってる店に出直して、おなじみのやり方に戻ったの――クーポンを使って、特売品のコーナーを漁る。でも、雲泥の差よね」わたしは短く笑い声を洩らした。「あなたのためにやりたかったことなのに。あなたのお世話をするのが好きなの。食事の用意をしてあげるのが」それはコーリーも喜んでいると知っていた。〝調教〟が順調だとネイトに自慢しているのを立ち聞きしたことがあったのだ。〝今では七時きっかりに帰宅してる。そうすると、夕食の用意ができていて、セックスも待っている。それが毎晩だぞ〟たしかに話を盛っていることは盛っているが、コーリーはわたしに食事の世話をまかせる習慣になじんできた。それがわたしの狙いだった。

「落としどころを見つければいいんじゃないかな」とコーリーが言った。「きみは引き続き食料品の買い出しを担当するが、支払いはぼくにまかせてくれ」

わたしは首を振って、体を引いた。「だめよ、そこが肝心なのに」とわたしは言い張った。「家計に貢献したいの」

コーリーは保護者然とした笑みを浮かべた。「金を出すのではなく、体を動かして貢献してくれればいいさ。面倒な雑用を引き受けてくれるなら、どっちが金を出すかはたいした問題じゃない」そう言うと、コーリーはポケットに手を入れて財布を取り出した。銀行のキャッシュカードを手渡されるあいだ、わたしはどうにかこうにか顔色ひとつ変えずにいた。「今後、生活関連はきみの担当だ。食料品や生活用品すべて。責任重大だぞ」コーリーは説教がましく言った。「頼りにするからそのつもりで。必要なことをぼくが頼んだら、きみにはそれをやってもらう」

わたしはキャッシュカードを受け取り、表面に浮き彫り加工されたコーリーの名前を指でなぞった。「わたしの名義ではないカードを使えるの？」

「暗証番号は五四二七だ。それにコーリーは女性の名前でも通る。なんの問題もないだろう」

わたしは首を振り、カードを返した。「銀行に連絡して権限をわたしにまで拡大してくれたら安心できるわ。まえにこんなことがあったの。子供の頃、母からクレジットカードを借りて靴を買おうとしたら、店員が警備員を呼んだのよ。保安担当者が母の居場所を突き止めて、カードの使用許可を娘にあたえていたと確認が取れるまで、わたしは窓のない小さな部屋で待たされた。つまり、母はわたしに一筆書くとか何か手を打っておくべきだったのよね」

「両方の対策を取ればいい」とコーリーは言った。「明日銀行に電話して、きみの名前を使用者として登録する。そのうえできみに一筆書く」

わたしはコーリーのベルト通しに指を引っかけ、甘えるようなしぐさで引っぱった。

「それって本気で？」

「きみのおかげで助かるよ」

わたしはキャッシュカードをあらためて受け取り、ポケットにしまいながら胸を躍らせた。計画どおりにことが進んだ。

それから二週間置いて——食卓に並べたのは上質な農産物、牧草飼育牛の精肉、オーガニック製品全般——計画をさらに前進させた。この年、コーリーの高校は毎年恒例の郡内ロボット大会のホスト校を務めていたので、開催が近づく数週間前から帰りの遅くなる日が増え、週末も準備に取られるありさまだった。行動に出るのは大会当日まで待った。コーリーが大会運営に気を取られ、わたしの協力に感謝するはずだからだ。

「カードが使えない」わたしがコーリーに電話をかけてそう言ったのは、ちょうど昼休みが終わった頃合いだった。午前中に〈ホームデポ〉で裏庭に置く鉢植えを数百ドル分購入し、それらは今、私道に置いてある。

電話の向こうではスピーカーから校内放送が流れ、ざわめく声も聞こえてきた。「ちょっと待ってくれ」とコーリーは言った。「もっと静かな場所に移動する」背景の物音はいくらか静まった。「さあ、いいよ。なんの話だって？」

「銀行のカードよ」わたしは話を繰り返した。「カードが使えないの」

コーリーは苛立ちを隠しもせずに言った。「買い物はあとにしてくれないか？」

「さっきのことだけど、カートに食料品を満載にしていたの。買うはずだったものをレジ係が全部取り消すあいだ、わたしの後ろに並んでた人たちはかっかしてたわ」わたしは声をひそめ、不安そうに先を続けた。「あなたの口座で何か起きているのだとしたら、放置しておくべきじゃないでしょ？　二、三時間もあれば、大きな損害が発生してもおかしくない。わたしも一度被害に遭ったことがあるの。あとになってわかったんだけど、フロリダの男がわたしの口座情報を入手して、大人のおもちゃをインターネットで買ってたの。解決するまで悪夢のようだった」

「まいったな。今すぐには動けないよ」

「うちに帰ってから銀行に電話で問い合わせてみたけど門前払いよ、パスワードを知らないならだめだって」

「わかった、教えるよ」コーリーは声を落として言った。「シャザーム(Shazaam)だ。Sは大文字。aはふたつだ」

「あなたが帰宅するまでには解決するわ」

コーリーの仕事部屋にはいり、デスクについた。銀行のウェブサイトはすでにパソコンの画面に呼び出していた。三十秒後にはログインした。

しばらく情報をのぞいてまわった。住宅ローンのメールを昨日受信し、公共料金とケーブルテレビの視聴料の自動引き落としもあった。〈一日あたりの現金引き出し限度額〉を確認してみると、五百ドルに設定されていた。わたしは限度額の欄をクリックし、上限の二千五百ドルと入力した。

その晩、コーリーは大会が成功裏に終わった話をひとしきり聞かせたあと、銀行の話題に戻った。「結局、何が問題だったんだ？」

「同日の請求額が多すぎたからだったの」わたしは自作のメモをコーリーに手渡した。「鉢植えを買って一日の限度額に迫っていたから、食料品代には足りなかったということ。相談したのはアマンダという人で、従業員番号を書き留めておいた。なんならあなたも確認できるように。アマンダの話では、こういう事態を今後繰り返さないよう限度額を引き上げたほうがいいってことだったからそうしたの」わたしは首を振った。「相談員に電話がつながるまで一時間待たされた。問題自体は十分で解決したわ」

「メールを見たよ。世話をかけたね」

「あなたがスマートフォンを持っていれば、ものの五分で済んだのに」

「その五分の余裕もなかった。それに、メールに四六時中縛られるのはごめんだ」

わたしは空になりかけたコーリーのグラスにワインを注ぎ足し、彼に微笑んだ。

「同感」


数週間後の土曜日の朝、コーリーがランニングに出かけた隙に、チェース銀行のウェブサイトにアクセスし、仕上げの細工をした。すばやくログインすると、通知設定に画面を切り替え、通知方法をメールからショートメッセージに変更した。そして、わたしの携帯電話の番号を入力した。変更を保存し、ログアウト。

メール受信の音が鳴り、口座情報の変更を知らせるメールが届いた。そのメールをごみ箱に移し、ごみ箱から削除し、受信の痕跡を消した。その工程は一分もかからなかった。

キッチンにはいり、コーヒーをカップに注ぎ、窓の外を見た。朝露がまだ消えずに芝生を覆い、層を成して銀色に輝いていた。太陽が通りの向かいにある家々の屋根から顔を出し始めたところだった。母がよく口にした法則がふと脳裏に浮かんだ。〝女性ふたりが力を合わせれば、向かうところ敵なし〟

クリステンと協力し合っているわけではないが、わたしがここにいるのは間違いなくクリステンのためだ。彼女が始めたことを代わりにやり遂げようとしている。コーリーに関わったクリステンの物語をよい結末に導くためだ。

キャット

フランクが昼食に出ているあいだ、電話がわたしのデスクにかかってきた。

「コーリー・デンプシーの事件を担当している記者に話があるの」電話の主は女性だった。

「昼休みで席をはずしていますが、わたしでよければ承りますよ」

電話の女性は口ごもった。話を続けるかどうか迷っている気配がしたので、わたしは言った。「伺った話の秘密は必ず守ります」

「コーリー・デンプシーの親友を取材したほうがいいわよ、ネイト・バージェスに話を聞いてみて」

その名前なら聞き憶えがあった。フランクが取材を試みているが、これまでのところ頑として拒否されている相手だった。「なぜです？　どんな話が聞けると？」

「みんなが知りたがっているあらゆる疑問——何人の少女が被害に遭ったのか、どれくらいの頻度で事件は起きていたのか、コーリーはどこで少女たちを見つけたのか——そういうことをネイトが全部知ってる」

「あなたから警察に話しましたか？」とわたしは尋ねた。

「いいから、とにかくネイトに話を聞いて。彼なら事件の空白をすべて埋めてくれる」

「その情報はどこから？」

「そうね、この七カ月間、コーリーとネイトのやり口を最前列で見てきたとだけ言っておくわ」

それでぴんときた。わたしは取材ノートに手を伸ばしてページをめくり、コーリー・デンプシーのいとこ同士の会話をメモした箇所を探しあてた。〝ネイトの話では、そのメグは七カ月前にどこからともなく現われて、コーリーの生活にはいりこんだかと思ったら、うまく言いくるめて、コーリーのすべての情報にアクセスできるようになったらしい〟

「ネイトが取材に応じると思う理由は？」

「記者だとわかればしゃべらない。でも、ネイトは毎日カルヴァー大通りの〈ミリーズ・タップルーム〉でお昼を食べてるから、そこに行けばつかまる。いつも午後一時までに来て、カウンター席に座ってる。テレビの真下の定位置に。一、二杯も飲んだら、得意そうに話し出すわよ」

何を言われているかはっきりしていた――わたしが酒場に来た魅力的な女にすぎないと思いこめば、ネイトの口もなめらかになる。自分の友達の苦境に同情的な女だと思いこめば。あの十七歳の女の子はあと数カ月で未成年じゃなくなったのだから、コーリーがしたことはそれほど悪質な職権乱用じゃないわよね、という態度なら。

わたしはまわりの様子をそっとうかがった。昼休み中なので人はほとんど出払っている。こちらに注意を向けている人は誰もいなかった。電話の相手がメグ・ウィリアムズだと気づいてもいない。騒ぎのもととなった導火線に火をつけて行方をくらました女性だとは。この人はなぜあんなことをしたのだろう？　本当にコーリーが標的だったのか、あるいはまだこっちが気づいていない別の理由があるのだろうか。わたしには選択肢があった。行動に出るのは待って、フランクにメッセージを伝え、メグの情報をどう扱うか判断を仰ぐ。もしくは、目の前に転がってきた好機を活かす手もある。「ネイト・バージェスにあたってみるのもいいと思いますが、ウィリアムズさん、あなたの話が聞きたいわ。場所を指定してくれたら、そこに出向きます」

名前を出したとたん、電話を切られた。

わたしはゆっくりと受話器を置き、考えた。これは大手柄になるかもしれない。フランクを避けていたネイト・バージェスに話が聞けたら。ほかの犠牲者について衝撃的な新事実を発表できることも考えられる。コーリーが少女たちを見つけていた方法をくわしく記事にできるかもしれない。しかも、取材中にメグについてなんらかの情報を引き出せるかもしれない。続報につながる程度に人物像を肉づけできる情報を引き出し、別の解答も得られるかもしれない。

十分後、フランクが昼食から戻ってきた。「どこかから電話はあったか?」

「ありません」とわたしは言った。

〝男性のように考えなさい〟と母はいつもわたしに言い聞かせていた。〝男性のようにチャンスをつかみなさい〟と。そういうわけで三日後、わたしは〈ミリーズ・タップルーム〉に行き、メグに言われた場所に座り、『ロサンゼルス・タイムズ』のコーリー・デンプシーに関する記事の紙面をひらいた。

薄暗い明かり、べたつく床、壁にかけられたビールのネオンサインとは対照的に、最高級の樽入りビールや上等な酒類がそろっていた。遅めのランチをとりに来た客がぽつぽつと席についている。わたしは貧乏ゆすりをしながら腕時計で時間を確かめた。

二時間以内には、フランクに指示された追跡調査で高校へ行き、コーリーを指導していた教師に話を聞いてこなければならない。酒場にいることを正当化できる情報をネイトから引き出せなかったら、仕事を首になってしまう。

しかし、ネイトは聞いていたとおりの時間帯に来店し、わたしの隣のスツールに腰をおろした。近くで見ると、衰えが隠せないとはいえハンサムな顔立ちが目を引く。白髪まじりの赤みがかった茶色の髪、おそらくプロの手で白くした歯をのぞかせた小粋な笑顔。わたしがカウンターに置いた新聞に視線を滑らせ、コーリーの名前に一瞬、目を留めた。

「いつもの」とネイトはバーテンダーに言った。バーテンダーはうなずいて、注文をコックに通し、グラスにウィスキーを注いだ。

「ここは何がおいしいの？」とわたしは訊いた。

ネイトは振り返り、あたかもビュッフェの料理を前にしているかのようにわたしの体に視線を這わせた。「どういう気分かによる」

わたしはネイトのウィスキーを指差し、バーテンダーに言った。「わたしにもあれをお願い。それからフライドポテト」

「おれならオニオンリングをつまみにするけど、まあ好きにすればいいさ」

わたしは誘いかけるように微笑んで、この状況に気をよくした。追跡、接触。こちらの素性を知られていないこと、あるいは何を聞き出すつもりか知られていないことに嬉々とした。

ネイトは紙面に手を振った。コーリーの小さな顔写真が掲載され、その横には《高校の校長、無罪を主張》と見出しが躍る。フランクの書いた最新記事だ。「昼休みの軽い読みものってか？」

ばれたといわんばかりに、わたしは恥ずかしそうな顔をした。「じつはね、この事件がやけに気になっているの。新聞記事には全部目を通しているし、事件に触れているブログもチェックしているわ」

「なるほど。マスコミは世間を騒がすネタが好きだし、一般大衆はその手の記事に飛びつくからな」

「いろいろ考えさせられるわ。職員会議に出席して教職員の解雇を指示する立場にいたかと思ったら、手錠をかけられたわけでしょう」わたしはいったん口をつぐみ、信じられないとばかりに首を振った。「だって、すてきな先生にのぼせたことのない生徒なんている？　チャンスが転がってきても、そういう行動に走らない人は何人いると思う？　ヴァン・ヘイレンだってそういう曲を書いたわ」

「いや、だめだ」とネイトは言った。「十八歳以上でなけりゃ、おれは手を出さない。例外はいっさいなし」

「というか」わたしは失言をごまかそうとした。「少女たちがあと数カ月早く生まれていたら、事件にはならなかったわけでしょう。まずいタイミングで恋に落ちただけで男性側が人生を棒に振ることもない」わたしはウィスキーグラスを傾けて小さな円を描きながら、もっともらしく聞こえますようにと願った。

ネイトはわたしを見て、言葉を選ぶようにして言った。「まさかと思うだろうけど、おれはこいつと知り合いなんだ」

わたしは目を丸くした。「ほんとに？」

ネイトはウィスキーをひと口飲んだ。「大学が一緒だった」

わたしは身を乗り出した。「まだ友達づきあいはしているの？」

ネイトは短く笑った。「長いこと友達だったよ。たぶん誰よりもあいつのことはよく知ってる。でも、答えはノーだ。もう友達じゃない」

「で、あなたは知らなかったの？」わたしは追及した。「長年のつきあいで、うすうす気づいたりもしなかった？　きれいな生徒のことがさりげなく話題に出るとか、そういう生徒に妄想を抱いているような話もなかった？」

ネイトは首を振って否定し、口の両端を上げてにやりとした。「ないね」

「ねえ、聞かせてよ」とわたしは言った。「そんなの信じられない」

「ほんとさ、信じてくれ」

「これは推測だけど、関係を持った少女はふたりだけじゃなかったんじゃないかしら」とわたしは言った。「なんていうか、彼の見た目でそう思ったの。たぶんつきあう相手は生徒とは限らなかったかも。喜んでデートに応じる未成年の少女を見つけられる場所はいくらでもあるもの。海辺でしょ、または彼の行きつけのレストランで働いている子だったかもしれない」

「知らないね」とネイトが言った。

それぞれの料理が来た。わたしはフライドポテトをつまみ、次に何を訊いたらいいか頭をひねった。時間はあまりない。それに、ネイトはコーリーと距離を置こうと心に決めているようだ。

ネイトは新聞を身振りで示した。「あのな、書かれていないこともあるんだ」

「たいていそうよね」わたしはグラスを口もとに上げた。ウィスキーを飲むと、咽喉が焼けるようだった。体の向きを変えた。「どこかで読んだの、事情を訊きたいガールフレンドがいるけど、行方がわからないんだとか」

「メグか」ネイトがぼそりと言った。「まったく、あの女もたいしたタマだよ。嘘ばかりついて、おれの知る限り、友達はひとりもいなかった。コーリーの生活にするりとはいりこんで、コーリーを言いくるめて居候してたんだ。コーリーはメグに服を買ってやり、買い物の支払いをしてやっていた。あげくにメグにだまされて銀行口座を自由に使える権限を渡し、全額引き出されたってわけだ」

「コーリーはどこでメグと出会ったの？」

「コーヒーショップで。ブラインドデートの相手にふたりしてすっぽかされたのが馴れ初め」ネイトは首を振った。「偶然にしてはちょっとできすぎだ」

わたしはもうひとつポテトを食べた。神経が高ぶって、食欲はあまりなかったが。

「ふたりの人物がたまたまコーヒーショップに居合わせて、それぞれブラインドデートの待ち合わせだったなんてありえないと思うのね？　あるいは、ふたりとも相手にすっぽかされるなんてことはありえないと？」

「メグの好みや考えはコーリーのそれと妙に一致してたってこともあるね」

「でも、なぜコーリーを狙ったの？」

「狙って当然だろ？　メグは〈ＹＭＣＡ〉の受付で働いていた。そういう女にとって、コーリーはおいしい相手だ」

わたしは目を光らせてネイトを見た。「そういう女というと？」

ネイトはにやにやしながら両手を上げた。「メグは機会に恵まれていなかったという意味だよ。コミュニティカレッジに通うのだって無理していた」

「だけど、メグはあなたの友達に大々的な詐欺を仕掛けた」わたしは状況をおさらいした。

「元友達だ」とネイトは訂正した。「それはさておき、そのとおりだ。メグはいい家に住めるチャンスと見たんだろう。いいものを買ってくれる彼氏を作るチャンスだと」

「それは詐欺ではないわ」とわたしは反論した。「人を利用しただけでしょう。コーリーのことを警察に通報したのはメグだった。大掛かりな詐欺を働いていたとするなら、なぜそんなことをしたのかしら」

ネイトはすこしだけ中身が残っていたグラスをまわし、飲み干すと、バーテンダーにおかわりの合図を送った。「おれは何本か電話をかけた。私立探偵のようなちゃんとした調査はできないが、とにかくメグの話では、グラスヴァレー育ちでボーイフレンドを追いかけて二年前にロサンゼルスに出てきたということだった」ネイトは首を振った。「地元の連中はメグのことなんか誰も知らなかった」

「その話はコーリーにした？」

「したさ。でも、あいつは聞く耳を持たなかった」

頭をはっきりさせておかなければと思いつつ、わたしはウィスキーをすこしだけ飲んだ。「メグが何をしているかわかりきっていたはずなのにね」そこでわたしの携帯電話が鳴った。フランクからだった。わたしは電話を掲げて言った。「ごめんなさい、この電話には出ないと」

わたしは店の外に出た。まぶしい陽射しに目が潤んだ。「高校にもう着いたか？」とフランクが訊いた。「本館の事務所に寄って、コーリーが着任した日付を事務長に確認してもらってくれ。学区の教育委員会の人事部では調べがつかない」

わたしは腕時計で時間を確認した。間もなく二時十五分。終業ベルが鳴るまでにノースサイド高校に到着するには、こっちの取材をすぐに切り上げなければ。「今、向かっています」と嘘をついた。

「必要な情報なんだよ、キャット、さもなければ記事全体が先送りされ、他社に抜かれる怖れがある」

「わかってます」

店内に戻り、元の席に座ると、もう一度時間を確認した。

「どこかに行く用事があるのか?」とネイトが訊いた。

「仕事よ」とわたしは言った。「そろそろ戻らなきゃ」

「でも、ろくに食べてないじゃないか」とネイトは言った。そして、わたしのグラスを近づけてきた。「飲んじゃえよ。全部ちゃんと話してやるから。メグがどうやってコーリーをだましたか、おれの考えを聞かせてやる」

わたしはまたもや腕時計に目を落とした。神経が張りつめていた。こんなとき男性の同僚ならどうするか考えようとした。すこしくらい遅刻しようが気にもしない風情だろう。記事に関連する重要な手がかりをつかめそうだとなれば、予定外のところにいようがためらいもしない。それに、三時までには街の反対側に移動できるはずだ。わたしが到着する頃までは、おそらく教員はまだ教室に居残って答案の採点をしているだろうし、事務長は普通五時までは仕事をしているだろう。

わたしはグラスをつかみ、ウィスキーを一気に飲み干した。すると、筋肉が急に収縮した。

記憶では、そこで意識を失った。

見憶えのない部屋で目覚めると、激しい頭痛に襲われていた。早朝の光が日除(ひよ)け越しに差しこみ始めたところだった。ベッドの隣でネイトが眠っていた。

わたしは上体を起こした。部屋が回転しているように目がまわった。どうやってここにたどりついたのか、何が起きたのかさっぱりわからない。見たこともないTシャツを着ていたが、腰から下は裸だった。「最悪」とわたしは言った。そのとたん、吐き気がこみ上げた。

どうにかトイレに間に合った。酸っぱい茶色の液体を便器の水面に吐くと、アルコールのにおいがあたりに立ちこめた。震える手でトイレの水を流し、冷たい水で顔を洗った。メイクはよれていた。鏡のなかの自分の顔を見つめ、記憶を探ろうとした。どういうわけで午後二時にウィスキーを二、三口飲んだだけで意識を失い、翌朝ネイトのアパートメントで目を覚ますことになったのか説明のつく何がしかの記憶を。フランクから電話が来たことは憶えていた。その電話に出るためにバーの外に出たから、フランクとのやりとりをネイトに盗み聞きされたはずはない。そのあとどうしたか……何も思い出せなかった。

寝室に戻ると、ネイトが起き上がっていた。笑みを浮かべて言った。「やあ。大丈夫か？」

「わたしに何をしたの？」声を出すと、咽喉がひりひりした。

ネイトは両手を上げた。「今、説明する。おれたちは何杯か飲んだ。きみは大事な面談に行きそびれてボスに怒られるけど、それでもいいんだっておれに言った」猫撫で声になって続けた。「おれはいい友達になろうとしただけだ。きみはお母さんとの関係に問題を抱えているようだった。おれはきみに話をさせただけだ」

「わたしはあなたと……？」その先は言葉を濁し、部屋に残っている痕跡を見まわした。床に脱ぎ捨てられたわたしの服。ナイトテーブルの上にある開封済みのコンドームの包み。

「訊いたら、きみはイエスと言った」とネイトは言った。「おれは同意を確認する主義なんでね」

「わたしはバーを出たことさえ憶えてない。あなたに同意した記憶があるわけないわ」わたしは首を振り、すぐにそれを後悔した。ハンマーが何本もはいった袋を頭上に落とされたような心地だった。

「おれの言葉を信じるしかないね」

「帰るわ」

「車を停めたところまで送ってやってもいいぞ」

「けっこうよ」わたしは服を抱えてバスルームに戻った。「タクシーを呼ぶから」

「好きにしてくれ」

どうにか正気を保ったままタクシーでバーまで戻った。駐車場に停まっていたのはわたしの車だけだった。タクシー代の支払いにクレジットカードを読み取り機に通したときも、まだ手が震えていた。無事に自分の車の運転席に座ると、涙が出たが、止めようともしなかった。わずか半日でわたしは別の人間になった。レイプ被害者になったのだ。巷(ちまた)で読まれる三面記事の当事者だ。読者が首を振り振り、決まってこう口にする事件の被害者女性になってしまった。〝こうなるかもしれないと、この女はどうしてわからなかった?〟

留守番電話を確認した。フランクから四件のメッセージ。母からは三件。最寄りの警察署に直行してネイトを訴えるべきだとわかっている。でも、がら空きの道路に車を出しながら、警察に行ったらいやでも答えることになる質問について考えた。書類に必要事項を記入し、そのあと病院に行ってレイプキット(レイプ被害の証拠保全ができる検査道具一式)を使った診察を受けるという流れだろう。それで丸一日つぶれる。一方、やるべき仕事がある。ノースサイド高校へ行き、登校してきた教員をつかまえなければならない。そうすれば、フランクが必要としている情報を提供できる。なぜ仕事が遅れたかもっともらしい話をでっち上げれば、すぐに取材先に行かなかった理由の説明はしなくて済むだろう。そうすればメグからの情報はフランクに伏せて、自分の胸だけにしまっておける。

〝男性のように考えなさい。男性のようにチャンスをつかみなさい〟という母の助言が脳裏によみがえった。Uターンして、わたしはノースサイド高校へ車を走らせた。

メグ

コーリーのカードを財布に入れるようになって最初の数週間、とにかく透明性を徹底させた。

〈ドラッグストア（CVS）でカード使用の件〉とメールを打つ。会計が済むと、またメールで報告する。〈シャンプーとあなた用の剃刀（かみそり）替え刃代、三十七ドル四十三セント〉その晩には紙のレシートをコーリーのパソコンのキーボードに載せ、確実に彼の目に触れるようにするという具合だった。

しかし、すぐにコーリーはこの習慣に苛立つようになった。「かんべんしてくれよ、メグ」ある夜のこと、コーリーはわたしが出しておいたレシートをくしゃくしゃに丸め、ごみ箱に捨てた。「いちいちレシートを出すわ、逐一メールを送ってくるわ、頭がどうにかなりそうだ」わたしの声色を真似るつもりか、声を二オクターブ上げて言った。「〝七番通りの駐車メーターでカードを使いました――二時間で二ドル〟細かい説明は必要ないよ」

「何にお金を使っているかオープンにしたいだけなの」とわたしは言った。「あなたのお金だから」

「やることをやってくれればいい。食料品の買い出しは頼むけど、報告は要らない」

それなら、そういうことで。

ゴールが近づくにつれ、車を売却しなければならないと気づき始めた。かつて母のものだったミニバンは母との最後のつながりだった。おかげでわたしは生きのびることができた。わが家であり、非常口でもあった。好きなように生活できたのもあの車のおかげだ。しかし、機動力が限られた。いざとなったら国内のどこへでも移動できる車が必要だった。

何日もかけて方法を考えに考えた。失敗すれば、移動の足を失う。しかるべきときに姿を消す手段がなくなるからだ。

わたしは〈クレイグスリスト〉のサイトに広告を掲載した。《一九九六年式ホンダ・オデッセイ、売ります。購入時新車。六千ドル、応相談》そこに電話番号も載せた。

結局、子供が三人いるシングルマザーへの売却が決まった。ある意味でふさわしい買い手だった。母が生きていたら喜んだであろう売却相手だ。

車の名義変更の証明書にサインし、書類は陸運局にインターネットで提出した。買い手のシングルマザーが親切にも車で銀行まで送ってくれたので、わたしは自分の口座に五千五百ドルを預け、五百ドルをコーリーの生活費の口座に預けた。

帰りはバスで帰宅した。

「いたのか」その晩、コーリーが家にはいってきながら言った。「きみの車は？」

わたしは深々とため息をついた。「もうないわ。道端で動かなくなったの。レッカー車を手配して、修理に出したのよ。そうしたらトランスミッションの交換に八千ドル、燃料系統の装置の交換に五千ドルかかるってことになって。そこまでかけたらあの車一台分より高くつく。ラッキーだったのよ、五百ドルで車を買い取ってくれたから。生活費の口座に全額入れておいたわ。だから家計の足しにしてね」

「連絡してくれればよかったのに」とコーリーが言った。

わたしは首を振った。「いいのよ。もう済んだことだし」

「毎日の通学に車が要るだろう？　アルバイトに行くときにも」

わたしは肩をすくめた。「バスで行く」

世の中には二種類の人間がいる。公共交通機関をありがたく思う人と忌まわしいものと見なす人。コーリーは後者に属した。「毎日移動に何時間もかかるぞ」最後にそう言った。

「仕方ないわ」

コーリーは首を振った。「どうやって用事を済ませる？　食料品の買い出しは？」

「なんとかする」とわたしは言った。「あなたが仕事から帰るのを待って、夜あなたの車を借りるとか。毎週土曜日に買い出しに行って、用事を一度で済ませるとか」わたしはコーリーの腰に腕を巻きつけた。「一台でうまくまわしている家庭はたくさんあるでしょ」

コーリーは苛立たしげに体を離した。「週末ずっと家でだらだらして、車が使えるまで待つなんてごめんだ」

わたしは不満を爆発させたように声を張りあげた。「だからバスがあるでしょう？それに、あなたがまた仕事帰りに食料品店に寄ってくればいいじゃない」言ったとたん、説得に成功する手応えを感じた。

ここ一カ月、コーリーが世話を焼かれる生活にすっかり慣れるよう、わたしは手を尽くしていた。コーリーが担当する家事は皆無で、何かが必要になったり、欲しくなったりするまえにあらゆるものが魔法のように現われた。高級柔軟剤の香りがする畳んだ洗濯物。冷蔵庫にはコーリーの好きなビール。シャワー室には古い石鹸を使いきるかなりまえに用意される新しい石鹸。

「どっちもだめだよ」

わたしは考えごとをしているような声で、名案が浮かんできたふりをした。「その都度レンタカーで用事を済ませればいいわ」

コーリーはわたしをせせら笑った。「愚策にもほどがある。貯金できないのも不思議じゃないな、そんなふうに無駄遣いばかりしていたら」コーリーは大きくため息をついた。「今週末は車を買いに行くとするか」

「だめよ」わたしは毅然とした声音で言った。「あなたにはじゅうぶんしてもらっている。車まで買ってもらうわけにはいかないわ」

「あのミニバンはおんぼろだった。どのみち故障するのは時間の問題だっただろう」

「わたしの話を聞いてないのね。これ以上何ももらえない」

「そのへんでもういいだろう、メグ」コーリーは疲れたような声で言った。「きみを相手にしているといつも口論になる。とにかくきみは黙って車を受け取ればいい」

その週末、わたしたちは四台の車に試乗し、最終的に出産を控えて車を買い替える必要に迫られた夫婦――テッドとシーラ――が九千ドルで売りに出した八年落ちのホンダ・アコードに落ちついた。わたしはコーリーに同行して銀行で小切手を振り出してもらい、テッドとシーラの家に戻る道すがら小切手をしげしげと見つめ、端から端に指を走らせながら戦略を立てていた。

「わくわくするかい?」とコーリーが尋ねた。

「大金だもの」とわたしは言った。「一台をふたりで使う方法をその気になれば見つけられたんじゃないか、ってやっぱり考えちゃう」

「きみの運転ぶりは見てきた。この車のハンドルは握らせられないよ」

わたしは肩をすくめ、窓の外を見ながら小切手を座席とセンターコンソールのあいだに滑らせ、上端だけがはみ出るように深く差しこんだ。

テッドとシーラの家に着くと、わたしはホンダ車のほうへゆっくりと歩き、輝くばかりの黒い塗装を惚れ惚れと眺めた。内装はグレーの革張りで、後部座席は寝床に使われたことなどない。

家に上がると、テッドは準備万端整えていた。「三十分ほどで済むよ」とわたしたちに説明した。

わたしは室内に目を走らせた。暖色系でまとめられた内装、出窓の傍らには座り心地のよさそうな椅子。いつかこんな家に暮らす自分を想像した。

「テッドから聞いたのよ、高校の校長先生なんですってね」とシーラがコーリーに話しかけた。そのひと言でコーリーはテッドのそばから離れ、〝若い心を動かす仕事〟について自分語りを始めた。

わたしはテッドのほうに近づいた。頭上の壁にかかっている写真を眺めるふうを装いつつ、テッドの動きを注意深く見守った。

タイミングが命だった。これまでやってきたことはすべて時間に制限を設けず、行動するもしないもコーリーにゆだねていた。けれども今日に限っては自由にさせるわけにいかなかった。テッドが名義変更を書類に記入するあいだ、コーリーに席をはずさせる必要があった。新所有者の欄にわたしの名前を記載してもらわなければならないからだ。

わたしはテッドが書類の束から所定の用紙を取り出す様子を見ていた。そして、ペンに手を伸ばしたときに言った。「あら、やだ、コーリー、わたしったら小切手を車に置いてきちゃった。取ってきてくれる?」

「話の最中だよ」とコーリーは言って、またシーラのほうを向いた。

心拍数が跳ね上がった。誰の名義にするのか、もうじきテッドに訊かれてしまう。時間がゆっくりと流れているような心地がした。テッドが書類に日付を入れ、コーリーに目を向けた。そこでふと、何カ月もまえにコーリーの車のスペアキーをくすねたことを思い出した。あのスペアキーはまだバッグに入れたままだ。わたしはそっとバッグに手を忍ばせて、手探りでキーを見つけ出すと、親指で非常ボタンを押した。

車の警報音が鳴り響き、一同は飛び上がった。わたしはいち早く窓辺に駆け寄り、外を見た。「あなたの車に誰かが侵入しようとしていたみたい」とコーリーに言った。

コーリーは二歩で玄関を出て、様子を調べに行った。

「もしかしたら猫だったかも」わたしはばつの悪そうな顔をしてテッドに言った。

テッドは書類の記入に戻った。「ここは誰の名前にすればいいのかな?」

わたしは一歩近づいて言った。「メグ・ウィリアムズ」苗字の綴りを説明し、そのとおりにテッドがペンを走らせるのを見届けた。

テッドはノートパソコンを手前に引き寄せた。名義変更の情報を陸運局のウェブサイトに入力していると、コーリーが戻ってきた。「誰もいなかった」

「よかった」わたしは続けて言った。「小切手は？」

コーリーは苛立ったような顔でわたしを見たが、今度は取りに行った。コーリーが戻ってきたときには書類の提出は完了していた。

「小切手はフロントシートの下にあった」とコーリーはわたしに言った。「隠そうとでもしていたのか？」

わたしは曖昧に肩をすくめた。

コーリーはテッドに小切手を手渡し、視線を下げて所有者欄に目をやり、わたしの名前に気づいた。「待ってくれ。名義はそっちじゃ……」最後まで言わず、顔を上げると、とまどった表情でわたしを見た。

わたしは驚いた顔でコーリーを見つめ返した。「やだ、わたしったら。申し出があったとき、てっきり……」わたしは顔を覆い隠し、うめくような声で言った。「だからいやだったのに」

「手違いでも？」とテッドが尋ねた。

重苦しい沈黙が降りた。わたしは無言のままその沈黙を味わった。「問題ない」ややあってコーリーはテッドに言った。

「手続きはわたしがするわ」わたしはコーリーに目を向けて言った。「できるだけ早く。登録証が発行されたら名義を変更する。あなたの手は煩わせないから」

コーリーは硬い表情でうなずいた。好き勝手にできる限界に達してしまったのだろうか。


コーリーの車の横で、わたしは彼に身を寄せた。「勘違いしていたなんて信じられない」わたしは体を後ろに引いてコーリーの目をのぞきこんだ。「必ず訂正しておく」

コーリーがふと顔色を変えた——なんらかの感情が一瞬だけよぎり、すぐに消えた。疑惑？　不信感？　しかし、彼はたんにこう言うに留まった。「ひとまわりしてきたらどうだ？　先にうちで待ってるよ」

わたしはコーリーが先に帰るのを待って、車のロックを解除し、イグニッションにキーを差した。すんなりとエンジンがかかった。ミニバンのエンジン音とくらべたら音がしないも同然だった。道路の角に近づいたとき、右折して帰宅するのではなく、左折したくなる気持ちに駆られた。このままどんどん車を走らせたい誘惑に駆られたのだ。しかし、まだその時機ではない。

わたしとしてはコーリーがさらりと許してくれるものと期待していた。〝べつにたいしたことじゃないよ、あの車はきみのものだ〟と言ってくれるのではないかと。でも、そうは言われなかった。彼の気前のよさにも限度はある。無事に計画をやり遂げようと思うなら、限度を超えてはならない。

月曜日の朝一番に、わたしはコーリーのデスクにつき、彼のパソコンで陸運局のサイトを呼び出し、自分のノートパソコンに白紙の車輛（しゃりょう）登録証のスキャン画像を取りこんだ。時間をかけて書類を複製していった。フォントを合わせ、高すぎず低すぎず、正確な位置に文章を配置した。頭のなかで、夜コーリーが帰宅したら言うべき台詞がすでにできあがっていた。〝アルバイトを早退して開庁前に陸運局に行ったら、もう五十人も並んでいたの！　三時間かかったけど、手続きは済んだわ〟と言うつもりだ。そして、あらたな所有者としてコーリーの名前が登録され、いちばん下にわたしの署名がはいった書類を手渡す。やると宣言したことをちゃんとやった証拠だ。〝登録証は六週間から八週間後に郵送されるんですって〟とコーリーに報告する。いっこうに届かないとコーリーが気づく頃にはわたしはとうに姿を消している。

コーリーの名前を入力欄内ですこしずつ位置を下げていると、彼のパソコンでメールの受信を知らせる音が鳴った。好奇心をそそられ、受信トレイに画面を切り替えたが、新着メールはなかった。

右上隅のコーリーのアイコンをクリックすると、これまで見たことのない第二のアカウントを発見した――〈LA波乗り男〉

メールは三ページ分しかなく、すべて〈ステイシーB01〉という人物から送信されていた。最初のやりとりのページまで戻り、スクロールしてコーリーが最初に送ったメールを読んだ。

〈やあ、ステイシー、校長のデンプシーだ。今日学校で起きたことについてきみに手を差し伸べられたらと思っている。自由に話せなくなるので、学校のアカウントから書くのは控えたい。マイケルソン先生との今日の面談でどういう話になったのであれ、今後もずっと個人的に状況を見守るつもりだ。話があるときにはいつでもこのアカウントに遠慮なくメールを送ってほしい。いつでも話を聞くよ〉

ステイシーの返信は大げさだった。〈心から感謝します、デンプシー校長先生。とてもありがたいお言葉で、校長先生のご支援を得られてとても幸運に思います。デンプシー先生ほどすばらしい校長先生はいないとみんないつも言っています。わたしも同じ意見です〉

学校のメールサーバーを避ける必要性をコーリーが感じた事実は別として、メールを出すこともメールそのものも気がかりなものではなかった。わたしはそのメールを閉じて、ひと月後のメールをひらいた。

〈『サウンド・オブ・ミュージック』で披露した演技はすばらしかった。おめでとう〉とコーリーは書いていた。その演劇発表会のことは憶えている。校長として立ち会わなければならないのだと力説して、コーリーは全公演に足を運んでいた。誘われたけれど、わたしは断った。調子はずれの「私のお気に入り」や「ドレミの歌」を聴かされるのはかんべんしてもらいたかったのだ。コーリーはあっさりと引き下がったが、そのわけが今わかった。〈できることなら、お祝いにバラの花束をきみにあげたいところだが、校長が出演者ひとりだけに花を持っていったら不自然だ。どれだけ才能があり、美しい生徒に捧げるのであっても〉

ステイシーからの返信はわずか数分後だった。〈ありがとうございます、デンプシー先生、そんな言葉をもらえるなんてすごくうれしいです。ずっと先生の視線を感じていました。うーん、信じられないわ、校長先生にこんなことを書いているなんて。でも、わたしにとって先生はそれ以上の存在です。友達でもあるんです〉

コーリーが返信したメールの送信時刻は午前二時だった。つまり、わたしが隣の部屋で眠っているあいだ、コーリーは真夜中に生徒にメールを送っていたということか。〈きみもぼくと同じように感じていてうれしいね。真の友は生涯を通じて得がたいも

のだが、間違いなくきみをそのひとりに数えている〉

最近のメールは画像も添付されていた。海辺で撮影したコーリーの自撮りは海水で濡れた髪が輝き、上半身は裸だった。一方、ステイシーはどこかのプールサイドで寝そべるビキニ姿の写真だった。〈完璧だね〉とコーリーは返信していた。ステイシーが誰なのか、わたしはすぐにわかった。北校舎の中庭にいた女子生徒だ。コーリーのいちばん近くに立ち、わがもの顔で彼の腕に手を置き、嫉妬したように目をぎらつかせていた女子。

ことを終わりにして立ち去る潮時のしるしを探していたとするなら、これがそうだった。

悪事の有力な証拠になりそうなメールを何通か印刷し、大きな封筒にまとめて入れて、バッグに押しこんだ。それが済むと、渋々車輌登録証の作業に戻って、やるべきことを片づけた。

登録証を印刷している最中にドアベルが鳴った。そっと仕事部屋を出て居間にはいった。セールスマンならいいのに、無視すればそれで済むから。窓の外をちらっと見ながらそんなことを念じた。しかし、ネイトだった。ネイトはドアを叩いた。「そこにいるのはわかってるんだぞ、メグ。ドアを開けろ」

わたしはドアを開けた。「コーリーはもう仕事に出かけたわ」

ネイトはわたしの横を通り抜けて、居間にはいった。「あんたに会いに来た」

わたしはネイトの動きを目で追った。「どうぞ座って」やや間を空けて言った。

ネイトは振り返ってわたしに向き合った。「話がある」

わたしは首を傾げ、きょとんとした顔をしてみせたが、手のひらが汗ばみ始めていた。「話って?」

「あんたの正体についてだ」

「何を言っているの?」わたしは訊き返しながら、頭のなかでは足場を探そうと必死になった。

「何本か電話をかけた」とネイトは言った。「三十ドルでグラスヴァレーの高校の卒業アルバムも買った。ネットで卒業生を何人か見つけた。あんたのことは誰も知らなかった」

わたしはちらりと通りを見た。角に住んでいる年配の隣人であるトラウト夫人が玄関の鍵をかけていた。老犬のバセットハウンドのダシールが辛抱強く待っている。

「それから、あんたとコーリーがどうやって出会ったか考え始めた」ネイトは話を続け、わたしの注意を引き戻した。「しかるべき場所でしかるべきタイミングに出会うとはすごいもんだよな」しみじみと語るような口調で言った。「なんという偶然か」

「何が言いたいの？　どういう妄想をふくらませているのか知らないけど、さっさと終わらせて。授業に行かないといけないから」

「今日は授業のない日だろ」

わたしは一歩後ろに下がった。「まさかわたしをつけてたの？」

ネイトは声を低くしてすごむように言った。「ああ、しばらくのあいだ尾行した。あんたはうさんくさいからだよ、メグ。書類上も存在しないし、実生活でも存在しない。コーリーに話したことは全部嘘っぱちなんだろ？」

「もう帰って」

ネイトは首を振った。「あんたはここでぬくぬくと暮らしてる」

わたしは今さっき発見したばかりのメールのことを考えた。ネイトならどう言うだろうか。もっと悪質なことをぶちまけたら、わたしは自分の行動を正当化できるだろうか。とはいえ、ネイトはバーに居合わせた女性に無理に飲ませて言い寄ろうとする男だ。コーリーの所業に目くじらを立てるわけがない。

わたしの計画では、二千五百ドルずつ預金を引き出して、向こう四週間でコーリーの口座を空にする予定だった。最新の取引明細書が届かないことにコーリーが気づくまえに姿を消す予定だった。自動車は誰の名義で登録されているかコーリーが確認するまえに。しかし、ネイトの告発で何もかも一変した。今すぐ逃げなければ。今日の今日にも。預金は一度だけは引き出せるだろうが、それ以上の時間はない。自分には何があるか、すばやく考えた。車――今もわたしの名義のままで、偽造された登録証はコーリーの仕事部屋のデスクに置いてある――とノートパソコン。〝これでは足りない〟

怒りがふつふつと湧いてきた。いつだってこういう男たちが勝者になるのはなぜ？ルールを無視し、好きにやる男たちが勝ち組になるのは？　もう一度、窓の外をちらりと見た。トラウト夫人は通りの向かい側に立っていた。哀れなダシールが木の根元のまわりをかぎまわっているのをじっと待っている。

それを確認した次の瞬間、わたしは恐怖に駆られたような金切り声をあげた。

ネイトはわたしから飛びのき、目を剝いて非難がましい声で言った。「なんの真似だ？」

わたしは深く息を吸い、もう一度悲鳴をあげた。そしてすばやく玄関のドアを開けて、家の外に飛び出した。「助けて！」

トラウト夫人はすぐに顔を上げた。裸足で駆け寄るわたしにぎょっとし、わたしの背後に目を向けた。ネイトは玄関に立ち、顔から血の気が引いていた。

「あの男に襲われたの」とわたしは叫び、トラウト夫人の後ろで縮こまった。

ネイトは玄関先に出て、わたしたちのほうに近づいてきた。「嘘だ」

「そばに来ないで」わたしはどうにか声を震わせた。そしてトラウト夫人に向かって言った。「この人はわたしを壁に押しつけて、キスを迫ってきて、シャツに手を伸ばして……」それ以上は続けられないとばかりに口ごもった。

トラウト夫人はわたしの腕に手をかけて言った。「うちから警察に通報すればいいわ」

ネイトは信じられないという顔をした。「メグ、頭がどうかしたのか？」

「頭がどうかしたんじゃなくて、精神的ショックを受けているの」とわたしは言い返した。

ネイトはわたしとトラウト夫人にちらちらと視線を往復させ、最後に家を振り返った。玄関のドアは開けっぱなしだった。ネイトは両手を上げた。「もういい」そう言い捨てて、車に向かった。

ネイトが帰ると、トラウト夫人もうちに来て、コーリーに電話をかけるあいだ、付き添ってくれた。すぐに帰ってきて、とわたしはコーリーに頼んだ。

最初、コーリーはわたしの話を信じなかった。「ネイトは大学時代からの親友だ。「そんなことをするわけがない」

しかし、トラウト夫人が話を裏づけてくれた。「彼女は半狂乱で家から飛び出してきたの」眼鏡の厚いレンズの奥で目を見開いて言った。「こっちは心臓発作を起こしそうになったわよ」

一時間後、コーリーが歩道に出て、トラウト夫人とダシールが無事に帰宅するのを見送るあいだ、わたしはすばやく計算した。一日二千五百ドル、十二日間で三万ドル引き出せる。

コーリーが戻ってきて、隣に座り、わたしの手を取った。「やっぱり信じられないよ。ネイトも過去に判断を誤ったことは何度かあったけど、ぼくにこういうことをするとは思いもしなかった」

わたしはどうにか三つ数えてから手を離した。「自分と寝なければ、わたしがもともとあなたを狙っていたとあなたに吹きこんでやると言われた。わたしが素性を偽っているともあなたに話すと。グラスヴァレーでわたしを知ってる人はいないと。彼は気も狂わんばかりにあなたに嫉妬してるのよ」コーリーの虚栄心をくすぐった手応えを感じた。「ネイトはあなたが持っているものを欲しがってるの」さらに続けた。「あなたの家が羨ましくて、成功が羨ましくて、女性関係が羨ましい。ずっとあなたになりたかったのよ」

その晩、電話のコーリー側の話をこっそり聞いた。ネイトが何を言っても無駄だった。「おまえがそう言うだろうとメグから聞いたよ。嘘つきだとぼくに言って聞かせようとするだろうと」わたしは息を殺し、真実を話しているのはわたしのほうだと納得させるに足る程度には、ネイトの話をコーリーの耳に入れられたものと期待した。最終的にコーリーは言った。「おまえとは長いつきあいだった。おまえはいつも味方になってくれた。でも、今度のことは越えてはならない一線だ。メグには近づかないでくれ。うちにも来ないでもらいたい」また間が空いた。おそらくネイトが自分の言い分を並べ立てているのだろう。「いいか、ネイト。次は警察に届け出る」

そのあと、コーリーにベッドで求められたが、身を離した。「無理よ」とわたしは言った。「まだ感触が残っているの、彼につかまれたときの感触が」わたしは背を向けて、体を小さく丸めた。

すこししてコーリーは言った。「大丈夫だよ、メグ。あいつはもう来ない」

わたしはうなずき、口をぎゅっと結んだ。〝十二日間〟と心のなかで唱えた。

時間の流れが遅くなった気がした。翌日からの十二日間、コーリーが起き出すまえに起き、寝ついてしばらくするまでわたしは起きていた。家から出るのが怖いという理由でアルバイトも授業も休んだ。ネイトにあとをつけられるのではないか不安だと訴えて。接近禁止命令の措置を取るのはどうかとコーリーに提案され、考えてみると返事をした。でも、コーリーが出かけると、わたしはすぐに作業にかかった。

毎日ATMに通い、一日の上限額を引き出した。街を立ち去る頃には、生活費の口座はほぼ空になるだろう。わたしの手もとにはまとまった現金があり、車があり、ノートパソコンがある。そして、コミュニティカレッジのウェブサイトによれば、ウェブデザインのスキルで手に職をつけている。

陸運局に住所変更届を提出し、登録証は事前に手配した私書箱に郵送するよう願い出た。そしてつねにネイトへの警戒を怠らなかった。家を出るまえに通りの様子をうかがい、駐車中の車のなかを見て、ネイトが再対決を目論(もくろ)んで待ち伏せしていないかどうか確認した。心身が消耗し、朝から晩まで気を張っているせいか、毎晩ベッドに倒れこむようにして眠りに落ちた。

コミュニティカレッジのコンピューター室であわただしくコーリーとクリステンの写真をスキャンした。周囲を警戒しながら写真を三部ずつ印刷し、別々の三通の封筒に一枚ずつ入れて、コーリーとステイシーのメールのやりとりのプリントアウトも同封した。それらをすべてノートパソコンの収納ケースに忍ばせ、どこへ行くにも持って歩いた。

キャルから何度も電話がかかってきたが、一度も出なかった。すると、メッセージが送りつけられるようになった。〈どうしてシフトを休んでる？　電話に出てくれよ〉

出発予定の数日前、わたしはバスルームに身を潜め、便器のふたに腰かけて震える手で返信を打った。

〈電話はもうかけてこないで〉

案の定、電話がまた鳴った。

わたしは額にかかった髪に息を吹きかけて電話に出た。「頼みは聞けないってこと？」

キャルの声は気遣わしげで、こちらの決意をくじきそうになった。「大丈夫か？　いったいどうしたんだ？」

自分がこれまでに失ったすべてのことに思いを馳せた。母のこと。わが家のこと。

どうしてキャルともつながっていられないの？

「あなたとの友情は自然消滅したのよ」結局わたしは言った。「新しい生活を始めたいの。心機一転」

「彼氏ができたとたん友達を切り捨てるタイプだとは思わなかった」

バスタブを囲む白いタイルの縁に指を走らせた。わが身かわいさになんでもやるタイプだとキャルはもうわかっているはずだ。「二度とかけてこないで」

どこへ行くかわからないが、カリフォルニアからは離れたほうがいい。たぶんアリゾナかネヴァダ。あるいは、自分の素性と経歴をあらため、やり直せる場所が見つかるまで東へひた走るのもいいだろう。

南京錠がついた金属製の大きな道具箱を買って、トランクにしまった。そして毎日、二千五百ドルをそこに入れた。最後の作業として、クリステンに関する不祥事の和解合意書のコピーを取った。被害供述書の部分のコピーも、だ。それらを例の三通の封筒にそれぞれ入れて、宛先を書いた。一通は教育委員会の委員長宛て、もう一通は『ロサンゼルス・タイムズ』宛て、三通目は数学科の主任――コーリーの宿敵、クレイグ・マイケルソン先生――に宛てた。コーリーとクリステンの写真のオリジナルはコーリーの仕事部屋にあるデスクの引き出しの奥に隠しておいた。そこならコーリーは気づかないだろうが、いずれ警察が探しあてると踏んで。

十二日間が過ぎ、準備が整った。土曜日まで待った。土曜日はコーリーが自主的に学校に行って、書類仕事を片づけるからだ。わたしはついていくことにした。「邪魔はしないわ」とコーリーに約束した。「ただそばにいたいだけだから」

五月初旬だったが、朝はまだ肌寒かった。わたしはランニング用のレギンスを穿き、深い内ポケットのついただぼっとしたコートをはおった。ポケットにマイケルソン先生宛ての封筒を忍ばせた。

学校に到着すると、コーリーが管理棟の施錠を解き、警報装置に暗証番号を入力するのを待ってわたしは尋ねた。「トイレの鍵は開いている?」

「ああ。あの通路の先だ」コーリーはそう言って、明かりをつけた。わたしは彼が指差したほうを見た。奥にデスクが密集した長いカウンターを通りすぎたあたりだった。奥の壁に教員用の郵便受けが並んでいた。

「ありがとう」

わたしはトイレに向かい、手洗い器の前で立ち止まり、三十まで数え、コーリーが席につき、溜まった仕事に取りかかる頃合いを見計らった。そしてそっとトイレを出ると、郵便受けのところに行き、目当ての名前を探しあてた。〃数学科主任、クレイグ・マイケルソン〃マイケルソン先生の郵便受けに封筒を投函(とうかん)し、月曜日に開封されるのを心待ちにした。

教育委員会の委員長と『ロサンゼルス・タイムズ』に宛てた封書は昨日投函したが、おそらく火曜日か水曜日までは届かない。でも、ざっと計算して、遅くとも金曜日までにコーリーの人生は吹き飛ぶはずだ。

日曜日、外出の口実に用事をいくつかでっち上げた――クラスメイトたちとプロジェクトの打ち合わせがあって、そのあとはランチ。「あなたの言うとおりよ」とわたしはコーリーに言った。「びくびくしながら暮らすのはもうやめなくちゃね。アルバイトも再開させるし、授業にも戻る。ネイトみたいな人の脅しには負けない」コーリーがシャワーを浴びているうちに、荷物をバッグに詰めて、車のトランクに入れた。現金がぎっしり詰まった鍵付きの道具箱の隣に。

ネイトに関しても計画を立てていた。事件が報道されたら、コーリーの記事を担当した記者に電話をかけるつもりだった。ネイトについて秘密情報を洩らし、そっちにも関心を向けさせるのだ。警察に匿名の通報をするのもいいかもしれない。真っ赤な嘘でもかまわないだろう。

コーリーがバスケットボールの試合を見ているあいだ、わたしは家のなかを最後にひとまわりし、忘れ物はないかどうか確認した。キッチンで、コーリーの車のスペアキーを引き出しに戻し、仕事部屋にはいった。自分のデスクにはあえて紙類を広げっぱなしにしておいた。やりかけのプロジェクトのメモ、もはや必要ない授業のノート。出ていったことをコーリーに気づかれるまえにカリフォルニア州からおさらばしたい。居間に戻り、コートとキーとハンドバッグをつかみ上げた。「行ってきます」

「夕食にピザのテイクアウトを頼んでいいかい？」とコーリーが尋ねた。

わたしは玄関のドアを開けながら微笑んだ。おそらくここ数週間で初めて浮かべた作り笑いではない笑みだった。紙ナプキン代を賄う金額も口座には残っていない。ピザの代金など言うに及ばず。「七時までに帰るわ」とわたしは言った。

高速道路にはいって走り続ける予定だった。五、六時間でラスヴェガスに到着する。そこから先はどこへでも行ける。しかし、高速道路には乗らず、いつのまにかまたもやキャニオン・ドライブに向かい、昔のわが家の前に車を停めた。私道にはロン・アシュトンのポルシェ911が停まっている。

午前の中頃で、犬の散歩やランニングの人たちが何人か通りに出ていた。それほど古びていないホンダ車に乗っていたので、ミニバンのときほど人目は引かなかった。こちらに目を向けてもすぐに視線はそらされた。まあまあ新しい車に乗っている、見てくれの悪くない若い女性。けれど、いちおう携帯電話を耳にあて、電話に出ているふりをして、最後にもう一度家を眺めた。日除けが開けられており、居間を通り抜ける人影が見えたが、やがて視界から消えた。わたしがドアをノックしたらロンはどうするだろうか。最後に会ったとき、わたしはひょろりとしたティーンエイジャーで、眼鏡をかけていたが、今はコンタクトレンズに替えていた。ぱっとしなかった茶色の髪にはブロンドのハイライトを入れている。

そんなことを思っていると、ロンが家から出てきて、車に乗りこみ、私道から車をバックさせてきた。わたしは通話をしているふりを続けながら顔を背けた。憎悪の念が胸に湧き立った。あれからずっと、わたしが車で寝泊まりしていたあいだもロンはわたしの家に住んでいた。母が墓地で眠るあいだもずっと。

ロンが走り去るのを待って、わたしは車を降り、敷地の南端に延びる背の高い生け垣のほうへ歩いた。

肩越しに振り返り、通りから誰にも見られていないことを確かめたあと、家のすぐ横に姿を消した。背の高い鉄製の門が前庭と裏庭を隔てている。門の向こうにおばあちゃんのバラ園が見えた。バラはちょうど開花の時期を迎えている。門を開けて、五分でいいから大好きだった場所にさよならの挨拶をしたかった。

しかし、門は施錠されていた。何度か門を揺すり、掛け金を手探りしてみたが、南京錠がついているのだとわかった。

歩道に出ると、トラックスーツを着た女性と出合い頭に衝突しそうになった。女性はわたしと家の脇の庭に視線を走らせ、わたしがどこから出てきたのか考えているようだった。

「迷い犬の飼い主さん？」とわたしは切迫した声で尋ねた。「小さな黒い犬で、胸に白いぶちがあったけど？」

「いいえ」と女性は言った。疑念は消えていた。

「轢きそうになったの。車を停めて、犬をつかまえようとしたけど、あの茂みに走っていっちゃって、もうどこへ行ったかわからないわ」心配そうな顔で女性を見た。

「無事ならいいんだけど」そして腕時計に目を落とした。「もう行かなくちゃ。そのあたりに犬がいないかどうか目を光らせてもらえます？　戻ってくるかどうか」

「いいわよ」と女性は言った。

車に戻るあいだ、女性の視線を感じながら、コーリーが気前よく衣服代を出してくれたことに感謝した――〈セブン・フォー・オール・マンカインド〉のジーンズ、〈フランコサルト〉のブーツ、〈ラグ＆ボーン〉のセーター。以前よりもこの界隈になじむ服装をしていた。

最後にもう一度だけ家を見た。おそらく二度と戻ることはないとわかっていた。しかし、悲しみではなく、花ひらくような明るい気持ちが胸の奥に広がった。人生は長い。いろいろなことが起きるものだ。事情が変われば、また故郷に戻ってくるかもしれない。ロンの住む世界に戻ることだってあるかもしれない。そのときにはコーリーとの経験のおかげで準備の仕方なら心得ている。

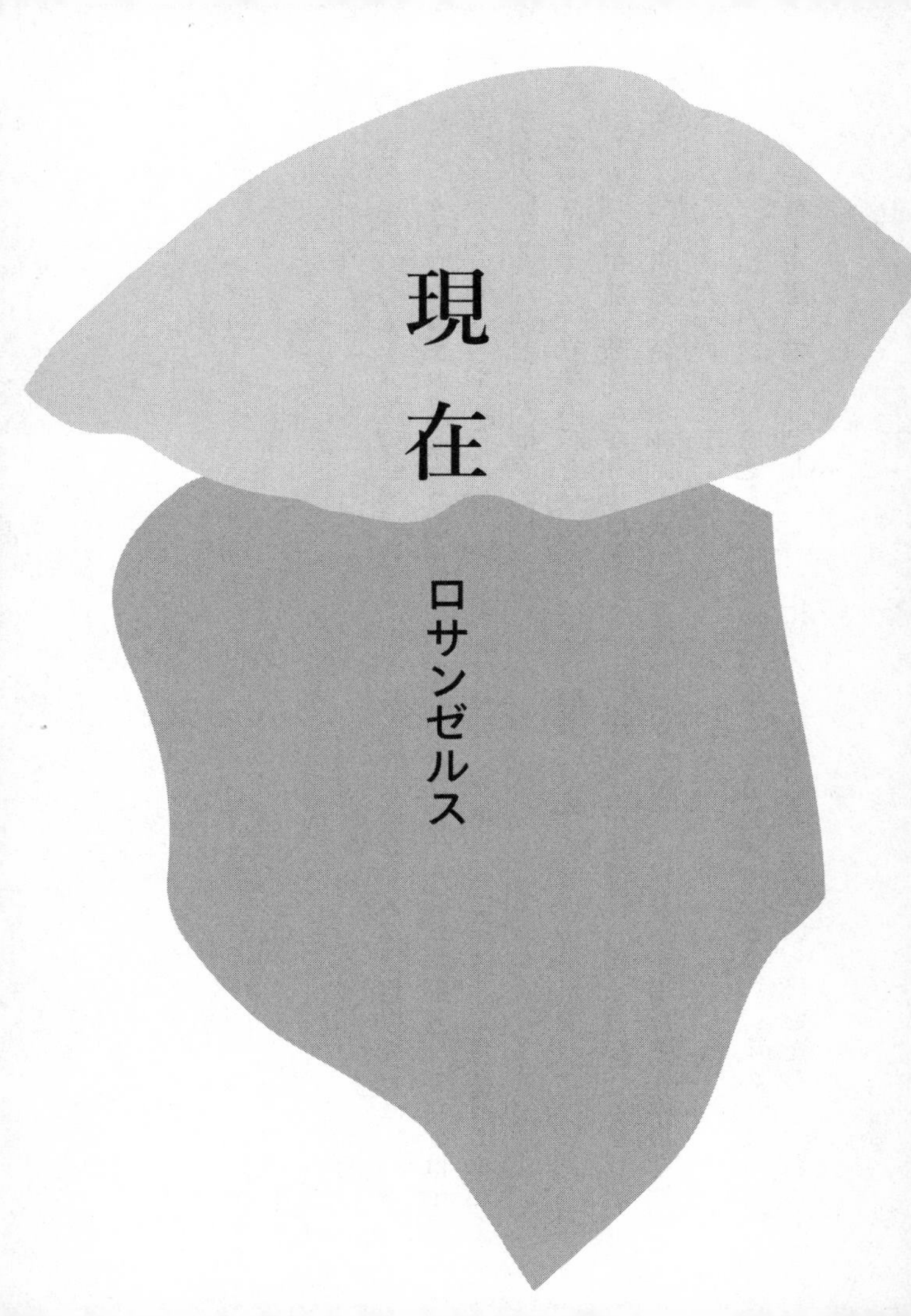

現在

ロサンゼルス

キャット

六月

資金集めのパーティーの会場に残り、引き続きさりげなくメグに目を光らせているが、メグとロンはあれからもう話をしていない。メグは十一時頃に帰り、わたしは十五分待って自分の車を取りに行った。そして母にメッセージを送る。気にかけてまだ起きているただひとりの相手に。

〈今夜メグ・ウィリアムズを見たわ。彼女は戻ってきた〉

シカゴは午前一時半だが、母は起きているはずだ。子供の頃、よく真夜中に目覚めると、母は書斎で新聞や雑誌、政治関連のブログを読んでいた。手当たり次第目を通していたものだった。

曲がりくねった道に車を走らせてサンセット大通りに戻りながら、帰宅の途につくメグの様子を思い描こうとした。ロンに紹介されたことで頭がいっぱいだろう。わたしもあの場にいて、見張っていたことなど知りもせず。

ネイトとのことがあってから二カ月後、わたしはコナーに電話をかけた。フランクの下で一緒に働いていた同僚のなかでいちばん人当たりのよい記者だった。「警察はネイト・バージェスに事情聴取をした？」とわたしは訊いた。名前を口にするだけで汗が出てきたが、必要な情報だった。

「ああ、したそうだよ」とコナーは言った。「匿名の情報提供があった。きみが辞めたすぐあと、レイプ未遂について。警察は捜査したが、何も出てこなかった。通報した女性の話を裏づける証拠は何もなかったから、別れた女が腹いせに復讐を目論んだものとして片づけられた」

コナーの言葉に殴られたような衝撃を受けた。メグはレイプ未遂についてまったく触れなかった。警告すらしなかった。〝ひとりで行ったらだめよ〟とも〝ネイトと一緒にいるときは飲み物に気をつけて〟とも。注意喚起もせず、身分と目的を隠せば、ネイトからコーリーの秘密を洗いざらい聞き出せるものとわたしに信じこませた。電話の向こうにいる若い女性記者が危険に晒される可能性など気にもしないで。

母から返信が来たとき、ちょうど高速道路に乗り入れ、家にまっすぐ帰るところだった。わたしはすでにヒールを脱ぎ、車の振動を感じながら裸足でアクセルペダルを踏んでいた。

〈二度目のチャンスね。逃さないで〉

失意にまたもや胸が締めつけられた。たいていの人はそもそも二度目のチャンスなど必要としない。それをほんのひと言ふた言で母はわたしに思い出させる。

ネイトとの出来事はいっさい母に話していなかった。母が知っているのは、わたしがコーリー・デンプシーの事件を追っていたが、その後担当をはずれたということだけだ。いっときは『ロサンゼルス・タイムズ』の前途有望な若手記者だったが、あの日を境にそうではなくなった。ネイトとの一件の明くる日、高校へ出向いてフランクの代理でコメントを取り、〝遅れ〟はしたが、〝間に合わなくなる〟ぎりぎりのタイミングで提出した。しかし、あらたに発覚したおぞましい実態が事細かく日々報道されると、わたしは耐えられなくなった。ネイトの顔が始終、脳裏に浮かんだ。気絶する直前の最後の記憶に残る輪郭がぼやけた顔が頭にこびりついて離れなかった。記憶を失ったトラウマには独特の地獄がある。つかみどころのない恐怖に変貌し、思いも寄らない場所に潜み——ウィスキーの香り、バーの特定の形のスツール、曲、笑い声——予想もしないときに襲いかかってくる。

わたしはコーリーの事件の担当をはずれ、フランクのチームにいる別の若手記者が穴を埋めたが、母以外は誰ひとりとして気づきもしなければ、気にも留めなかったようだった。

「何を考えているのよ?」新聞社退職の報告をしたときに母に訊かれた。「あなたが仕事に就けるよう、いろいろな人に話をつけたのに」

「もう済んだことだわ」とわたしは言った。毎朝具合が悪くなることを母には打ち明けられなかった。コンドームの包みが開封されて中身が空になっていたのをこの目で見たけれど、やっぱり妊娠したのではないか、性病をうつされたのではないかと怯えていた。人づきあいを避けるようになり、夕食の誘いを断り、友達と夜遊びに出るのも控えているうちに、定期的に会う相手はジャーナリズムを専攻していた学生時代の親友ジェンナひとりになった。

「仕事がうまくいかなかったの」ジェンナにはそう話していた。「どういうものか、あなたもわかるでしょう? 際限なく続く裏取り作業。署名記事を書く記者のために朝から晩まで調査をする日々。自分の記事を書く自由が欲しいの」

『ロサンゼルス・タイムズ』で働きながら、最初の頃はフリーのきちんとした仕事も引き受けていたが、ネイトのせいでわたしは変わった。何年ものあいだ、取材で人と会うたびにパニック発作を抑えなければならず、必ず人が多い場所を選んだ。食べ物えるようになり、やがてそこが定位置と化した。パソコンの画面の前に座っていれば安心感を覚えるようになり、やがてそこが定位置と化した。

その結果、調査がわたしの得意分野になったのだ。財政状態を徹底的に洗い出したり、所有権争いで少額裁判所の古い記録を掘り起こしたりする方法は心得ていた。何年にもわたり、それらの技術を使ってメグ・ウィリアムズについて調べ上げた。

わたしはかつてのような世間知らずの記者ではない。何年も陥っていた職業上の不振から脱却するとしたら、メグの正体を暴き、過去十年にメグが犯してきた詐欺と窃盗の全容を明らかにすることこそわたしのやるべきことだ。

メグはそれだけのことをわたしにしたのだから。

調査専門のジャーナリストという職業は迷路を後ろ向きに通り抜けるようなものだ。終わりから始めて、初めに戻る道を探しながら、道標がはっきりと示されるまで間違った手がかりを捨て、袋小路を排除する。そして、誰かを理解するためには、その人物が生まれ育った家庭から取りかからなければならない。あらゆる選択は育った環境によって形成されるものだからだ。

わたしは何年もまえに調査を開始し、公文書にあたった。二〇〇一年、メグの母ロージーことローズは父方の祖父母からブレントウッドの家を相続した。ブレントウッドはサンタモニカとウェストウッドにはさまれた小さな地域で、高級マンションと大邸宅が混在している。ハイテク企業の二十代の経営者だけでなく、ジェニファー・ガーナーやグウィネス・パルトロウなどの超有名人も居住し、数百万ドルの資産価値のあるキャニオン・ドライブの屋敷を相続したロージーも近隣住民のひとりだった。

二〇〇四年、ロージーは家の所有者に宅地開発業者ロン・アシュトンの名前も加えた。八カ月後、権利放棄証書にサインをして、ロンの単独所有に移行した。一年後、ロージーは他界した。

しかし、公文書は枠組みを提供するだけだ。その裏側にいる人々のことは何も教えてくれない。だから知り合いと思われる人たちに話を聞かなければならない。

なんでもかんでも首を突っこみたがる人物が求められた。隣人たちの動向に目を光らせる人が必要だった。誰が引っ越してきて、誰が出ていったか。朝の五時から私道で怒鳴り合いの喧嘩をしていたのは誰か。真夜中に酔っぱらって帰ってきたのは誰か。どこの地域にもひとりはそういうことを知っている詮索好きな住民がいる。ドアをノックしてまわれば、いずれは見つかるものだ。わたしは何人もの家政婦やランチをとっている女性たちに話しかけたが、ウィリアムズ家と知り合いだったかどうかについて、誰もが言葉を濁した。

しかし、とうとう、キャニオン・ドライブの地所の真裏に住んでいるネルソン夫人から話を聞くことができた。「五十年近くここに住んでいるのよ」メグの旧友だとわたしが名乗り、行方を探しているのだと説明すると、ネルソン夫人は言った。「ウィリアムズ一家のことはよく憶えているわ」

ネルソン夫人のサンルームにある白い籐の椅子にわたしたちは座っていた。芝生の平らな庭が目の前に広がり、奥の背の高い生け垣の向こうにメグの家族が所有していた家が立っている。「メグのお母さんのことも憶えているわ。ローズははつらつとしたお嬢さんだった」ネルソン夫人は声を落とした。「ルパートとエミリーの息子——つまり、ローズの父親のディーン——は麻薬の問題を抱えていたの。更生施設に出たりはいったりを長年繰り返していた」ため息をついた。「本人たちはおくびにも出さなかったけど、ルパートが引退しなかった理由はそれに決まっているもの。八十近くまで働いていたのよ」

「ディーンはどうなったんですか？」とわたしは訊いた。

「あれは悲劇だったわ。自動車事故で死んだのよ、たしかローズが高校を卒業した直後に。あんなに長いあいだ、お金をかけて家族は救いの手を差し伸べていたのにね、そんな最期を迎えたの」

わたしは出されたレモネードをひと口飲み、一家に襲いかかった苦しみに思いを馳せた。「ローズがキャニオン・ドライブの家を相続したのはそのときですか？」

ネルソン夫人は首を振った。「おばあさんのエミリーが二〇〇一年にとうとう亡くなったときに」

当時、メグは十三歳か。「知り合った頃、たしかメグたちはこのあたりには住んでいませんでしたけど」

「エミリーの死後、ローズとメグは住んだり住まなかったりしていたの、借家にしたりしなかったりで。どうもローンが払えないようでね。想像だけど、相続税も相当高かっただろうし」とネルソン夫人は言った。「二〇〇四年か二〇〇五年に引っ越していったわ、いい条件で手放したわけじゃないと思うけど」

「どうしてそう思うんですか？」

「庭に出ていたときに、ローズのわめき声が生け垣の向こうから聞こえてきたの。〝嘘をついていたのね！〟って叫んでいたわ、何度も何度も」

「誰に叫んでいたんですか？」

「今そこに住んでいる男性に。ロンなんとかっていう」ネルソン夫人はどうでもいいというように手を振った。「派手な男よ、スポーツカーを乗りまわして、髪をてかてかに撫でつけて。その男が言ったのよ、〝七日以内に荷物をまとめて出ていけよ、さもないと保安官に追い出されるぞ〟って。もうね、わたしまで悲しくなっちゃった。ローズはあの家に愛着があったから」ネルソン夫人は憤慨したように鼻息を荒くした。「時々、あの男を見かけるわ。向こうは挨拶をしてくるけど、こっちは無視してやるの。挨拶なんか返すものですか」

「メグたちがどこへ行ったかご存じですか？」二〇〇四年以降の足取りをつかめずにいた。住所も出てこなければ、公共料金の登録も見つからなかった。メグは通っていた高校を卒業したのだから、遠くへ引っ越さなかったことは確かだ。でも、どこに住んでいたのだろう？

ネルソン夫人は首を振り、涙っぽい悲しげな目で言った。「まったくわからないわ」

その空白の年月を埋めることはできなかった。しかし、月十二ドルの携帯電話料とメグの母親の旧姓を頼りに、メグがロサンゼルスを離れてしばらくのあいだの足取りはたどることができた。メグはまずシアトルに向かい、そこで半年暮らした。シアトルからオレゴン州セイラムへ、そのあとアリゾナ州フェニックスへ移動した。メグにだまされた人々はメグの人物像を、生活苦にあえいでいた女性、あるいは悪縁を断って逃げてきた女性だと語った。そしてメグはその都度他人様(ひとさま)のものを失敬して姿をくらましていたようだった。

〝五万ドルとおふくろの婚約指輪を盗まれたよ〟

〝おれのハーレーを勝手に売り払った。代金も懐に入れちまった〟

メグ・ウィリアムズは人からそうだと思われたい人物に自在になりすませるようだった。相手の心にそっと忍びこむが、ホログラムのように実体がなく、謎めいている。シアトルでは大学生だった。オレゴンでは写真家。フェニックスでは犬の散歩代行業者だった。そして、フェニックスを立ち去ってからは忽然(こつぜん)と姿を消した。転居先不明、新しい携帯電話番号の登録なし、死亡届なし、婚姻届なし、裁判記録なし。長年の経験で知っているが、有料のデータベース上になんの情報も出てこないとしたら、情報の秘匿に相当骨を折っているということだ。

グーグルアラートにメグを設定し、ロン・アシュトンの動向も引き続きチェックした。ロンは建設会社をロサンゼルス郡で指折りの大企業に成長させ、市議会議員選挙に当選し、最近では上院議員選挙に立候補した。それをわたしはずっと監視していた。

詐欺師はだまされるのが嫌いだ。子供の頃に住んでいた家を失ったことがメグの心の傷だ。犯罪者は誰しも故郷を照らす灯台を胸に抱いている。もちろん、メグが大人になって、セラピーを受け、水に流した可能性もなくはない。でも、おそらくそうではないだろう。

自宅に着くと、靴を片手にぶらさげたまま、なるべく物音をたてずに玄関の鍵を開ける。アパートメントのなかは暗かった。スコットがわたしのためにつけておいてくれたテーブルランプの明かりだけを頼りに動いた。鍵束をテーブルに置くと、ドレスを脱ぎもせず、すぐに仕事部屋にはいる。早いうちに印象を書き留めておきたいからだ。メグはどんな服を着ていたか。誰と話したか。ロンとの会話はどれくらいの長さだったか。原稿を書くときには、読者にカナッペの味までわかるように、音楽が聴こえるように、開け放されたフレンチドアからはいるそよ風が感じられるようにしたい。

また母からメッセージが来た。〈手もとにある分をぜひ読ませて！〉

「うわっ、もう寝なさいよ、ママ」わたしは静かな部屋で独り言を言い、さっきメッセージを送ったことを後悔した。

視覚的にものを考えるので、情報の整理はパソコンではなく紙で作業する。ノートは入り組んだ地図のようで、考えを矢印で名前や日付につないだ。簡単なメモ、概要、取材内容などを手書きして、百ページを超えたが、書き始めてから十年たつわけで、どれも情報は古い。

いちばん下の引き出しを開け、書きかけの原稿——五十三ページ、1行空き（ダブルスペース）、タイムズ・ニュー・ローマンのフォント——を取り出した。一年以上執筆に取り組む時間が取れずにいる小説の書き出し部分だ。

これが手もとにある分だと知ったら、母はどう思うだろうか。調査をしても空振りに終わり、くやしまぎれにネタを小説に書き換える、ありがちなジャーナリスト崩れ。それがわたしだ。全国を旅する女詐欺師の物語で、人々をだますさまざまな手口はわたしの想像だった。盗んだものも想像で書いた。『ニューヨーク・タイムズ』の紙面でメグの正体を暴けないのなら、同紙のベストセラーリスト入りする小説で暴けばいいんじゃないかというわけだ。

書きかけの原稿を引き出しに戻した。ばかげた夢だ。そんな夢を追いかける余裕はない。

足音を忍ばせて寝室にはいると、上掛けにくるまったスコットは大きな塊の影にしか見えない。わたしはすばやく寝間着に着替え、上掛けの下にもぐりこみ、スコットに身を寄せた。スコットと出会ったのは五年前だった。オンラインのデータ漏洩事件が起きて、わたしの銀行口座の情報が流出し、窃盗団によって千ドル近い預金が不正に引き出される被害を受けたことがあった。スコットはわたしの事案を担当した刑事だったのだ。

「この手の事件が増えている」供述を取ったときにスコットは言った。「うちのウェブサイトは安全だと誰もが言うが、そんな確約はできないね」

「今後はもうオンラインは使わないわ」とわたしはスコットに言った。

スコットは笑った。目尻のしわが気に入った。顔全体が幸せに包まれているような笑顔だった。「そっちがより安全か、なんとも言えないな。事件に進展があったら知らせるが、あまり期待しないように」

結局犯人は捕まらなかったが、スコットと友達になり、やがてわたしはいくつかの捜査に協力するようになった。ネイトにされたことのトラウマを克服するために何年もがんばってきたが、男性を信頼することはまだ難しかった。ロサンゼルス・カウンティフェアに一緒に行かないかとスコットに誘われたとき、セラピストは試しに行ってみたらいいと勧めてくれた。そして、自分の食べるものは自分で買ってもいいなら行くとスコットに伝えると、スコットは肩をすくめて言った。「自分で買いたきゃ買えばいいさ。一緒に行くと言ってくれただけでうれしいよ」

てっきりスコットの我慢が続くのはものの数カ月で、やがてわたしがデートのたびに毎回夜は自宅に帰って――ひとりで――寝ると言い張る姿勢にうんざりするだろうと思っていた。映画館や酒場などの薄暗い場所でわたしが神経をぴりぴりさせることにも。

「焦ることはないさ」とスコットは何度も言ってくれた。「きみが相手なら待ってもいい」

しばらくすると、わたしはすこしずつスコットに心を許し、過去に何があったのかちょっとだけ打ち明けた。具体的な話は避けたが、乱暴されたとわかる程度には説明した。

「警察に届け出たのか？」案の定、そう訊かれた。

「こみ入った状況だったの」とわたしは言った。「大きな事件の取材中だった。予定外の場所にいて、予定外の人に話を聞いていたの。あのときのわたしは若くて、怯えていた。とにかくなかったことにして忘れたかった」

そうは言ったが、本当は証拠がなかったからだ。事件の翌日仕事に出て、何ごともなかったふりをした。目撃者もいなかった。レイプキットも使わず、警察に被害届も出さなかった。〝本当に起きたことなら、なぜ彼女は誰かに相談するまでこんなにぐずぐずしていたんだ？〟と世間の人は言う。その気になれば、ネイトを告発する供述ができたはずだが、ネイトには二度と会いたくなかった。

スコットは声をやわらげて言った。「暴行の被害を受けても警察に届け出る女性はわずか三十五パーセントだ。裁判で勝訴する被害者女性の割合はもっと少ない」険しい表情になって続けた。「告訴する価値はあるのにといつも思うが、自分が女性でもなければ被害者でもないことはわかってる。だから、意見を言うつもりはない」

メグにも責任があると思っていることはスコットには話さなかった。草の根を分けてもメグを見つけ出してやるという決意の裏に怒りは隠していた。メグの事件を公表し、失ったいくばくかの力を取り戻してみせると心に決めていたのだ。

わたしはスコットの穏やかな物腰や落ちつき、ユーモアのセンスに惹かれた。母は自分で自分を縛りつけているわたしをはがゆく思っていたが――〝憶えがあるでしょう、キャリアは始まりもしないうちに終わることもあるって〟――わたしは気にしなかった。スコットのおかげでようやく心が癒され始めていた。

だからこそ、二年前に今度はスコットが問題を抱えたとき、わたしはためらうことなく彼の支えになろうとした。それまでにしてくれたいろいろなことを思えば――ときには記事にヒントをくれたり、心をひらき、ふたたび人を信じる力になってくれたり――スコットに必要とされて、放ってはおけなかった。

ところが最近になって、スコットは結婚の準備を始めようと迫ってきた。苗字を変えることや共同名義の口座を開設することなどを話し合いたがった。スコットが熱心になればなるほど、わたしはことを急ぎたくない気持ちになる。ふたりで育んだ距離感に安心しているのに。真剣につきあっているけれど、独立している状態に安心感を覚えていた。スコットを信じられないからなのか、自分を信じられないからなのか、その理由はなんとも言えないが。

スコットに体をすり寄せて目を閉じるが、頭は働き続けている。メグの件をまた追いかけていると聞いたらスコットは喜ばない。わたしがまたウサギの巣穴に迷いこむのをいやがるだろう。袋小路だとスコットは思っているからだ。

「メグはいっさい法を犯していない」スコットはことあるごとにわたしに釘（くぎ）を刺した。

「三万ドルと車を持ち逃げしたわ」

「相手の男は預金にアクセスする権限をメグにあたえた。起訴は不可能だろうな、男が訴えなかったから。彼女は詐欺師ではない。怒りに燃えただけだ。しかも、それにはそれなりの理由がある」

スコットには言えないが、わたしにとってはたんなるネタ以上の意味があった。メグの心のなかにはいり、人生の裏側を探り、点と点を結び、すべてをつなぎ合わせてみたいのだ。メグがいかにして人々を操り、彼らの生活にはいりこみ、信用を勝ち取るのか解き明かしたかった。メグはこの十年間どこにいたのか、なぜ戻ってきたのか。そしてすべてがわかったら、世間に公表したい。メグから何かしら奪ってやりたいのだ。メグがわたしからすべてを奪ったように。

六月

キャット

やはりスコットは喜ばない。「いい考えだと思うのか？」翌朝、朝食をとりながら尋ねる。

わたしはマフィンを手で割りながら言った。「どういう意味？　これは中身のあるネタなのよ。この二年間量産していたウェブ向けのくだらない記事とは違って」

とはいえ、心がささくれる。スコットが問題にしているのは、書き上げて売れるまでに場合によっては何カ月もかかる報道記事の仕事の代わりに始めた、出来高払いの仕事や原稿整理の仕事を辞める余裕などあるのかということだからだ。

二年前に婚約した直後、スコットはギャンブルの借金で首がまわらなくなった。一万五千ドルを超えるクレジットカードの支払い請求が来たのだ。それ以降、わたしたちはすこしずつ借金を返済している。

「メグのことを記事にできれば、借金完済にぐっと近づく」この話題の微妙な扱い方をわたしは身につけていた。収入の一定額が借金返済にまわされる腹立たしさもうまく隠せるようになっていた。その収入も、調査をしたうえで書いたまともな記事をまともな出版媒体に売りこんで稼いだ金ではなく、ウェブサイトの下のほうに出てくるどうでもいいコンテンツを書き散らして稼いだ金だ。〝裏庭をバタフライガーデンに変える方法〟とか、〝海外旅行のお役立ち裏技十選〟とか、その手の記事だ。

「そういう意味で言ったんじゃないさ」とスコットは言う。「きみにどういう影響があるか心配だからだ。またあれこれ蒸し返すことで――関係者や当時のことを。必死で忘れようとしてきたのに」

「なんとかなるわ」口ではそう言いながらも、本当にそうだろうかとわたしは疑問に思う。メグに接近して過去に引き戻される動揺を早くも感じていた。

「やっぱり小説を書き上げたほうがいいんじゃないか。今のところよく書けているんだから」

スコットの感想は聞き流した。「小説を書いても借金は返せない」

結婚に同意したとき、自分の夢はすこしあきらめて、人生のよきパートナーになることに重点を置かなければならないとわかっていた。スコットは悩みを解決する力になってくれたのだから、苦労をともにしないのはフェアじゃない。しかし、どの程度まずいことになっているかようやく告白する段になってみると、スコットが失墜させた信頼は相当な規模だった。事実をわたしに知られないために、どんなに色んなことを隠してきたか。借金返済のために、どれだけ物品を売り払っていたか。

しばらくのあいだ、わたしはギャンブル依存症関係者の自助グループの会合に毎週通っていた。スコットの支えになる方法を学んだのはもちろんのこと、自分の状況がまだましであることも知った。もっと悲惨な状況になってもおかしくなかったということも、だ。不満を押し殺してしまえるほど、いろいろな身の上話を耳にした――家の二重抵当、破産、大学進学資金の取り崩し。それにくらべれば、一万五千ドルの借金などかわいいものだ。

しかし、それだけでも結婚を延期するにはじゅうぶんな理由で、もっと時間をかけなければ依存症から立ち直れないでしょうとスコットに言い渡した。そしてメグが戻ってきた今、招待客のリスト作りや披露宴会場の装飾選びや料理の試食などにまだ取りかかっていなくてつくづくよかったと思う。結婚の準備を始めるのはわたしの記事が発表されてからでも余裕で間に合う。〝メグ・ウィリアムズ〟の名前を誰もが知ることになってからでも。

二カ月前に受信トレイに届いたグーグルアラートの情報をたどり、ロサンゼルスを拠点とする不動産会社〈アペックス不動産〉のウェブサイトを訪問した。画面の右上にメグの顔写真がフルカラーで掲載されていた。

〈メグ・ウィリアムズ――住まい探しならおまかせを〉その下には略歴が紹介され、わたしがすでに知っていることも言及されていた。〈カリフォルニア州ロサンゼルス出身。子育てに奮闘したシングルマザーの娘として育ち、母譲りの勤勉さを武器に中西部で十年間トップエージェントとして活動してきました。四半期ごとの仲介手数料取得上位一パーセントのエージェントが表彰される社長賞を含む数々の賞を獲得。お客様のニーズに合った的確な物件探しを得意とし、強気の交渉術で過去十年以上にわたり、お客様のために総額数百万ドルもの値引きに成功しています〉わたしは鼻で笑った。十年前のメグはコーリー・デンプシーの人生を吹き飛ばしていた。不動産業界で輝かしいキャリアを積み始めたのではなく。〈近頃ロサンゼルスに戻り、お客様のどのようなご要望にも喜んでお応えするつもりですので、ご用命をいただけることを楽しみにしています〉

紹介文の下にはメグが売却したと思われるミシガンの物件の画像が並び、最安値の物件は四百万ドル弱だった。その下には二十人近くのクライアントからの称賛の声が掲載されていた。

いちばん下にロサンゼルス地域の番号の連絡先があり、ミシガンでメグが在籍していた不動産会社のリンクも張ってあった。そこをクリックすると、代理店のウェブサイトに飛んだ。所在地はアナーバーで、こぎれいな店舗の正面の写真が掲載されていた。ほかの業者のリンクはなく、電話番号と売り出し中の目玉物件の画像と価格表が載っているだけだ。

その番号に電話をかけてみると、留守番電話につながった。女性の音声で案内が流れた。「〈アナーバー不動産〉です。現在物件のご案内中につき席をはずしておりますが、メッセージを残していただければ、できるだけ早く折り返しご連絡いたします！」わたしはメッセージを残さずに電話を切った。

メグのウェブサイトに記されている免許番号は偽造に違いないと思っていた。不動産取扱の資格を取得するには試験勉強に何カ月もかかり、何度か受験したうえで指紋も提出しなければならない。ところが驚くべきことに、カリフォルニア州不動産協会のサイトにメグの名前があり、〈アペックス不動産ビヴァリーヒルズ営業所〉所属のエージェントとしてリストに記載されていた。

資金集めのパーティーから二日待ってメグに電話をかけた。三度目の呼び出し音でメグが電話に出る。

「こんにちは、メグ、こちらはキャット・レイノルズです」苗字は時々使っている偽名を名乗った。「よかったら仕事をお願いしたいの……このあたりで家を買おうかと思っていて、それであなたを推薦されたのよ」

「すてき」とメグは言う。「でも、今、クライアントを大勢抱えているの。同僚を紹介してもいい？」

カリフォルニア州によれば、メグの不動産取扱免許が交付されたのは半年前だ。いくら家の売却が得意であったとしても、これほど早い時期に新規の依頼を断るわけがない。「残念だわ」とわたしは言う。「ロン・アシュトンからあなたの名前を聞いたのよ。今週中にアポを取れればいいなと思っていたんだけど」

たちどころに口調が変わる。「ロンのご友人？」書類をめくる音が聞こえる。やがてメグは言った。「もちろん時間は作れるわ。どんな物件をお探しか相談に乗ります。予算はどれくらいか。とりあえず、木曜の午後に商談の枠を取れるか調整してみるわ。それでかまわない？」

「いいわ」

木曜日、メグとわたしは〈アペックス不動産〉の営業所で顔を合わせた。メグの案内で会議室にはいると、大きなガラスのテーブルにファイルが一冊置いてある。ファイルをひらくと、五件の住宅情報がはいっていた。すべてウェストサイド地区の物件だ。最も安い家は白い平屋造りの住宅で、百二十万ドルと記載されている。

メグはピンクのシルクのトップスに黒いスラックスで、先の尖ったハイヒールが裾からのぞいている。髪はゆるいシニヨンに低い位置でまとめている。ずいぶんまえに見た高校の卒業アルバムの写真とは似ても似つかない。すぐ近くにいることにわたしは興奮を覚えた。メグは向かい側のクロムメッキに革張りの椅子に腰かけ、話を切り出す。「どの物件も半年以上売りに出されているの。だから価格は気にしないで。交渉の余地はかなりあると思う」

わたしは一ページずつめくり、各戸の詳細情報——床面積、洗濯室や駐車場の有無——に目を通しているふりをするが、頭には何もはいっていない。わたしを観察しているメグを観察している。十年前に『ロサンゼルス・タイムズ』に電話をかけたことを憶えているだろうか？　その電話のせいでわたしがどうなったか知ったら気に病んだりする？　最後のページまでめくると、わたしはファイルを閉じる。「車に乗り合わせて物件を見に行きましょうか？」

メグは顔を輝かせた。「わたしが運転するわ」

黒のレンジローバーはコーリー・デンプシーに買いあたえられた中古のホンダ車とは雲泥の差だ。「ねえ、あなたのことを教えて」サンタモニカ大通りに車を乗り入れるとメグが言った。「仕事はどんなことを？」

どんな経歴にするか、あらかじめしっかりと考えていた。時間が自由な仕事がいいが、グーグル検索で確認できるような仕事はだめだ。「じつは今は働いていないの」とわたしは言いながら横目でメグを見て反応を確かめる。なんといっても、これから百万ドル以上の物件の下見に向かうところだ。「バンク・オブ・アメリカで顧客向けの営業の仕事をしていたの。つまり、当座預金の取引の拡充ということ。仕事がいやでたまらなかったわ。でも、大叔母のカリスタが亡くなって、まとまったお金を残してくれた。いいかげんにして、と顧客に暴言を吐けるくらいのお金を」

この設定にスコットは反対していた。「ああいう連中がどんな行動に出るかきみは何もわかってない」わたしの計画を聞いてそう言ったのだ。「やつらは右手で握手をしながら、左手をきみのポケットに伸ばしてくる」

「記事を書くには本人に近づくしかないの。メグがどんな手口を使うか、この目で見るしかない。あなたもわかるでしょう？」

「作り話ならいくらでもできる」とスコットは食い下がった。「きみも不動産エージェントになりすますとか、あるいはそんなに金持ちじゃなくてもいいだろう、百万ドルの家を買おうとしている客ではなく、賃貸物件を探している客のふりをするとか。なにも次のカモに進んでならなくてもいいだろうに」

「メグにとって利用価値のある人物にならなきゃだめなのよ」

スコットは反論し足りないようだったが、ため息をつき、こう言うだけに留めた。

「いいだろう、でも、油断はするな。きみに金があると思ったら、メグはあの手この手を使って、あっという間に有り金を残らず巻き上げる」

「こっちが身がまえていれば、メグはだませっこない。もしかしたらメグと友達になれるかも。心をひらかせることができるかもしれない。しばらくどこにいたか話してくれるかもね」

「きみは実在のメグと頭のなかで生み出した人物をごっちゃにしてるんじゃないかな。現実の社会では、詐欺師に友達はいない。詐欺師が言うことはすべて嘘だ。そして詐欺師の目的はできるだけ多くの人をペテンにかけることに尽きる」

メグの声にわたしは現実に引き戻される。「誰にでもカリスタ叔母さんがいればラッキーなのにね」

わたしは顔をほころばせた。カリスタは実在する父方の大叔母で、大好きな身内だ。金持ちではないし、幸いまだ存命だ。「特別な人だったわ」とわたしはメグに語る。「大叔母は独身を貫いたの。法律事務員(パラリーガル)として働きながら自力でロースクールを卒業して、七〇年代に勤務先の法律事務所で女性として初めて共同経営者(パートナー)にまでなった人だった」わたしは姿勢を変え、メグのほうを向く。「不動産投資なら亡き大叔母も賛成してくれるはずだわ」

実生活を隠して別人のふりをするスリルが全身を駆け抜け、なぜメグが詐欺を働くのか、一瞬わかるような気がした。経歴を塗り替え、あらたな人生を歩むことには心をそそられる。そうしたら、どんなに気楽だろうか。

メグは大通りを左折して、小さな家と大きな木々が並ぶ界隈に車を進め、窓の大きな白い家の前で車を停めた。前庭の芝生は枯れかけている。「少々手直しが必要だけど、家自体はしっかりした造りよ」

家のなかをひととおり歩くわたしの後ろをついてまわり、物件の特徴を説明した。

外に戻ると、メグは言う。「どうだった？」

わたしは鼻にしわを寄せる。「修理が必要な場所がちょっと多すぎるわね」

次の物件はヴェニスだ。「子供の頃、母とわたしはこのあたりを転々としていたの」

サンタモニカのダウンタウンを通りながらメグは問わず語りに言った。南下するにつれ、古びた建物が増えていく。

その告白にわたしは食いつく。「へえ、ほんとに？　場所は？」

「どこも長くはいなかったから、住所は憶えてないわ」

「ずっとロサンゼルス？」

メグは首を振る。「ここ十年はミシガンにいたの。こっちには戻ってきたばかり」

「地元に帰ってくるのはいいものでしょうね」

メグは愁いを帯びた笑い声を洩らす。「どちらとも言えない。昔はどんな生活だったかなんとなく憶えているものでしょう。で、戻ってきたらどうなるか思いをめぐらせる」赤信号で停車し、メグはわたしを見る。悲しそうな顔をしている。「でも、思っていたのとは違う。同じ場所にはもう誰もいない。地元を離れたときのまま変わらないものは何もない。頭が混乱するわ。知っていた人たちはもういない。一から仕事を始めなければならないだけではなくて、あらたにコミュニティも見つけなければならなかった。友人の輪も」メグはいっとき黙りこんだ。「母がいなくて寂しい」そう心の内を晒した。「母が亡くなったあとも何年かここに住んでいたけれど、母がいなくなって心にぽっかり空いた穴はまえより大きくなっている気がするの。なんだかますます目立ってきた気がする」

孤独がどう生活に影響するものか、わたしは知っている。わかってくれる人は誰もいないと悟り、夜眠れなくなるようなことが胸に去来するのだ。「お母さんが亡くなったとき、あなたはいくつだったの？」答えは知っていたけれど訊いた。メグの母親の死亡届を数年前に探しあてていたのだ。

信号が青に変わり、車は加速した。「高校の最終学年の十二月だった。じきに十八歳だったから、数カ月間は年をごまかした。わたしが何よりも残念に思うのは、母が子育てをまっとうできなかったと思いながら死んだことなの」

事実なら、そんな思いを抱えながら生きるのはさぞつらいことだろう。「ということ？」

「家を取られて」メグは関節が白く浮き出るほどハンドルを強く握りしめていた。「最後は一文無しになった」横目でわたしを見る。「しばらく車で生活していたの」

メグはこういう手口を使うだろう、とスコットにはあらかじめ警告を受けていた。

同情を買うようなことを言って、おのれをか弱い存在に見せかけるだろう、と。だからわたしはうっかり同情しないように気を引き締めた。なぜメグたちの転居先を割り出せなかったか、この告白で説明がついたが、メグの言葉は事実とずれがある。家は取られたわけではなく、メグの母親が権利放棄証書にサインし、ロン・アシュトンに譲渡したのだ。

「わたしの悲しい話はもうこれくらいでいいわね」メグはそう言ってから、わたしの指にはまっている婚約指輪を指し示した。「日取りは？」

わたしはプラチナの指輪に鎮座する一カラットのひと粒ダイヤモンドに視線を落とす。分割払いで清算に半年かかった代物だ。「まだ決まってないわ」

「お相手はなんていう名前？　彼との馴れ初めは？」

「スコットというの、銀行時代の同僚よ」

「どれくらいつきあってるの？　あなたの買い物に彼は口を出す？」

真実を手に取ってすこしだけ回転させ、やりくりに悪戦苦闘している現実を書き換える程度に事実をずらすのはじつに簡単だ。家賃をクレジットカードで支払っている財政状態を大叔母の遺産がはいったことにすり替えればいい。ずるずると二年も続いている婚約期間がいきなり新鮮で胸躍る日々に変わった。「つきあって五年になる。

ふたつ目の質問の答えはノーよ。きみのお金だから、決めるのはきみだときっぱり言ってくれた」

「なんだか保護者みたいね」

ここまでは平坦な道のりではなかった。倦怠期も一、二度あったし、スコットの悪癖が再発したこともあったが、スコットとわたしはそれを乗り越えた。「彼は最高よ」自分の言葉に自分で納得したいとやけに必死に思いながら言った。

「下見が終わったらランチはどう？」とメグが提案した。「ごちそうするわ」

ソーテルにレストランがあった。日本風の店で、裏庭には東屋があり、蔓草が十字を描くようにあしらわれ、ライトが飾りつけられていた。もう二時になる頃で、席は自由に選べた。メグは奥まった隅の席にわたしを連れていき、ハーフボトルの白ワインを注文し、ワインを待ちながらふたりでメニューを吟味した。

「ところで、ロンとはどういう知り合いなの？」とメグが訊いた。

わたしは慎重に答える。ロンに反論されかねないことは言わないよう気をつけながら。「すこしまえの資金集めのディナーパーティーで会ったの。ハリウッドヒルズで。華やかな集まりだったわ」

メグはぱっとわたしを見る。「ほんとに？　わたしもいたわ」

わたしはあらためてメグをまじまじと見つめ、思い出そうとしているような顔をした。「どこかで見かけたような気がしていたのよ。でも、わたしのことは買いかぶらないで。スコットの両親が数カ月前にチケットを買ったんだけど、お父さんの体調が悪くなって、それで代わりにわたしたちが行っただけだから。ロンはたぶんわたしのことを憶えてもいないわ。五分くらいの会話だったから。家を買いたいと思っていると話した程度でね、それであなたの名前を教えてもらったというわけ。ごめんなさい、もっとちゃんとしたつながりがあると思ったのだとしたら……」わたしは口ごもる。

メグはテーブル越しに手を伸ばし、わたしの腕をつかむ。温かく、やわらかな手だった。「いいのよ。わたしは友達のヴェロニカを支えるために参加していただけなの。ご主人がロンの選挙戦の対策本部長なのよ」

ワインがテーブルに届き、料理を注文した。

「ロンをどう思った？」ウェイトレスが立ち去ると、わたしは尋ねる。

メグは肩をすくめる。「クライアントになってくれないかと期待していたの。あなたと同じく、ロンとはすこし話しただけだった」視線をそらし、壁にかかったテレビを見た。音は消してあり、画面には女性たちのデモ行進が映し出されている。拳を突き上げ、声は聞こえないが、何か叫んでいるようで、#MeToo（ミートゥー）運動のポスターを上げ下げしながら集団は前進していた。「男はそのうち本性を現わすものなのよ」メグはぼそっと言い、テレビの画面に手を振り向けた。「うんざりしない？」

いろんなことにうんざりしている。自分に責任のないギャンブルの借金返済。魂を干上がらせる仕事。心がじわじわと削られる、自分の身に降りかかった不幸な出来事。十年たっても——昼夜のパニック発作はずいぶんまえに治まった——目を覚まし、恥ずかしさに襲われることがある。あの状況を自ら招いたことにではなく、警察に被害届を出さず、あの男を野放しにしてしまったことにいたたまれなくなるのだ。自分のせいで、その後も被害者を出してしまったかもしれない。メグのせいでわたしが被害に遭ったように。

メグの声はあくまでも穏やかだ。「男たちの権力をすこしは女性が取り戻せたらと思わない？」

わたしはメグを見る。何を言いたいのだろう。「それでどうするつもり？」

「責任を取らせるの」

車に戻ると、メグはわたしのほうを向く。「今日案内した物件はどれも気に入らな

「かったようね」

「そうね」とわたしは認める。「どこも価格が高すぎるわ」家を探している見え透いた芝居はいつまで続けられるだろうか。

「それがロサンゼルスなの」とメグは言う。「もっと低価格の物件を探してみるわね、カルヴァーシティかウェストチェスターまで範囲を広げなくちゃいけないかもしれな

いけど」

「それでけっこうよ」とわたしは言った。メグのそばにいられるならなんでもいい、話を聞いていられるなら。

その夜夕食をとりながら、不動産詐欺の話題を持ち出した。

「メグのことか？」とスコットが訊いた。

わたしは知っていることを考え合わせた。ネルソン夫人によれば、メグの母ローズが非難する声を小耳にはさんだ。〝嘘をついていたのね〟そして、メグの告白――〝車で生活していたの〟。「たんなる勘だけど、無視できないほどたくさんのことがロン・アシュトンに重なるの。もしかしたら不動産詐欺の一種かも」

スコットは警告するような視線を向けてくる。「話す内容には気をつけろ」

「そんなんじゃなくて、ざっくりした話なの。メグはまだ何もしていないわ、わたしの知る限り。でも、オフレコにしておきましょう、念のため」

「こっちは記者じゃないんだぞ、キャット。オフレコは通用しない。犯罪が起きそうなら、なんらかの手を打たないと」

わたしは両手を上げる。「今は情報収集モードなの。あらゆる可能性を検討している段階だから」

スコットはわかったとばかりにうなずき、ピザをひと切れつかみ上げた。「不動産詐欺とひと口に言ってもいろいろある」ピザにかぶりつく。「権利放棄証書のサインを偽造して土地建物を現金化するか」

権利放棄証書はロンが家を手に入れた手口だ。同じ手に自ら引っかかるとは思えない。

スコットは興に乗って話を続ける。「あるいは、空き家を見つけて、鍵を換えて、疑うことを知らないカモに売りつけようとする手口もある。うまい詐欺はたいてい何人かで組んで成功させている——相場よりうんと高く物件を査定する不動産鑑定士、虚偽あるいはかさ上げした契約書を提出する融資担当者」

ピザを食べながらわたしは考えた。メグがチームを組む可能性もないわけではない。

でも、メグは誰かと協力するタイプには見えない。チームを結成したとすれば、すでに地元の人間を所定の場所に配置し、それなりの立場に就かせていなければならない。やっぱりメグがチームで動いているとは思えない。

「だが、銀行は金を貸すときに安全対策をいろいろと講じている」とスコットは続けた。「査定を要求する。審査をして、保険証書を提出させる」

「全額現金払いの取引だったらどうなの？」

「その場合、選択肢はぐんと広がる」

「どうして？」

スコットは紙ナプキンで口もとを拭う。「現金一括払いにして、なおかつ悪徳エージェントにうまく焚きつけられたら、買い手は不測の事態への保護対策——調査や査定などを省くこともできるが、その結果、かなり難ありの物件をつかまされても不思議ではない」

「エージェントはどうしてそんなことをするの？」

「買い手側のエージェントがリベートを受け取っている場合がある。手数料のほか、売り手の販売価格の一定の割合が懐にはいる」スコットは咀嚼しながら考える。「もしくは、取引自体は合法的な手段を使うが、目的は個人情報の入手とも考えられる。

社会保障番号。銀行取引情報。なんでもたいていオンラインで行われているが、頭の切れるエージェントなら情報にアクセスする手段を見つけるものだ」スコットはピザの最後のひと切れに手を振ってわたしに勧めるが、わたしは辞退する。スコットはそのピザを手に取って言った。「ちなみにぼくならどうするかといえば、メグがどこにいたか、何をしていたか調べてみるだろうな。詐欺師は同じ手口を繰り返す。なんであれ、以前やったことをまた計画する可能性が高い」

夕食のあと、スコットはテレビをつけた。わたしはデスクにつき、書類フォルダーをめくり、全体像を見直すためにファイルを整理する。建設請負業者州免許理事会の情報提供者から話を聞いたときのメモを見つけて手を止める。例のキャニオン・ドライブの家の裏に住んでいるネルソン夫人に話を聞いたあと、その情報提供者に電話をかけたのだ。ロンを〝うさんくさい〟人物だと評していた。「というか、弱者を食いものにするやつと言ったほうがいいかもしれないな」と情報提供者は言った。「以前は金銭トラブルを抱えている人に目をつけては、大規模なリフォームという名目で住宅ローンの借り換えをさせていた。金が尽きると、おさらばするってわけだ」

「以前はというと？」

「一年ほどまえに行いをあらためたのさ。それからは苦情も来てないね」

わたしはページの端にヒトデの絵を落書きしながらローズのことを思い浮かべる。身寄りのない若いシングルマザー。ロンのような男を信用し、すべてを失った。それでローズはどうなったか。娘はどうなった?

ネタについてノートに書くときは毎回見出しをつけている。重要な事実、氏名、日付、場所がひと目でわかるように。メグの記事には十年前にさかのぼる情報がごちゃ混ぜになっている。ずいぶんまえに集めた名前に指を走らせる。〝コーリー・デンプシー。キャル・ネヴィス。クララ・ネルソン〟

〝ネイト・バージェス〟

その名前を見つめていると、脳裏にネイトの顔が浮かぶ。アパートメントがどんなにおいだったか記憶がよみがえるうちに文字がぼやけてきて、わたしは目をそらす。あれから十年たったでしょう、と胸の内でつぶやいた。もうあの頃のわたしではない。

立ち直る手段として小説を書いてみたらどうか、と勧めてくれたのはセラピストだった。「架空の物語を書くときは、思いのままになる。どう決着をつけるか、自分で決めることだから。あの日にあなたの身に起こったことを書いてほしいのだけれど、内容は事実を変えてもらいたい。そうすれば、あなたはすべての力を手中に収める」

わたしが書いた最初の場面は短い描写だった。わたしはバーではなく車で待ち、ネイトが店にはいっていくのを見て、車を出す。次の場面ではネイトの顔に飲み物を浴びせかけた。そのあとの場面では、ネイトの股間に膝蹴りをお見舞いし、ネクタイを使って床に引き倒した。

自信はつくが、起きたことが消えてなくなるわけではない。フィクションの世界と同じく、ネイトのような男を相手にしたら、正義が勝つのは幻想だと思い知らされるだけだった。

しかし、やがてわたしはメグに関心を向け、創作活動を続けた。調査でわかった経歴に似せてメグの人物像を肉づけし、メグはどんな転機を迎えたのか、思いをめぐらした。コーリー・デンプシーに目をつけたきっかけはなんだったのか。詐欺師になったきっかけは？

メモを集めてフォルダーに戻し、片づける。ずいぶんまえにスコットが引っ越してきたとき、たがいの作業スペースには土足で踏みこまないとふたりで約束をしたのだ。仕事の書類を無断で盗み見たりしない、と。一年以上、大きなネタを追いかけていなかったが、それでもその都度書類はしまい、万が一にもスコットの目に触れないようにしている。

横のデスクで携帯電話が鳴り、メグからのメッセージを受信した。〈今日は知り合えてよかったわ。毎週水曜日の午前中、サンタモニカのヨガ教室に通っているの。あなたも参加してみない？〉わたしがメッセージを読んでいると、二通目が届く。〈友達づきあいができたらいいな〉笑顔の絵文字がついていて、気軽なやりとりだという演出だったが、ふとメグに同情の念を覚え、われながらびっくりする。〈ぜひ参加したい〉とメッセージを打ち、もうひと言添える。〈こちらこそ、友達になれたらうれしいわ〉

選挙の十九週間前　六月

メグ

詐欺師に必要な最も重要な資質とは？　カリスマ性を挙げる人は多いだろう。知性、もしくは、嘘をつき、人を操る能力と答える人もいるかもしれない。決断力の速さも大事だと考えるかもしれない。手違いが起きたら、即座に機転を利かせる能力も大事だろう、と。

それらも間違いではないが、わたしの出す答えとは違う。

優秀な詐欺師を構成する要素は忍耐と信用だ。

一時的になりすますどの職業でも、身元でも、必ず本当のことから始めなければならない。事実に即したことから。ヴェロニカとデイヴィッドの取引を例に挙げてみよう。あのふたりのどちらに訊いても、わたしの身元は間違いないと太鼓判を押すだろう。それだけの信頼を勝ち取るために四十五日間かかった。たいていの詐欺師はそれだけ長々と相手の近くに留まろうとは思わない――あるいは、留まることはできない。しかし、そうやって生活にしっかりとはいりこむのだ。交友関係を結び、内々の集まりに顔を出すメンバーになれば、あらゆる機会が目の前に広がる。

今日は初めてロンと外出する。マリブの海岸沿いに立つ二世帯用住宅の内見に案内するのだ。構造上の大きな問題があるため、二年以上売りに出されたまま買い手がつかない物件だ。売り手側のエージェントは谷を見下ろす丘に住む人物で、事前に事情を説明してくれた。「この物件がついに売れたら感激ものだよ」と彼は打ち明けた。「ずいぶん長いこと持て余していたから。でも、さすがに隠しておくわけにいかないが、軒下の支柱が浸食されかけている。どっちに転んでも取り換え工事は必要だ。だから五百五十万ドルなんていう破格の値段なわけだよ」

「買い手はたぶん問題にしない」とわたしは言った。「開発業者だから、そういうことで怖れをなしたりはしないの」

いろいろな理由で物件を選んだわけだが、とりわけ重要な理由は辺鄙（へんぴ）な場所にあることで、必然的にビヴァリーヒルズからは長いドライブになる。サンタモニカを抜けて、海岸沿いの高速道路を北上するわけだから。ロンと車内で過ごすあいだにわたしの経歴を吹きこめるだろう。ミシガンでの取引には不正行為もないわけではなかったとそれとなくにおわせて。職業倫理のぬるさにかけては似た者同士だとロンに悟らせるのだ。

とはいえ、わたしも生身の人間だから、当然ながら緊張している。ロンのことは長年、心のなかでこきおろしてきた。子供時代の末期を台無しにした極悪非道な人物であると見なしてきたのだ。それが今、ロンにすり寄って、なれなれしく談笑し、ビジネスの才覚や知性を手放しで褒めちぎらなければならない。わたしがどういう人物か印象づけ、ロンの思いこみからはみ出ない言動を示さなければならない。芝居を打つ必要があり、しかもコーリーの裏の顔を発見したとき以来の大芝居が必要だ。

情報収集はまだ続行中で、ロンの仕事ぶりを調べ、習慣や盲点を探り出している途中だった。しかし、ひとつだけはっきりしていることがある――うなるほどの金とうなるほどの権力がロンにはある。そして、キャニオン・ドライブの家を利用して、金も権力もロンから奪ってみせること。それがわたしの目標だった。

ペパーダイン大学の北側で太平洋沿岸高速道路（パシフィック・コースト・ハイウェイ）を降りて、細い連絡道路にはいる。このあたりの家は海の近くまでせり出し、コンクリートの支柱が打たれた上に建設され、砂浜や防波堤の上空高くに浮かぶような構造をしている。海岸沿いの物件は床面積にもよるが一千万ドルはくだらず、ガラス張りにしたり、クロムメッキ仕上げや白大理石を使ったりした改修の手がはいれば、価格はもっと高額になる。六〇年代から七〇年代に建てられた、木の床がたわみ、引き戸の立て付けが悪い木造のビーチコテージはすっかり姿を消していた。

「二世帯用住宅に改築されたけれど、仕上げはこの界隈で求められる水準に達していない。だから七百万ドルという低価格なの」売り出し価格に二百万ドル近く上乗せしてロンに説明する。安かったら、どこかに欠陥があるとロンに勘づかれてしまう。〈ホームデポ〉で調達した木目調のクッションフロアと照明器具を備えた明るい空間にわたしたちは足を踏み入れた。「もう一世帯分は二階で、ここと床面積は同じ。敷地南側の外階段から出入りができるわ。ガレージの駐車スペースは二台分」

　ロンは窓辺へ歩き、ガラスの引き戸を開けて、セコイア材のベランダに出る。ふと、今この瞬間に支柱が折れ、三十メートル下の海岸線の岩場にロンが転落する姿が頭に浮かぶ。ロンは振り返って微笑んだ。「各戸の家賃を月六千ドル以上で賃貸にしてもいいね。洗濯室はあるかい？」

　わたしはキッチンの小さなアイランド型調理台にもたれ、左側の廊下を指差した。

「積み重ねて設置できる洗濯機と乾燥機は向こうのクローゼットのなかよ」

各戸をゆっくりと見てまわり、ロンは設備の感想を口にした。照明について。高い天井について。キッチンについて。どちらも真っ白なタイル張りで、器具も白で統一されている。「ほとんど手を加える必要がないね」ロンは舌を巻く。「売りに出されてどれくらいかな？」

「一カ月」とわたしは嘘をついた。「向こうのエージェントに話を聞いて受けた印象だけど、売り手は焦り始めているみたい。今頃はもう売れているだろうと思っていたあてがはずれて」

「一世帯向けの家だったら、きっと売れていただろうな」とロンは言った。「二世帯用住宅にしてはちょっと高い価格設定だと思うよ」

「価格は市場が決めているのよ、売り手ではなく」とわたしは説明する。七百万ドルか、二百万ドルか、一千万ドルか……いくらであろうと、どうでもいい。なぜならこの取引を成功させるつもりはないからだ。

部屋の向こうとこちらでわたしたちの目が合った。そして、資金集めのパーティーの夜に感じた興奮をまたぞろ覚える。何年もの時を経て、とうとうここまでたどりついたのだ、信じられないことに。

「買取希望価格を提示しよう」とロンは言った。家屋の下ですこしずつ崩壊している支柱に波が砕ける。「五百万ちょうどでオファーする」

　わたしはうなずき、引き戸を閉める。波音は小さくなった。「営業所に戻って、書類を作るわ」


　二日後、ロンに電話をかけた。「マリブの物件からは手を引かないといけない」

「なんだって？　いったいどうして？」低く響く話し声や電話の鳴る音など、選挙事務所の忙しげな物音がロンの背後から聞こえてくる。

「鑑定士があの物件を知っていたの。どうも軒下の支柱に構造上の大きな欠陥があるようよ。コンクリートに適切な処置が施されていないせいで、海水で腐食しているんだとか。修繕費にどれくらい費用がかかるか知りたくもないでしょうね」

　ロンは深々と息を吐いた。「まいったな。なぜ情報が開示されていなかったんだ？」

「さあ、どうしてでしょうね。でも、この件は所長に報告したわ。所長を通して売り手側エージェントの責任者に連絡が行く。とにかくあのまま進めていたら確実に大変なことになるところだった」わたしは心持ち声をひそめる。実際は自宅でひとりきりなのだが。物音といえば、遠くで聞こえる隣人の草刈り機の音だけだ。「じつを言うと、こういう取引を進めるだけ進めて、手数料をもらうだけもらって、クライアントが不良物件の始末に困っても知らん顔するようなエージェントはごまんといるのよ。でも、わたしはそういう仕事はしない」

「本当に助かったよ。この時期に訴訟なんか起こそうとしたら悪夢になるところだった。何かやることはあるかい？　書類にサインするとか？」

「その心配は要らないわ」とわたしは言う。

「きみは最高だね、メグ。心遣いに感謝するよ」

わたしは電話を切り、売り手側のエージェントへ手早くメールを書く。〈手を尽くしましたが、あいにく当方のクライアントは結局オファーを見送ることにしました〉送信ボタンをクリックし、椅子の背にもたれ、第一段階が首尾よくいった満足感に浸った。最初の遠出で必要なことはすべて手に入れていた。何より重要なのは、わたしが自分の利益を差し置いてロンの利益を守る人物であると、今ではロン本人が信じていることだ。こうなれば、今後はわたしの助言に耳を傾けやすくなる。

必要なことは〝忍耐と信用〟だ。

キャット

七月

ヨガは毎週の習慣になり、やがてヨガのあとはメグの友人のヴェロニカもまじえてブランチに行くのが定番になった。

「あなたは大船に乗ったようなものよ」わたしの家探しの話題になるたびにヴェロニカは決まってそう言う。「彼女ならいい物件を見つけてくれるわ」

ある日のことだ。食事が済んでも店に居座り、空になった皿が散らかるテーブルでヴェロニカが訊いてきた。「ねえ、キャット、婚約期間が長引いているのはなぜなの？」

この質問はテストのようなものだ。車で寝ていたら何者かに押し入られそうになったことがあるのよ、というメグの打ち明け話が終わったところだった。そして、ヴェロニカは夫のデイヴィッドが飲酒運転で逮捕されたことがあるとすでに話してくれていた。女同士というのは秘密を分かち合って友情を築くものであり、近しい関係を維持するためには秘密のひとつも披露しなければならない。ふと、スコットの警告が脳裏に浮かんだ。〝個人的な話は厳禁だ。両親の名前を明かすのも、子供の頃に飼っていた犬の名前を明かすのもだめだ〟

真実も使いようだ――うまく使えば、周辺の事情もすべてひっくるめて事実であるように見える。ひとつの些細な事柄――本当のこと――が波及し、それまでについてきた嘘をすべて本物に見せかけることができるのだ。「スコットはギャンブルの問題を抱えていたの」この話を口に出して言うとは、われながら信じがたい思いがする。でも、言葉にしてみてわかったのだが、判断は正しかった。メグたちとの距離が縮まり、垣根が低くなった気配を感じた。弱みをさらけ出すことこそ、人とつながりを持つ手っ取り早い方法だ。「ほぼオンラインでやってたのよ。でも、ふたりで克服に向けて取り組んでいる。スコットは依存症の回復期にはいって二年になるわ。そういうわけで結婚を延期しているの。問題解決に目鼻がついたら仕切り直すつもりよ」

メグは心配そうな顔をする。「叔母さんの遺産は回復の妨げにならない？」

ヴェロニカが口をはさむ。「叔母さん？　遺産って？」

お金に苦労している大姪（おおめい）の恩人である法定上のスーパースター、大叔母カリスタについてヴェロニカにざっと説明した。そしてメグに向き直る。「スコットにとって大金が引き金になるわけではないの」わたしは即興でそれらしいことを言う。「勝ったときのアドレナリンが癖になってギャンブルに走らせる。スコットは更生プログラムに参加しているし、頑丈なガードレールも設置している。でも、スコットがいたほうが楽だったとは思うけど、スコットの支えがあってつらい時期を乗り越えられた過去がある。だから今度はわたしが支えてあげなかったら、見せかけの関係だったってことだわ。スコットはいい人だし、真面目に仕事もしている。だから彼を信じているの」

メグは物欲しげな目をする。「恩返しの話ってすてきだわ」

会話は次の話題に移ったが、わたしは自分の打ち明け話が心に引っかかったままだ。メグの信頼をいくばくか勝ち取るために私生活の一部を売り渡した。想定されてはいたが、リスクは負わなければならない。

メグは引き続きわたしを物件の内見に連れていった——たいてい週に三件か四件だ。どの物件を見ても、取引を進めない理由をわたしは決まってひねり出す。ウェストチェスターの大規模な改修が必要な小さな家のなかを見てまわっているときにメグに切り出された。「正直に話してほしいんだけど……家を買う気はないんでしょ？」

生活用品の納戸をのぞいているときにそう言われ、わたしはぎくりとする。〝しまった〟という本音が顔に出ないよう、〝告白します〟とでもいうような澄ました顔で取り繕う。メグのほうを振り返って言った。「たぶんそうね。家を買いたい〝願望〟はあるんだけど」とわたしは認める。「なんていうか……銀行口座の明細書に並ぶ大きな数字を見るのが好きなの。毎月封筒を開けるときにびくびくしなくなったのは人生で初めてなのよ。昔からずっと貯金をする余裕なんてなかった。ひと息つけるのはいいものね」

メグは洗濯室と小さなキッチンを隔てるカウンターに寄りかかる。「わかるわ。安心感を持てるのって本当に心強いのよね」

「一緒に下見をしてまわるのも楽しかったし」認めるのが癪になるほどの本心だった。メグは話題豊富で、頓挫しかけた取引やクライアントからの突拍子もない依頼内容を披露してくれた――〝ワインセラーと大人のおもちゃ部屋付きの物件があればいいんだがね、ですって〟。どの話も真に受けてはいないが、虚構の経歴を作り上げるメグの能力にどこか感心しないでもなかった。メグが何者か、何を吹きこもうとしているのか知らなければ、あっさりとだまされるだろう。そうやって人の心を操っている。

途方もない空想の世界を築かれ、その世界にいる限り、何が現実で何が現実ではないのか人はどうでもよくなるものだ。

「正直、ほっとしたわ」とメグは言った。「この価格帯の家は優良物件ではないの。そういう家にお金を使わせたくなかったから」

車に戻り、メグは道路脇から車を出し、わたしの車を停めてある〈アペックス不動産ビヴァリーヒルズ営業所〉に引き返した。「ものごとを見る目は不思議なものよね」とメグは言った。「母ならああいう小さな家にだって喜んで住んでいたわ。わたしもだけど」

およそ一年前、「信頼を築く手軽な十の方法」と題した人間心理に関するブログを書いた。そして、できるだけその方法を活用している。時間を守ること、相手の身振りをそっくり真似すること、自分の情報は惜しみなく提供することなどだ。スコットについて告白したように。それがすべて次の質問につながった。「具体的に何があったの？」メグがそろそろ答えてくれる心境になっているものと期待して尋ねた。「まえに言っていたでしょう、家を取られたって」

「お決まりの話なの、ほんとに。母は恋の相手を間違えたのよ」路上に目を向けたままメグは話を続けた。「つきあったことを母はものすごく後悔した。その男のせいでわたしが試練を受けたことも悔やんでいたわ」

「それってまさか……？」わたしは言葉を濁した。

「ううん、そういうことじゃなくて。わたしのことは眼中になかった。その頃のわたしは野暮ったくて、本の虫で、母の恋人が遊びに来たときはたいてい自分の部屋に引っこんでいた。でも、その男のせいでわたしたちは家を失った。家族の思い出も。車上生活を前にして、持っていけるものは限られたから」

「お母さんは法的手段を取らなかったの？」

メグはうなずき、後ろをちらりと見て車線を変更する。「母は公衆電話から電話をかける小銭にも困るほどだった。それに病気で、余命いくばくもなかった。たとえ法的手段に訴えても、問題が解決する頃にはもう亡くなっていたと思う」

「その人が使ったのはどういう手口だったの？」男の名前はまだ出ていなかったので、うっかり口を滑らせて話題の主がロンであるとすでに知っていることがばれないように気をつける。

メグは黙りこくっている。立ち入りすぎたのだろうかとわたしは不安になった。しかし、ややあってメグは口をひらいた。「母は家のローンの借り換えをしなければならなかったの、現金を手に入れるために。でも、母の信用度はかなり低かった。自力でローン返済を保証できなかったのよ。そこで、交際相手が家の名義を連名にする条件で連帯保証人になると申し出た」

話の行く末が見えてきて、わたしははっとして上体を起こした。わたしの表情に気づいたのか、メグは言った。「そうなのよ。共同所有にできると言われたとき、母は彼の言葉を信じたの。修繕もすべて自分が引き受けると言った言葉もね。費用は莫大だったから、ほんとに。地下の書斎は黴が生えていた。一九九四年の地震で被災して、そのまま放置されていたの。彼は無料で修理すると言った。改修したら人に貸すなり売るなりして、利益は折半しようと。人生が一変するような額のお金が手にはいるはずだった」

「でも、そうはならなかった？」

メグはうなずく。「その男は作り話をしたの、母の名義が残っている限り、銀行はローンを借り換えさせてくれないと。〝四十五日間だけだ〟と母に説明したのよ。〝そのあいだにローンを組める。手続きが済んだらまたきみの名義に戻すから〟とね」

「実際はそういう仕組みではないのよね」数年前にスコットが捜査した事件を思い出していた。同様の手口で祖母を言いくるめた薬物依存症の若者が名義を変更したあと、クスリ欲しさに無断で家を売り払ったのだ。「銀行側は家の名義が誰かなんて気にしない。ローンを組む人物を審査するだけ」

メグは顔を曇らせる。「今はわたしも知ってる。でも、当時は？　ほんの子供で、母はお金に困っていた」いったん口をつぐんだが、やがて先を続けた。「あの頃は人生でいちばんつらい時期だった、母と車で生活していたの。母は強がって、大冒険をしているふうを装った。〝行きたいところへ行けるのよ、思い立ったらすぐに〟ってね。でも、現実はといえば、海辺の駐車場や臨時の保護施設を転々としているだけ。高校の最終学年の秋、母が病気になったの。病状が切迫して、緊急救命室（ER）に運ばれて……」メグは口ごもった。「そこからはあっという間だった。クリスマスまでに母は亡くなった」

どんな事情でメグ親子が自宅から追い出されたかあれこれ想像していたが、想像を絶する話だった。質問しなければよかったと思わないでもない。こうなってはメグに同情せずにいるのは難しいからだ。車上生活に追いやった張本人が自分たちの家に住んでいると知りながら車で寝泊まりする、うら若いメグとその母親の姿を思い浮かべてしまったら。その男は今もその家の住人だ。これもまたメグの法螺（ほら）話だと思うことはできない。すでに知っている事実とじゅうぶん符合するからだ。「お気の毒に」

メグは肩をすくめる。「昔の話よ。いつまでもこだわってはいられない、そういうものでしょう？」

それは嘘だ。まだこだわっているからこそ、メグは戻ってきた。

「どうしてその人を殺したくならないの？　あるいは、なんらかの形で償わせようとは思わない？」もっと話を聞き出そうと水を向けた。

「男性と説明責任って」とメグは言う。「めったに両立しないのよ」

どちらも黙ったまま数ブロック過ぎたところでメグが言った。「どうするの？　家探しをしないなら、今後は？」

「何か見つけないとね、暇つぶしになることを」とわたしは言うが、メグから聞いた話を受け流せずにいる。長年メグの胸をたぎらせていたに違いない怒りがふたりをこの場に引き寄せているのだ。

メグはわたしをちらりと見た。「暇を持て余す生活って、あなたには向いてないんじゃない？」

わたしは窓の外に目を向け、自分で自分に振りあてた役に戻ろうとした。「ヨガのクラスにもっと通うのもいいわね。動物保護施設でボランティアをしたり」皮肉なものだ、という思いが胸をよぎる。クモが巣を張りめぐらせるように嘘八百を並べ、まわりの人たちを操ろうとする女性ふたりは、誰の糸が誰に巻きついているのか知りもしないのだから。

メグは笑った。「仕事なんてかったるいしね」そう言ってブレーキを踏んだ。壊れた信号機を前に渋滞が発生し始めていた。交差点の真ん中で警察官が交通整理をしているようで、白い手袋がちらりと見える。

わたしは体の向きを変え、メグを見る。「でも、きっと楽しいんでしょうね、すてきな家を見てまわったり、お金持ちのクライアントに会ったりするのは。ほかにどんな物件を扱っているの？　何か面白いことはない？」

「今はほとんどロンにかかりきり。収益を見込める物件を買いたいんですって。下見であちこち駆けずりまわらされてるわ。アパートメントハウス。二世帯用住宅。三世帯用住宅。どれを見せても気に入らないと言われる。結局、投資物件を探してるわけじゃないのよ」

「どういうこと？」

「ロンのような男性が欲しがるものは皆同じだっていうこと。権力。地位。敬意。自分の住む世界で羨望の的になること。そういうものはカルヴァーシティの二世帯用住宅を買っても手に入れられない」メグは前方の車から目を離さず、その目もサングラスで隠れている。だから表情はなかなか読み取れない。「全額現金払いで買う予定だから、わたしも辛抱してロンにつきあっているの。〝銀行をあいだに入れる必要はない〟とロンは言ってる。でもね、ロンがべつに特殊な顧客だってわけじゃない。これまで何度も担当してきた富裕層の有力者となんら変わらないわ」メグはくすりと笑った。「ロンの扱い方ならわかってる」

「どう扱うの？」とわたしは訊いた。交通警官に手招きをされ、わたしたちの乗った車はゆっくりと交差点にはいり、そのあとスピードを上げる。

メグは笑みを浮かべた。「向こうが聞きたがっていることを話してあげるのよ」

夕食のあと、メグから電話がかかってきた。「考えたんだけど」わたしが電話に出ると彼女は切り出した。「あなたがべつに働かなくてもいいことは知ってる。今後どうするか検討中ということも知ってる。でも、しばらくわたしのアシスタントになってみない？　週二十時間くらいのペースで、物件を探したり、下見をしたり、書類の整理をしたりという仕事よ。今はなんでもオンライン化しているから、〈アペックス〉の営業所にわざわざ通う必要はない。それに、勤務時間の融通が利くから、これまでどおり、毎週水曜日はヴェロニカと三人でヨガのクラスに出て、ブランチができる」

スコットの友人に麻薬取締班でよく潜入捜査をしていた警察官がいた。〝内勤より断然いいぞ〟と何かにつけて言っていたものだ。朝起きて、ジーンズにフード付きのスウェットシャツに着替えると、その日の仕事場に直行する。麻薬常習者や売人にさりげなく近づき、彼らの信頼を勝ち取り、組織の上層部につながる手がかりを追う。

これまでの調査はいつも離れた場所から行っていた。情報提供者やインターネットの力を借りたり、公文書を調べたりして記事にまとめていた。でも、メグを相手にするならそれではうまくいかないとだんだんわかり始めていた。メグに関して情報提供者はいない。インターネットで調べても、メグが人に見せてもかまわないことしか出てこない。メグが何をたくらんでいるのか探り出すには安全地帯の外に出て、自分も当事者になるしかない。「ぜひやってみたいわ」とわたしはメグに言った。

七月
選挙の十七週間前

メグ

ちょっとキャットのことを話しましょうか。若く、はつらつとしているけれど、最近、大金を手に入れて、どっちの道に進むべきか、人生に迷っている。なかなか達者な嘘つきでもある。

キャットが電話をかけてきて、ロンから推薦されたと言った瞬間から、身分を偽っているのではないかとわたしは疑いを持った。そして、初めて一緒に外出した直後に家まであとをつけ、その疑念が確信に変わった。キャットの二世帯用住宅の外に車を停め、隣人を観察した。二十代後半とおぼしい若い女性が玄関から出てくると、車に乗るまでに三人に笑みを向けた。

ああいう人が狙い目だ。

「ねえ」翌朝、〈スターバックス〉で列に並んでいるときに、その女性に声をかけた。

「そうよ」

「あなた、キャットとスコットのお隣さんじゃない？」彼女はわたしを見た。人を疑うことを知らない、邪気のない目をしている。

「やっぱりね！」つながりを見つけて喜ぶわたしにつられ、彼女もうれしそうな顔をした。「いつもあの家を見ては、いいなあって思っていたの」わたしは打ち明け話をするように言った。「どれくらい住んでるの？」

女性は考えこむように額にしわを寄せた。「三年かな、たぶん。入居後すぐ、スコットも引っ越してきたから」

行列はすこしずつ進んでいた。「スコットはいい人よね。もう日取りが決まったんならいいんだけど。ふたりの馴れ初めをキャットから聞いた？」

女性はにっこりとした。「もちろん。すてきな出会いだったわよね」

「でも、あれってどれくらいの確率？」いかにも事情は知っているとほのめかす訊き方をすれば、情報をたっぷり引き出せることもある。

彼女は肩をすくめた。「さあね。たしか事件がきっかけでスコットと出会ったのよね。細かいことは思い出せないけど。データ漏洩事件の捜査だったと思う。キャットたちジャーナリストも被害に遭って」

それを聞いて胃がよじれた。キャットが身分を詐称しているのではないかと疑ってはいたけれど、ジャーナリストとデータ漏洩事件を追う刑事のカップルだとは予想外だった。あたかも記憶をたどろうとするかのように、物思わしげな声色で言った。

「キャットが記事にしたこのまえの事件もスコットが捜査していたんじゃなかった？」

「さあ、どうだったか。正直に言って、キャットが担当していたあの大きな事件も思い出せないから。たしかしばらくまえだった。でも、キャット・ロバーツをグーグルで検索すれば全部出てくるわよ」

〝キャット・ロバーツ〟か。〝レイノルズ〟ではなく。自分たちの類似点に一瞬、驚いた――おたがい、全体としては自分自身のままだが、いくつかの細部は別人になりすましている。自分によく似たタイプを身近に引き寄せるとなると気は休まらない。心臓がばくばくし、手のひらは汗ばんだが、キャットはなかなかどうしてうまくやっていると称賛したくなった。

「ご注文は？」とバリスタがわたしに尋ねた。

「ブラックコーヒーをお願い」なんでもいいから速行でここを出られるメニューがそれだ。キャットの隣人に向かって言った。「偶然会えてよかったわ！」

彼女は笑みを浮かべ、自分の順番が来たのでカウンターに進み出た。わたしはコーヒーのカップを手に取って、さも大事な用事があるふりをして、足早に店をあとにした。

虫の知らせとは不思議なものだ。具体的な名前を挙げたり、特定したりはできないが、トラブルの予兆があり、危険を察知する。女たちは子供の頃から直感など無視するようにとしつけられる。直感が正しいと言い張るなら、証拠を出せと言われる。あるいは、平和を保つため、自分の安らぎよりほかの人々の安らぎを優先させる手段として、直感を無視しろと教えこまれるのだ。

胸騒ぎを優先するようになるまでは時間がかかった。何かがおかしいときに注意を払うようになるまでは。そして、キャットについて、わたしの勘に狂いはなかった。遺産相続の話は悪くない——部外者には確かめようがないことだ——が、背景に粗が目立った。細部まで作りこまれていれば、わたしもしばらくだまされたかもしれない。ロサンゼルスで家を買えるほど莫大な遺産が転がりこんできたら、生活の隅々にまでその影響が表われるものだ。車を買い替えたり、ぱりっとした服装になったり、宝石を手に入れたり、美容院で高価なハイライトを入れたりしてもおかしくない。しかし、キャットにそうした兆候はなかった。乗っている車は十年落ちのホンダ車。ヨガのウェアは〈ルルレモン〉ではなく、〈オールド・ネイビー〉。化粧品を買うのも高級品が並ぶ〈ニーマン・マーカス〉ではなく、低価格帯の商品が買える〈セフォラ〉で。

　わたしはキャットを切り捨てる方法を考え始めた。多忙を極めているから物件を紹介できないことにするか。電話も取らず、メッセージも返さず、わたしが計画していることからキャットを隔てる壁を築くか。

　しかし、直感が働いた。縁を切っても、キャットの行動を阻止することはできない。キャットは引き続きわたしを標的にし、動向を追いかけ、スコットに情報を流すかもしれない。でも、キャットを身近に引きつけておけば、話を制御できる。キャットが目にするものはわたしの手がはいったものだけにさせればいい。だからアシスタントに抜擢（ばってき）したのだ。

　わたしはばかではない。キャットがわたしのことを書くつもりでいるのはわかっている。わたしが何者で、何をしているのか暴こうと計画しているのは。キャットの同情心の裏側が透けて見えるし、立ち入ったことを訊いてくるが、その答えをおそらく何年もまえから知っているようであることも察しがつく。でも、わたしにも計画がある。キャットが計画の一部になれば役に立つ。

　キャットを引きこんで、こちらの意図した情報をあたえることは容易いだろう。そして、キャットは近くにいすぎて、全体像を見ることができなくなる。たとえるならエッフェル塔の下に立っているようなものだ——真下に立つと、交差する大量の鉄骨しか見えない。離れたところから見て、初めて本当の姿は見えてくるものだ。

七月

キャット

スコットの反応は予想どおりだ。「スパイ活動がどれだけ大変か、きみはわかっていない。二十四時間年中無休だ。請求書の支払いもあるのに」

口には出さないけれど、スコットの本音はこういうことだ。〝どうやって生活を維持して、借金も返すんだよ、くだらない記事を週に六本か七本書きまくらないで？〟

わたしは口答えしたい気持ちを抑える。「本業は夜やるから。メグと一緒にいないときに時間を作ればいいもの。ポジティブな思考力について千文字の記事にまとめたり、腹筋をくっきり割るための五つの新運動法を考え出したりするのにそんなに頭は使わないから。それに、メグから報酬をもらえるのよ」

スコットはあきれたように目を上に向けた。「メグはきみとつるむために金を出すわけじゃない。週二十時間労働だぞ、少なくとも」

「節約すればいいじゃない。外食を減らすとか。もっと家で過ごすとか。それにたった数カ月なのよ」

「どうなることやら」

いや、どうなるかわかっている。メグはヴェロニカやその友人のような人たちに不動産を販売するためにロサンゼルスに戻ってきたわけではない。メグの狙いはキャニオン・ドライブの家だとわたしはほぼ確信している。選挙を隠れみのにして注意をそらそうとしているのだろう。ロンが本来の集中力を発揮できない時期をうまく利用するつもりだ。

「感謝祭までには終わると思う」とわたしは予防線を張った。「あと四カ月。もし終わらなかったとしても、メグの仕事から手を引いてほかの仕事をするから」

スコットはうなずいた。わたしは彼をぎゅっと抱きしめる。新年を迎えるまでにすべて変わっているだろう。そんな気がする。

仕事はヴェロニカ経由の交友関係から派生したと思われるクライアントのために物件を探すことだった。業務に利用するのはマルチプル・リスティング・サービス（MLS）で、売りに出されているすべての物件と購入履歴が掲載されている不動産のデータベースだ。ロサンゼルスの物件はどれでも調べがつき、数十年前までさかのぼって売り手や買い手も確認できる。

真っ先にやったのはキャニオン・ドライブの物件の検索だった。しかし、知らないことは何も出てこなかった。一九五四年にルパートとエミリーのウィリアムズ夫妻が購入し、一九八六年にローンを借り換え、一九九三年に再度借り換えた。二〇〇四年にローン返済が滞り、同年ロン・アシュトンに権利が譲渡された。

メグとしてはわたしとロンを引き離しておきたいのではないか。ロンに対して何を目論んでいるのであれ、その計画は隠しておいたほうがいいと思っているのではないか。そんなふうに思って、わたしは気をもんでいた。しかし、わたしが仕事を手伝い始めてすぐ、ロンを物件に案内するから同行しないかとメグから誘われた。ロンはコロンの香りを漂わせ、大物然として〈アペックス不動産〉の営業所にはいってきた。
「またお目にかかれてうれしいです、ミスター・アシュトン」とわたしは言って、じつは初対面である印象を払拭できますようにと内心、願う。経験上、政治家はけっして相手を思い出せないとは認めない。ロンも例外ではなかった。
「こちらこそ」ロンはわたしの胸からなかなか目を離さない。わたしは腕組みし、愛想笑いを浮かべた。

「集合住宅の物件に案内するわ、南カリフォルニア大学（USC）に隣接しているの」連れ立って駐車場のほうに歩きながらメグは言った。

「低所得者向け物件ということか」とロンは言いながら、メグの車の助手席にまっすぐ向かった。

どっちみちわたしは後部座席に座るつもりでいた。アシスタントの役回りとしてというだけではなく、ロンとメグが並んで座っている姿を観察するためだ。しかし、ロンは助手席をわたしに譲るそぶりさえ見せなかった。つまり、一顧客としてここに来ているということだ。そしてすべてを自分のものにするつもりでいる。

わたしはシートベルトを締めて言った。「どんな物件を購入したいとお考えですか、ミスター・アシュトン？」

ロンはわたしを振り返りもせずに答える。「理想の筋書きはこんな具合だ。補修工事の必要な物件を見つけ——本業は宅地開発業者で建設業者だからね——生活保護費をだまし取っている女や麻薬常習者を立ち退かせ、安手の改装をちゃちゃっと済ませ、家賃を倍に値上げし、でもって頭が悪いか飲んだくれて判断力の鈍い大学生に貸し出す」ロンは自分の話に自分で笑った。「選挙対策本部長のディヴィッドに殺されるよ、こんな話を口にしたなんて知られたら、"世論がすべてだ"と言い聞かされているからね。メグの服装を褒めるのもだめだし、過去二十年でこれほどの御御足にお目にかかったことはないとメグ本人に告げるのもだめ。ひとたびマスコミにそういうネタをつかまれたが最後、前言撤回は不可能だからというわけだ」

ロンの口調のせいなのか、あるいはメグを物扱いするくだけた物言いのせいなのかわからないが、わたしは過去に引き戻され、壊れた映写機に映し出されたスライドのように記憶に残る場面がひとこまずつ脳裏によみがえった。わたしを見るネイトの表情、体を上から下まで舐めるように見る目つき。カウンターの下で膝に自分の膝を押しつけてくるネイト。おそらく腰に手をまわされ、車に誘導されたのだろう。当時を思い起こし、わたしは吐き気に襲われる。

窓をすこしだけ開け、パニック発作を未然に抑える呼吸法を静かに実践する。発作は一年以上起きていなかった。呼吸を続けながら、大丈夫だと心のなかで自分に言い聞かせる。ロンはひどい男かもしれないが、ふたりきりでいるわけではない。それに、彼はネイトではない。

「公職に立候補するなら、ルールは守らなくちゃね」とメグは冗談まじりに言う。わたしが不安をつのらせていることには気づきもしないで。

しばらく車内では誰も口を利かなかったが、ホームレスのテントが並ぶ高速道路のガード下を通りすぎると、ロンは黙っていられないのか、口をひらいた。「ああいうテント村はどこにでもあるんだよな。麻薬常習者、強姦魔、まともじゃない連中の吹き溜まりだ」

メグは横目でロンを見る。「どういう対策を考えているの？」

ロンはため息をついた。「かき集めてどこかよそに——たとえば砂漠地帯に捨ててくるわけにはいかないから、市長と市議会に対処させるつもりだ」

「ちょっと待って、社会福祉政策はないの？」とメグが訊いた。

「必要最小限の政策ならある」とロンは認めた。「だが、必要に迫られてという理由でしかない。こちらは大企業を経営するビジネスマンだ。だからこそ集められる票田がある。むろん、ロサンゼルスはリベラルな土地柄だが、マリブやブレントウッドやパリセーズの住民の大多数は上位一パーセントの高額所得者だ。やれ〝黒人の命は大切(ブラック・ライブズ・マター)〟だの、〝愛に違いはない(ラブ・イズ・ラブ)〟だのといった看板をほいほい庭に立てるが、本音としては税金の負担が増えるなら、そういう社会福祉の制度に資金を投じるのは好まない。しょせんロサンゼルスは口先だけの主義主張と幻想の街だ」

夕方近くは高速道路が渋滞するのでメグは一般道に車を走らせていた。カルヴァーシティを通り抜けるあいだ、発進と停止を繰り返し、わたしはさらに吐き気を催した。車の動きとロンのコロンのせいで。コロンは皮膚に浸透してくるかのようだった。

「今の話はエージェントとクライアント間の守秘義務の対象ということでいいね？」とロンはメグに言った。

メグはバックミラーでわたしと目を合わせ、そのまま視線をそらさない。「もちろん」と言うと、わたしにかすかにウィンクし、ノルマンディー・アヴェニューのすぐ先のアパートメントハウスの正面で車を停めた。コンクリートの建物が並び、壁には落書きがあり、うらぶれた一帯だった。

「キャットとわたしはここで日光浴しながら待ってるわ」とメグは言った。「事前に連絡して、四号室の鍵は管理人に開けてもらってるから」

「すぐに戻る」ロンは玄関に続く階段を駆け上がる。高級スーツとは対照的に、建物の漆喰にはひびがはいり、手すりは錆びつき、周囲にはごみが溜まっている。ロンの姿が見えなくなると、わたしは口をひらいた。「いやな人ね。長い時間一緒にいるけど、どうやって耐えているの？」

メグはため息を洩らし、車に寄りかかった。「まさかと思うでしょうけど、もっといけすかない人を相手にしていたこともある」

〝誰を？ いつ？ そのとき何をしていたの？ 今もまた何をしているの？〟疑問が次々に浮かび、訊きたくてたまらないが、それには触れず、別のことを訊いた。「不動産エージェントとクライアントのあいだに守秘義務なんてないわよね？」

「もちろんないわ。わたしに許されていないのはロンの財政状況――資産、銀行口座の情報、銀行支店コードを取引の部外者にばらすことだけよ」

何を考えているのか、わたしはメグの顔色を探る。ロンの銀行口座を空にすることと？ なんらかの手段で脆弱にすること？ しかし、顔を太陽に仰向けるメグの表情からは何も読み取れない。

わたしたちはしばらく無言で突っ立っていた。あたりに聞こえるのは通りを行き交う車の音と、どこか遠くでごみ収集車がたてるごみをつぶす音だけだったが、やがてメグが話し出した。「さっきは大丈夫だった、車で？ 赤信号で停まったら外に飛び出しそうな顔をしてたけど」

メグはわたしを見て、返事を待っている。ネイトのことを話したら、メグはなんと言うだろうか。ネイトのことで、メグはわたしにどんなことをしたと思っているの？ 事情を知ったら、もしかして償いをしたいと思うだろうか。メグはなんのためらいもなく、コーリー・デンプシーの人生をずたぼろにした。ロンにも同じようなことを画策しているに違いない。もしかしたらわたしのためにも何かしてくれるの？　そんな疑問が胸をよぎり、電気ショックを受けたような痛みを覚えた。「彼のような男性のそばにいると、身動きが取れないような気持ちになるの」考えあぐねた末にわたしは言った。「逃げようにも、まともにものを考えられない気がしてしまうのよ」

「誰かに乱暴をされたの？」

わたしは肩に太陽のぬくもりを感じた。ロンと室内に閉じこめられているのではなく、戸外にいられてつくづくよかった。「ええ。でも、昔のことだし、その話はしたくない」メグに秘密を打ち明けるためにここにいるわけではない、と肝に銘じなければ。どんなにネイトとのことを話してしまいたくても、メグに手の内を明かすわけにはいかない。

メグの表情が気遣わしげにやわらいだ。「事情を知っていたら、あなたを同行させなかった」

「そもそもどうして同行させたの？」とわたしは訊いた。「手伝いは要らないでしょうに」メグは思いつきで行動するタイプではない。今日この場にわたしがいることには何かしら理由があるはずだ。

「ロンのような男性にとっては体裁が大事なの。雇われのお手伝い、出張シェフ、駐車サービス、アシスタントが自分のために駆けずりまわっているという状況に気をよくするの。あなたを連れてきたのはそういうお膳立ての一環」

わたしはメグをひたと見つめた。「お膳立てってなんの？」

メグはにんまりと笑う。「手数料をがっぽり取るためよ、言うまでもなく」わたしが笑みを返さずにいると、メグは言葉を続けた。「なんだかがっかりしたみたいね」

頬がかっと熱くなった。「ううん、ただ、彼のような男性が苦手だから。いつだって欲しいものを手に入れる世渡り上手な男性が」

メグが建物の隅に目をやった。ロンが脇の歩道から姿を現わしていた。メグは肩をわたしの肩にぶつけてきた。「わたしもよ」車を押しやるようにして体を起こし、運転席側にまわった。

帰宅し、熱いシャワーを浴び、ロンのコロンの移り香を洗い落としてからようやく気づいたのだが、今日の外回りの仕事はどこかパフォーマンスじみていた。メグは大皿に載せたわたしをロンに差し出した。その料理にはロンのおぞましい本性が添えられ、わたしは図らずもメグと同じ立場に置かれていた。

メグの言い分では、ロンの気をよくするためにわたしがメグの下で働いている姿をロン本人に見せつけなければならないとのことだった。しかし、ロンがどんな人間かわたしにじかに見せることが本当の狙いだったのかもしれない。メグがことをやり遂げた暁に、わたしにも理解できるように。

誰に見せるつもりだったのであれ、メグのパフォーマンスは文句なく完璧だった。

とはいえ、メグのような女性も生計を立てなければならない。メグは一軒も家を販売しておらず、顧客のための下調べとして途切れることなくわたしを現地に派遣し続けているが、決まって買い手は物件を内見するまえにいなくなってしまい、そもそも存在したのか疑わしくなる始末だ。

約束どおり、わたしは書くほうの仕事を毎晩数時間こなしていた。今夜はスコットが野球の試合をテレビで見ているあいだ、九割が有料広告で一割がくだらないコンテンツという構成の女性向けオンライン版健康雑誌用に、更年期と腹部脂肪の記事を仕上げていた。

仕事を片づけると、スコットに捨て置かれた郵便物の山に目を向けた。何通かの請求書のほか、スコットからの伝言メモもあった――〈きみの母親からぼくの携帯電話にかかってきたよ、電話にもメッセージにもきみが返事をよこさないからって。頼む

からまだ生きていると知らせてやってくれ、そうすればこっちは巻きこまれない〉

ここ一、二週間、母を避けていたのだ。母はわたしの書いた記事――〝料理の時間がない？　大丈夫！〟をたまたま読み、嫌味なメッセージを送ってきていた。〈こういうサイトの所属ライターの身分を本当によしとしているの？〉あたかもわたしが仕事を選べる立場にあるかのような言い草だ。

ダイレクトメールをまとめて捨て、請求書に目を向ける。スコットが引っ越してきたとき、支払いの分担を取り決め、スコットがガス代とインターネット使用料兼ケーブルテレビ視聴料を月々支払い、水道料金と電気料金はわたし持ちだ。家賃は交代で負担し、今月はスコットの番だったので、わたしとしては気が楽だった。

しかし、ガス代の請求書を見て、届いていない知らせがあることに気づいた。郵便物の束をめくって確認し、もう一度確認し、重要な書類のファイルを保管している引き出しのなかも探してみたが、やはり思い違いではなかった。

銀行の取引明細書が届いていない。妙だ。なぜかといえば、いつも請求書が届く数日前に取引明細書が送られてきて、わたしは支払うまえに自分の分を確認しているからだ。今も口座は分けているが、スコットもわたしも同じ銀行を利用している。明細書は同じ日に投函される。月末になっても明細書が届かなかった憶えは一度もない。

こういうことが起きるたびに毎度おなじみのことだが、今も胃がきりきりする。スコットのお金の使い方が完全に透明化され、更生プログラムに参加して二年を経ても、スコットが夜通し友人たちとギャンブルをしていた頃をふとした拍子に思い出してしまう。公共料金の未払いで、電気、水道、ガスが止められる事態に至った。そして、わたしはといえば、祖母の婚約指輪を失った。胴元への支払いに充てるためにスコットはその指輪を売り払うしかなかったのだ。

わたしたちはセラピーに通ってギャンブル依存問題に向き合った。そしてスコットはわたしが自由に確認できるよう、すべての情報を公開した。銀行の取引明細書も、携帯電話も、パソコンも、わたしはいつでも閲覧できるようになった。以前は毎晩チェックしていたが、定期的に目を光らせることにわたしも疲れてきた。

監視が甘くなった隙にスコットは悪癖に逆戻りしてしまったのかもしれない。

スコットがソファから移動していないか部屋の入口から確認すると、彼のノートパソコンをひらいた。履歴をざっと調べたが、異状は見られない。メールも同様にとくに興味を引くものはなし。キッチンに行き、テーブルに置いてある携帯電話のメッセージと履歴もスクロールした。

こちらも何もなし。最後のメッセージは依存症自助グループの支援者(スポンサー)のカールとのやりとりで、今朝の九時に送信されていた。

わたしは居間に戻り、スコットに話しかけた。「銀行の取引明細書がまだ届いていないのよ」

スコットは試合から目を離さずに返事をする。「いいかげん、ここでオンラインバンキングの手続きをしたほうがいいかもな」

「まさか忘れてないでしょうね、まえにわたしがオンラインバンキングを利用していたとき、何者かに千ドル盗まれたってことを。それに、オンラインバンキングがあなたの立ち直りの妨げになるって、わざわざ思い出させてあげないといけないの？」

スコットはなんとも返答しないが、顎を小刻みに震わせている。

「明細書はどこにあるの？」

スコットは顔色を変え、守りにはいったような表情を浮かべた。「どうしてぼくが知ってるって？」

胸に怖れと不安が入り混じり、わたしは慎重に思考を組み立てようとした。明細書はスコットが隠し持っているのだろうか、もしかしたらわたしに見せたくないものがあるから？　あらたに作ったギャンブルの借金返済で口座がマイナスになったのかもしれない。もしくは、黙ってわたしからお金を借りる算段をしているのかもしれない。

また同じことの繰り返しなのだろうか？「どうなのか訊いただけよ」わたしは息を詰め、スコットの顔を観察して罪悪感の気配を探した。

しかし、後ろめたそうな表情は見て取れない。スコットは試合を見ていたテレビを消し、真剣な面持ちで言った。「例の詐欺師のお友達が家まであとをつけてきた可能性は考えたか？　カリスタ叔母さんから遺産を相続したなんていう与太話を吹きこんで、裏目に出たかもしれないぞ」

「捕まるかもしれないのに、なぜそんなリスクをメグが冒すの？」

スコットはため息をついた。「郵便詐欺はいちばん手軽な犯罪だよ。メグのような人間にとって銀行取引明細書は貴重な情報源だ」家屋の正面に目をやった。玄関ホールには隙間風がはいり、外側のドアの掛け金は壊れている。「ここのロビーは警備が万全ではないからな」さらにそうつけ加えた。

わたしはソファにどすんと腰をおろし、やっぱり家は買わないとメグに告げた日に自分が言ったことを思い返した。なにげなく口にしたひと言が脳裏によみがえる。〝銀行口座の明細書に並ぶ大きな数字を見るのが好きなの〟のぞきに来て、と誘いかけたようなものだ。

銀行口座の情報が洩れたとして、それによって引き起こされる混乱を思い浮かべて鼓動が速くなってきた。自分だけではなく、スコットの生活にも影響が及ぶ。わたしもスコットも預金残高は多くはない――メグは口座の実態にがっかりする。そんなことを思ったところであらたな不安に襲われた。

「明細書をメグに盗まれたとしたら、遺産がないことだけでなく、口座の名義がメグに名乗っている氏名と違うこともばれる。グーグルで検索するだけで、わたしの正体も職業もメグの知るところとなる。メグとの関係を築いていた労力はすべて無駄になって、ネタもものにできないわ」

「きみが何者かメグに知られたら、ネタを逃すどころの騒ぎじゃないぞ」とスコットが言った。「きみはせっせとメグの行いを暴こうとしている。そんなきみに詐欺師が手をこまねいているわけがない。仕返ししてやると思うだろうな」

にっちもさっちも行かなくなるかもしれない。わたしはそんな可能性に初めて思い至った。

七月

キャット

疲れてぼんやりした頭で、今日の午後が締め切りの原稿整理の仕事を仕上げていた。午前二時に悪夢にうなされてベッドから飛び起き——心臓をばくばくさせ、汗びっしょりになって——その後は寝つけなかったのだ。

「大丈夫か？」スコットが眠そうな声でささやいた。

「悪い夢を見たの」

「あのネタのせいだろう。いつもの連中のことをまた考えているから体が反応する。体が憶えているんだよ」

「たぶんそうね」とわたしもささやいた。夢のなかで、ロンとメグと車に乗っていた。ふたりは代わる代わるわたしに水筒の飲み物を飲ませようとしていた。「寝るわ」

しかし、眠れそうになかったので、やりかけのまま放置していた仕事の後れを取り戻し、休憩を取ったのもスコットが出勤前に淹れてくれたコーヒーを飲んだときだけだった。

十時に親友のジェンナから電話がかかってくると、ひと息つけるとばかりに嬉々として電話に出た。

「もしもし」

「今、ちょっと話せる？　編集会議のまえに時間が空いたからかけてみたのよ」

ジェンナがニューヨークに引っ越して一年になる。ニューヨーク・タイムズ社で正社員として採用されたのだ。ジェンナが去ってから、地元に残っている学生時代の友人たちのこぢんまりした社交の輪からわたしは距離を置いていた。誰かが『アトランティック』誌に寄稿したり、『ニューヨーク・タイムズ』紙で署名入り記事を書いたりしても、自分が依然として底辺でもがいているせいで仲間の活躍を素直に喜べなくなったからだ。母は、やれ人脈を作れ、人と会えとしきりにせっついてくる。〝スコットとの交際のぬるま湯に浸かっていたり、ジェンナから連絡が来るのをあてにしたりしているだけではだめでしょう〟

「あなたが書いたニューヨーク州南部地区（SDNY）連邦検事局内部の汚職事件の記事はすばらしかったわ」とわたしは言った。

「ありがとう。あれはあやうく掲載を見送られるところだったの。いろいろあってね。それより、近況を教えて。どんなことを書いてるの？」

「メグが戻ってきたのよ」

ジェンナがはっと息を呑む音が聞こえた。「ほんとに？　最初から聞かせて」

わたしはくわしく話して聞かせた。グーグルアラートがきっかけでロン・アシュトンの資金集めパーティーでメグを見つけたこと、そのあと家を買おうとしている客のふりをしたこと、メグと友達になったこと。「メグはわたしをアシスタントに雇ったの」

「今のところどんな感じ？」

「どっちの立場で考えるかによる」とわたしは言った。そして、銀行の取引明細書がなくなったことを話した。「スコットが思うには、わたしが何者かメグが知っている可能性があって、もしかしたら今度はわたしを標的にするかもしれないというの」

「仮にそうだとして、メグにとって危険すぎる気がする」とジェンナは言った。

「わたしもそう思う。それに、明細書が消えて二週間たつのに、変化は何もないの。メグとわたしは毎日四時間は一緒にいるけれど、メグの行動もわたしへの態度もなんら変わりないしね。いくらメグが人をだますのが得意だとはいえ、あそこまでうまい演技は無理よ」

「明細書はどこかに消えたと思う？」

「配達中にどこかにまぎれただけなのかも」自分で言いながらも、そうだとは思えなかった。ネイトに会ったらどうかと若い女性記者に安易に勧める女は、スコットが唱える説のように出来心で盗みを働いても不思議ではないとも考えられる。

「あのね、ずっと知りたかったんだけど、メグはどんな人なの？」

どう答えたらいいのだろう。メグもわたしも危険な綱渡りをしている。どちらも自分が何者か、何が狙いか嘘をつき、ひとつでも口を滑らせれば、足を踏みはずしてしまう。そんなことを思いながら、メグの痛快なユーモア精神も思い出した。ふと見せる傷つきやすさも、だ。

「メグが誰で、何をしているのか知らなければ、たぶん友達になったわ」

「スコットが気をもむのも無理はないわね」とジェンナが言った。「あなたが誰かメグに知られているにしろそうでないにしろ、気をつけなきゃだめよ」

「心配しないで」

しかし、ロサンゼルスに戻ってきてから、メグには違う一面が現われていた。長年わたしの想像の世界に存在していたたんなる詐欺師ではない。わたしに負けず劣らず、ロンのような男たちを憎む女性だ。毎回決まってランチ代は自分が出すと言って譲らず、チップを三十パーセントも置いていく。赤信号で停車すると窓をおろし、道端に立っているホームレスに五ドル渡してあげるような女性だ。

「記事はどこに売りこむつもり？　時期はいつ？」

「さあね」とわたしは言葉を濁したが、じつは『ヴァニティ・フェア』誌か『エスクァイア』誌を念頭に置いていた。どちらに売りこんでもウケがよさそうな派手なネタ——謎めいた美人詐欺師——だからだが、メグがどこにいて、手持ちの材料は十年前の被害者たちの声だけで、まだ内容は乏しい。「メグがどこにいて、何をしていたか、どこから今やっていることのアイディアを思いついたか、まだ調べないと」

「メグはどこにいたと言ってるの？」

「ミシガン。不動産を販売していたの。ウェブサイトがあって、過去に販売した家の写真とクライアントの感謝の声が掲載されている」

「捏造（ねつぞう）？」

「ほぼ間違いなく。でも、袋小路だった」メグが戻ってきてから数週間たっても、〈アナーバー不動産〉名義で営業しているミシガンの会社を探し出せなかったのだ。

メグのウェブサイトに掲載されている物件リストを画像検索すると、すべて不動産検索サイトのジローやレッドフィンに行きつき、ほかのエージェントの名前が添付されていた。「じつは行き詰まっているの」とわたしは正直に認めた。「どこのデータベースにアクセスしても、メグが隠したがっている情報に行きつかない」

「うちの調査員に調べさせてみるわ、業務外で。何が出てくるか見てみましょう」

じつはジェンナからの申し出をずっと期待していたのだ。「ほんとに？」とわたしは言った。「それならうまくいくわね。手がかりさえあればいいの。名前や場所がわかれば。あとは自分でできるから」

「この仕事のことをお母さんが聞いたら喜ぶわね」

わたしは電話口でため息をつき、窓の外を見る。「母からはひっきりなしに連絡が来るわ。こうしたらどうかああしたらどうかとメッセージが来て、原稿を読んであげると言ってくるの。潜入調査をすると話したら話したで、今度はやきもきされるしね」

ジェンナは笑った。「よかれと思ってやっているのよ」

そのとおりだとわかっているが、母はそれだけでなく恨みがましい気持ちも抱いている。わたしは母の期待を裏切り続けているのだろう。一時は『ロサンゼルス・タイムズ』で大きなチャンスをつかんだのに、結局出来高払いの仕事に甘んじ、そんな娘の学友たちは大手の媒体で記事を書く仕事に就いている。そんな状況が母を失望させている。ジェンナがニューヨーク・タイムズ社に採用されたとき、母は娘の親友の就職を喜びもせず、開口一番言った。〝なぜあなたも応募しなかったの?〟

「あなたのことも心配だけど、そういえばスコットはどうしてるの?」

「元気でやってる」

「日取りはいつにするの?」とジェンナが訊いた。「ぜったいに休みを取るわね」

「まだわからないわ。ふたりとも忙しいから。たぶんメグの記事を売りこんだら、落ちついて予定を調整できると思う」

「なんだか婦人科の診察予約を取るような言い草ね。もうすこしわくわくしなさいよ」

わたしは思わず苦笑した。「してるわよ。ただ、やることがたくさんあるだけ。基本的に仕事を掛け持ちしているから」

ジェンナはふと黙りこみ、わたしの言葉を嚙みしめているようだった。「本当にそれだけか、自分の胸に訊いてみて。まえにも言ったけど、心変わりは恥ずかしいことじゃない」

「スコットはうまくやってるわ」とわたしはジェンナに力説する。「更生プログラムにも参加している。すべて問題ないわ、ほんとに」

ジェンナはすこし間を置いてから言った。「もう切らなきゃ。週末電話をくれる？」

「ええ、いいわ」

通話を終えて、わたしは電話をまじまじと見つめた。友達がそばにいないのは寂しいものだ。ランチをとったり、ちょっとコーヒーを飲んだりする相手がいないのは寂しい。会話に嘘やごまかしがまぎれていないかと、つねに気を張らなくてもいい相手がいないのは。別人のふりをするのは精神的に疲れるものだ。潜入捜査をしていたスコットの友人のことをまた思い出していた。あの人はいつも言っていたっけ。〝しばらくすると、気をつけてないと境界線を見失う。自分の目線、あるいはやつらの目線でものを考えなくなる。おれたちの目線でしかものを考えなくなるんだよ〟

七月
選挙の十五週間前

メグ

仕事を始めて六週間。潔く認めよう。わたしはだんだん不安になっている。選挙のような締め切りを抱えるのは初めてだった。どんな締め切りも迫ってくればそうであるように、締め切りに近づけば近づくほど、期限内にすべてがまとまらないかもしれないと焦りがつのるものだ。

盲点があったのではないかと悩まずにはいられなかった。これほど思い入れのある仕事は初めてだ。これほど生々しい仕事は。これほど結果にこだわる仕事はほかになかった。いわば集大成とも言える仕事なのに、すっかり膠着(こうちゃく)状態に陥っていた。

思いきってキャットを雇い、ロンが気に入りそうな物件を探す仕事で忙しくしていた。この仕事がヨガをやってランチをとるだけで、あちこちの物件の契約を二、三まとめる程度だとキャットが思っていたとしたら大間違いだ。彼女にはちゃんと仕事をしてもらう。

わたしは週に三回はロンを内見に連れ出している。選挙活動で忙しいスケジュールの合間を縫って、ここで一時間、あそこで一時間という具合に時間を捻出させ、資産に加えるべき完璧な物件を表向きは紹介している。しかし、本当の仕事はロンに話をさせ続けることだ。キャニオン・ドライブを中心に据えた計画の前半を遂行するには、後半でロンがどんな決断をするかたしかな予想がつかなければ動きが取れない。アパートメントハウスや二世帯用住宅をいろいろ見せてまわったが、どれもロンに売るつもりはない。しかし、もちろん売る目的で物件を紹介しているとロンに信じこませることにこの仕事の成功はかかっている。

三百万ドルから一千万ドルの価格帯の物件をキャットに集めさせておいた。ロンはそれらの物件をすべて先入観なしに見ていた。価格をどう思うか尋ねるたびに、法に触れないようにして儲(もう)けを出している財務部長のスティーヴの話をするだけだった。参考にならない。

かくして七月中旬になり、キャニオン・ドライブの駒にどうしても着手しなければならない期日まで一週間に迫った時点で、事態を好転させようとわたしは決意した。

質問をしたり、知るべきことをロンが話してくれるのを期待したりするのではなく、ロンがわたしに話したくなる方法をなんとか見つけ出した。この情報をすぐに入手しなければ、何を始めるにしろ、手遅れになるからだ。

「不動産に投資をしたいとまえまえから思っていたの、販売するだけでなく」とロンに切り出した。三百万ドルのアパートメントハウスを下見し、ヴァレー地区からサンタモニカに戻る四〇五号線で渋滞に巻きこまれていた。ロンと一緒にいていちばん話が弾むのは車のなかだ。話が弾むといっても、ロンが女性を蔑視し、人種差別的な戯言（たわごと）をまくしたてる隣で相槌を打ちながら、この計画がどういう結末を迎えるかこっちは想像の世界に浸っているだけだったが。

「さっき見た物件を買えばいいよ」とロンが言った。「ぼくの資産に加えるにはロサンゼルスから離れすぎているが、ちょっと投資してみるにはいいんじゃないかな」

　わたしは肩越しに振り返り、相乗り自動車専用車線（ダイヤモンドレーン）を見たが、そちらも同じくらい渋滞していた。「理屈の上では名案ね。でも、ああいう物件に手が出るほどの資金はないし、わたしの信用度はそこまで高いわけじゃない」

　本当はわたしにどれだけのお金があるか知ったらロンはどう思うだろうか。信用スコアも申し分ないことを知ったら。いわゆる信用偏差値がなぜ高いかといえば、せっせと人をだましては金を巻き上げていると、期限内に支払いを済ませることがつねに大事だからだ。

「じつはあなたのことをインターネットで調べたの」と打ち明け話をする。「知り合ったあとすぐに。ネットに上がっていた情報によれば、二十五歳のときにお父様のビジネスを引き継ぎ、ロサンゼルス屈指の大手建設会社に育て上げたんだそうね」ちらりとロンを見た。「お見事だわ、あなたが成し遂げたことは。でも、みんながみんな、そういう元手があるわけじゃない。銀行が貸してくれなければ……」ロンがその先を続けてくれることを期待して、言葉を濁した。

「銀行が貸してくれないなら、工夫を凝らさないと。必要な資金は工面できる」

ロンがいかに〝工夫を凝らして〟わが家を奪ったか。その記憶がよみがえり、わたしは思わず頭に血がのぼる。母とわたしは車上生活を余儀なくされ、シャワーは保護施設か高校の更衣室で済ませるしかなかった。食べ物はフードバンクでもらい、マクドナルドでビッグマックにありつくのが月に一度の贅沢だった。わたしはハンドルを握る手にあらん限りの力をこめ、落ちついて、と心のなかで自分に言い聞かせた。計画をやり遂げた暁には、キャニオン・ドライブでの生活を失うのはロンの番なのだから。「〝工夫を凝らす〟というのはどういう意味なの？　お金はあるかないかのどちらかでしょ」

ロンは体の向きを変えてわたしのほうに顔を向けた。〝本音を激白〟するときはこの姿勢を取るのがロンの癖で、政治について（〝民主党と社会主義的リベラル派の政策〟）、ロサンゼルスのホームレス問題について（〝連中を全員集めて、麻薬常習者と頭のネジがはずれているやつらを選り分けて、逮捕できるだけ逮捕しないとだめだ〟）、女性について（〝言っておくが、性差別主義者じゃない。でも、今は残念ながら、女性を褒めればすぐセクハラだと叩かれるだろう？〟）、とうとうと語るのだ。「ダンスのように微妙な駆け引きなんだよ」とロンは今また語り始めた。「ダンスといっても静かなダンスだ。継続的に現金を循環させるいちばん簡単な方法は、手持ちの不動産を国税庁に対しては過小評価し、銀行に対しては過大評価することだ。そうすれば納税額は低く抑えられるが、借入金額は高く維持できる」

わたしは怪訝な顔でロンを見る。「それって脱税じゃない？」

ロンは笑い飛ばした。「いいか、国税庁に目をつけられたら、起訴されるかもしれない。でも、納税者を全員調べる時間も費用もない。だから誰でもやっていることだよ、例外なくみんな」

渋滞が解消され始め、わたしは車を加速させた。

「自分の会社を持っていれば、手っ取り早く資金を調達する方法はほかにもある」ロンは話を続けた。「六、七年前、投資の機会があったが、投資にまわせる現金がなかった。逃すには惜しい話だったから、自社の退職基金から捻出した」

わたしは横目でロンを見て、眉を吊り上げた。ロンは両手を上げた。「あとで返金したさ。でも、金は自分で管理していた口座にあった。だからそれをしばらく借用しただけだ。どこにも実害はないし、不正でもない。ビジネスを成功させたければ進んで打つべき手立てだ」

「選挙戦もたくさんの機会を生み出しているんでしょうね。資金集めの手腕は絶大だもの」

ロンは姿勢を変えて、また前方を向いた。今日の話はここまでなのだろうか、とわたしは不安になる。もしかしたら選挙戦のことには立ち入ってはいけなかったのかもしれない。しかし、ロンは含み笑いを洩らした。「さっきのランチか？　選挙運動の献金から出すよう設定したクレジットカードで支払った」

わたしも笑い声をあげる。「そう、あれは違法だとわたしにもわかる」

ロンはわたしに目配せした。「違法とされるのは捕まったときだけだ」

わたしの人生が映画なら、ここで強盗映画のような音楽が流れてくる。まずはベースギターの音が響き、次にホルンの音が重なり、ドラムがはいってくる。アップテンポの曲調に気持ちを駆り立てられ、観客はロンが迎える結末を見届けるというわけだ。カメラはわたしを徐々にアップで映す。顔にはかすかに笑みが浮かび、苦悩が晴れたことがわかる。そして、映画がたいていそうであるように、無駄にする時間などない。

「そういう話なら聞き飽きてるわ」とわたしは言った。「もっともらしく知らないふりをすることやら何やらは」

ロンも笑みを浮かべてわたしを見た。「おいおい。きみはもう関係者だぞ。今後も末永くぼくのエージェントでいるなら、秘密は守ってもらわないと」

わたしは問いかけるような顔をロンに向けた。「守秘義務契約書にサインするの?」

「その必要はない。ぼくが売り買いする物件の数を考えれば、きみは少なくとも年間百万ドルの手数料を稼ぐ計算になる。経験上、それだけの収入が発生するなら守秘義務の契約をわざわざ結ぶまでもない。来年の今頃は、きみは即金で買い物をしているだろうな。まあ、そのうちにわかるよ」

〝ええ、そのうちにわかるでしょうよ〟まるで蝶が舞うように、同じ言葉が胸をよぎった。

七月

キャット

メグとわたしはヨガのあと、ヴェロニカもまじえて寿司を食べに行った。メグはやることにそつがない。そして何をたくらんでいるのか、わたしは初めてその一端を垣間見た。

「ロンは来週の資金集めのディナーパーティーをどこでやるの？」とメグがヴェロニカに訊いた。

「ビヴァリーヒルズ。平地に広がる地所に立つお屋敷なの」

「自宅では主催しないの？」

キャニオン・ドライブの家のことが話題に出て、わたしは思わず顔を上げたが、メグはヴェロニカに目を向けたままだった。

「せますぎるのよ」とヴェロニカが言った。「うちの陣営が取りこもうとしている有権者層はモダンなクロムメッキやすっきりしたデザインの内装を好む人たちなの。ロンの住まいはイギリス風の邸宅だから」

　メグは心配そうな顔をする。

「どうかした？」とヴェロニカが訊いた。

「ロンがもっとステータスのある場所に住んでいないのが残念だなと思っただけ。ほら、由緒正しい地区の物件も今はたくさん売りに出されているのに」

「まあね」とヴェロニカが言った。

「わたしからロンに話してもいいけど、しょせんわたしは販売員だしね。何を言っても裏があると思われちゃう」

　わたしは寿司を醬油(しょうゆ)につけ、ふたりのやりとりを見守っていた。

　メグはさらに続ける。「ロンの住んでいる地区も高級住宅街だけど、大金持ちや有力者はサンセット大通りの北側に住んでいるのはこのあたりの常識でしょ」

「ロンは選挙が目の前に近づいている時期に引っ越したがらないと思うわ」

「それはそうだけど。ただね……」メグは口ごもり、話があるのにどう言えばいいかわからないという気配を漂わせた。「あなたが誘ってくれた資金集めのパーティーで小耳にはさんだ会話があって、それで考えていたの」くわしく思い出そうとするかのように窓の外に目を向ける。「年配のご夫婦の会話だった……奥さんのほうは短めの白髪まじりの髪で……誰のことかわかるわよね？」

ヴェロニカは首を振り、わたしはすんでのところで噴き出しそうになった。メグの説明はあのパーティーに来ていた九割の参加者にあてはまる。

メグはさらに続けた。「いやだ、わたしったら名前を思い出せないなんて。ちょっとやそっとのお金持ちじゃなくて、正真正銘の富裕層だった。ご主人はなかなかの大物で……」

「モーゲンスタン夫妻？」とヴェロニカが名前を挙げた。

メグは指を鳴らした。「そう、それ！　助かったわ。とにかく、そのご夫婦がロンの噂話をしているのを聞いちゃったのよ、身分が低いくせに上流階級ぶっているとね」メグは鼻にしわを寄せた。「奥さんが言ってたわ、〝成功した宅地開発業者という評判だけど、あの人は家と家が近い地域に住んでいるでしょう、プールに出ていたり、庭でバーベキューをやったりしていたら、話し声が聞こえてくるような〟」メグはサーモンロールをひと切れ口に入れ、顎を動かした。巻き寿司を呑みくだして続けた。「長年の経験でひとつわかったことがあるの。お金持ちの人たちって妙なことにこだわるのよね」

ヴェロニカは顔を曇らせたが、メグは肩をすくめた。「まあ、大丈夫だと思うけど。だって、ロンがどこに住んでいるかなんて誰が気にする？」

そこで話題を変え、ヨガの講師がバハ・カリフォルニアの南端カボ・サン・ルーカスへ近々旅行に行く話をメグは出した。「夏の休暇先をどこにしようかと思ったら、カボは最高よね」

でも、ヴェロニカは聞いていない。上の空だ。メグが慎重に言葉を選んで口にした意見はヴェロニカに取らせたい行動の道筋を示していた。選挙資金の大口の献金者はロンを自分たちの仲間と見なしていないのよ、と夫のデイヴィッドに相談するように仕向けた。そして、選挙戦でロンの足を引っぱっていることはなんなのか、メグはさりげなく提示した。つまり、家だ。

ランチのあと、ヴェロニカは〈ウーバー〉で呼んだタクシーにレストランの前で乗った。駐車係がメグの車を取りに行くあいだ、わたしは一緒に待っていたが、自分の車は三ブロック先の路上の駐車スペースに停めていた。信号が赤に変わり、通りを走る車は減速して停止した。

「そこのブロンドのお姉さん、下の毛（カーペット）と髪（カーテン）は色が合ってんのかい？」すぐ脇に停止したオープンカーから声が聞こえた。三人の男が――いや、男というより、まだ少年か――にやにやしながらメグを見ていた。

苛立ちが胸をよぎり、わたしは無表情になった。女性ならたいてい憶えがある反応だろう。前途にたいした妨げなど待ち受けていないとすでに知っている若造から浴びせられた性的なからかいなど聞こえないふりをした。

しかし、メグは野次を飛ばした少年のほうに向かい、あえて笑みを浮かべた。「それって、うちの居間の話？」

メグがもう一歩車に近づくと、少年は顔色（がんしょく）を失った。若造を相手にあざやかにやり返すメグの手並みを目の当たりにし、わたしは笑いがこみ上げてきた。

「そもそもみんなそんなことをしてる？」メグはそう尋ねて、わたしを振り返った。「カーペットとカーテンの色を合わせようとしたら、部屋のなかは同じ色ばかりになるじゃないの」

「そもそもカーテンなんてもう少数派だしね」とわたしは言った。「ブラインドの類いでしょ、今どき」

メグはうなずき、助手席の少年に向かって身をかがめた。少年の頬は赤くなってきた。「木製ブラインド（プランテーション・シャッター）をつけてる人もいるわよ」

「幌（ほろ）を上げてくれ」少年は運転席の仲間に小声で言った。

仲間は笑って取り合わなかった。「もうすぐ信号は青だよ」

「プランテーション・シャッターは最高よ」とわたしは言った。

メグはさらに車に近寄った。「で、うちの床が窓辺の内装と合ってるのか知りたいのよね。売り家を探してるの？　わたしは不動産販売の仕事をしてるのよ。よかったら週間ニュースレターを送ってあげましょうか」

そこで信号が青に変わり、少年はほっとしたのか、緊張がほぐれた顔をした。車が走り去り、仲間たちの笑い声が聞こえてきた。「おまえ、なんにも言い返せなかったな」とひとりが言った。

メグはにやりと笑いながら縁石から後ろに下がった。「誰かが教育してやらなくちゃね」

わたしが誰なのかメグが知っていようといまいと、背後から狙われていようがいまいが、メグと一緒にいるのはいつだって楽しい。

メグのほうを向いた。「それで、ロンの家のことだけど」とわたしは話を戻した。

「売りに出されたらすごいわね」

メグはわたしに微笑んだ。「そう、すばらしい家だもの」

〝あなたの家だったのよね〟と言いたくなる気持ちを抑えた。

メグは腕を組み、話を続けた。「あの家にふさわしい買い手ならわたしのクライアントにいるわ。まずはヴェロニカに種をまかせておいて、それからロンに話を持ちかけてみる」

メグに向けていた視線に思わず力がはいった。「売り手と買い手両方の代理人を務められるの？」

「法律上ということ？　ええ、兼務は可能よ。ちょっとうさんくさいと思う人もいるけど。信任義務やら何やらがあるから。でも、たぶんね、市場に出さなくても、買い手が競争力のあるオファーを出せば、売買契約はすぐにまとめられると思う。ロンだって週二回のペースでオープンハウスをするのは気が進まないだろうし」

駐車係が車をまわしてくると、メグは係員にチップを手渡した。

「いつのまにか新規のクライアントを抱えていたのね」どこで顧客を獲得したのだろう、とわたしは不思議に思った。戸別訪問や売り家の一般公開など、新参エージェントならやるべきことをメグは何ひとつやっていないのに。「誰なの、その人は？」

メグは顔をこわばらせて小さく微笑んだ。「悪いけど、明かせない。業界人だから、名前を伏せておきたいそうなの」どこで顧客を見つけたのかこちらが尋ねる間もなく、メグは携帯電話で時間を確認した。「約束に遅れるわ。話は今度ね」

メグは運転席に座ったかと思うと、ものの数秒で車を出し、わたしはぽつんと取り残され、頭をひねった。メグの計画が始動したということなのだろうか。

帰宅すると一時過ぎだった。売り手側のエージェントが売買契約を操作する手口をさっそく調べることにした。市場に出ない物件を売買する場合についてとくに。デスクにつき、ノートパソコンをひらき、検索バーにパラメーターを入力した。読みこみが遅いので、席を立ち、キッチンにダイエットコークを取りに行った。戻ってきても、まだページは真っ白のままだった。

〈ページを読みこめません。インターネットの接続を確認のうえ、再試行してください〉

ルーターを調べると、問題なく緑色のランプが点滅していたので、もう一度やってみた。依然としてつながらない。

ケーブルが作動しているかどうか確かめるため、居間に行った。もしかしたらケーブルの不具合かもしれない。テレビをつけてみると、画面は真っ暗だった。

「もう！」仕事部屋に戻り、シュレッダーにかけて処分する書類をふたりで溜めている箱を引っぱり出し、古い請求明細書を掘り起こした。ケーブル会社に電話をかけ、自動音声の案内に従っていくつかボタンを押し、ようやく生身の人間に電話がつながった。「あの、障害を報告したいんですけど」

「そちらの郵便番号は？」女性の声が問いかけてきた。

わたしは郵便番号を告げた。電話の向こうからキーボードを打つ音が聞こえてくる。しばらくして係の女性は言った。「お住まいの地域で障害は発生していません」

「でもね、障害が起きているはずなのよ。インターネットはつながらないし、ケーブルテレビも映らないんだから」わたしは窓の外を見た。まさか電柱が道の真ん中に倒れているのではないかと思ったわけではないが。もちろん何も異状はない。

「会員番号は何番ですか？」

わたしは明細書に記載された番号を読み上げて待った。ややあって係員は言った。「お客様係の責任者が対応しますので、そちらにつなぎます」

またもや保留にされた。わたしはまた箱を漁り、ケーブル会社の請求明細書を五カ月前までさかのぼって取り出した。どの明細書もすべて下部が破り取られているので、支払い済みだと思われた。とはいえ、頭のなかで小さな声が聞こえる。ギャンブラーはごまかしが得意な人たちでしょう、と念を押してくる。

　お客様係の責任者が電話に出た。わたしはあらためて状況を簡単に説明しながらも、後頭部の目の裏側あたりに痛みを感じ始めていた。わたしの話が終わると、責任者は言った。「ご利用料金の支払い期限を六十日過ぎたため、サービスを停止しました。クレジットカードですぐにお支払いいただくか、営業所にお越しのうえ小為替でお支払いいただけます。サービス再開に必要な料金は合計で四百七十三ドル九十四セントです」

　わたしはソファに倒れこみ、目を閉じた。

「ミズ・ロバーツ？」責任者の女性が返事を催促する。「どうされますか？」

「クレジットカードで払うわ」

　手続きが終わると、すぐにスコットの携帯電話にかけた。

「ケーブルテレビとインターネットの再接続に四百ドル以上の支払いをたった今済ませたところなんだけど」スコットが電話に出るや、わたしは言った。

「なんだって？」とスコットが言った。

「どうして料金を支払わなかったの？」

「払ったさ」

「ごまかさないでよ、スコット。六十日過ぎてたのよ」

スコットはふうっと息を吐いた。「わかった、認めるよ、うっかりしてたんだ、一カ月があっという間で。払った気になってたけど、じつは払ってなかった。次の月の明細書が来て、払い損ねていたことに気がついて、そのとき払ったんだよ。全額」

「あら、おかしいわね。今しがた電話で業者と話したばかりだけど、未払いだったのよ」

「だから、どいつもこいつもやってるように、オンライン決済をきみが認めてくれてりゃ、こんなことにはならなかった」

「わたしのせいにしないでよ。ふたりで納得したでしょう、カーター先生の前で。オンライン決済はどんな場合でもあなたをまたその気にさせる引き金になり得るって。お金の管理をオンライン化しないことこそ回復を妨げない最善策だって」スコットに異論を差しはさませず、わたしはさらに続けた。「もっと心配なのはあなたが明細書の一部を破り取って箱に入れていたことなのよ、あたかも支払いを済ませたように細工して。うっかり忘れるのは問題じゃないわ、忙しいときは誰にでもある。でも、あなたは隠蔽しようと小細工をした。それが問題なの」

「きみがありもしないことで騒ぎ立てるとわかっていたからだよ」

わたしは不安な気持ちで窓の外を見た。スコットの話は筋が通っている。ギャンブルをした証拠はない。携帯電話にもパソコンにも一貫して怪しい履歴は残っていない。予定外の場所へふらふらと出かけることもない。夜中にパソコンの前に張りついているのだって、たいていスコットというよりむしろわたしのほうだ。先日スコットが再発行を請求した銀行の取引明細書を見せてくれたときも、いつもと違う金の動きはなかった。残高は予想よりも少なかったが、多額の現金が引き出されることもなく、スコットがやるべきこと——更生プログラムへの参加——をやっていない危険信号も見当たらなかった。

それでもやはり、始まるときはこんなふうに始まるものだ——請求書の未払いと債権者からの通達がつきものだ。

スコットはさらに話を続ける。「きみはもっと大きな問題を無視している。つまり、こういうことは全部メグが裏で糸を引いていると考えないようにしている。どうやら今はぼくも標的にされているようだよな」

「うちのインターネットとケーブルテレビの請求書を使ってメグが何をするっていうの？」

「聞いたら驚くぞ」とスコットは言った。「請求書を無効にして、利用者の情報とルーター番号を使って買い物をする手口がある」

スコットの意見を参考に全体像を考えてみようとしたが、メグがそんなことをするようには思えなかった。わたしたちから金を盗む必要はない。そう直感した。「あなたの不安もわかるけど、そういうことじゃないと思うわ」

「ああ、そうかよ」スコットは口調を強めた。「きみのほうがいろいろわかってるってわけか」

「メグとは毎日何時間も一緒にいるから。人を見る目があるのは自分ひとりだと思っているの？」

「メグのことはわかってるときみが思っていることはわかった」とスコットが言った。

「でも、きみはわかっちゃいない。ほんとのところはな」

キャット

八月

銀行取引をオンラインに戻したらどうか、とスコットからせっつかれるようになり、一週間後、わたしは同意した。「ぼくがオンラインはだめだからといって、きみまで利用できないわけじゃない」というのがスコットの言い分だった。「オンラインのほうがずっといいだろう。きみは自分で管理できる。中間業者をはさまないし、メグのようなやつに妨害される怖れもない」

引き続きメグと一緒にいるときは気をつけろ、とスコットはわたしに警告もしていた。「メグとランチに出たら、バッグを手もとから離すな。メグに携帯電話を貸すのもだめだし、車に乗せるのもだめだ、きみも同乗しない限りは。登録証を見つけて、いろんな面倒を起こすかもしれない」

「手取り足取り教えてもらわなくてけっこうよ」とわたしは言ったが、じつのところメグと一緒にいると、メグには裏の顔があることをますます忘れがちになっていた。メグの過去はおおかた完全なる捏造だということも。

しかし、メグと外出すれば、そのたびに何かしら新しい発見がある。今夜、公園の野外コンサートに行くため、メグとの待ち合わせに向かっているところだった。ワインのボトルを横に置いてローンチェアでくつろぐことを思うと、なんだかいいことがありそうだ。メグが取りこんでいる謎の買い手たちについて、この機会に何かわかるかもしれない。

芝生の広場でメグと落ち合った。照明も設置された特設ステージを見下ろすように傾斜した地形だった。人々が徐々に集まり、毛布や椅子、クーラーボックスを持ちこんでいた。頭上には背の高いプラタナスの木々が枝を広げている。日が沈みかけ、空気がひんやりとしてきた。

「寒い?」身震いを抑えると、メグに訊かれた。視界の下のほうでバンドがステージに上がった。まわりは静かで、話し声もすこしずつやんでいった。

「ちょっとね」とわたしは声をひそめて言った。「ここ何週間かすごく暑かったから、上着が要るとは思わなかったの」

上着はわざと家に置いてきた。メグがいつも車の後ろに上着を積んでいることを思い出して。〝ミシガンの冬を引きずっているの〟とメグが言っていたことがあった。

「上着なら車にあるわよ、よかったらどうぞ」とメグは言って、ポケットから鍵束を引っぱり出した。「後ろに置いてあるわ」

思ったとおりの展開だ、と喜びがこみ上げた。わたしは車のキーを受け取り、小走りで駐車場へ引き返した。十分あれば車のなかを探れるだろう。わたしがメグのクライアントだった頃、メグはわたしの名前入りの書類フォルダーを作り、わたしに見せたい物件の情報をまとめていた。ロン専用のフォルダーもある。車に何かあるかもしれないとわたしは期待していた。書類フォルダーがなかったとしても、名刺か、紙切れに書き留めた留守番電話のメモでもあれば、買い手がどういう人たちかわかるかもしれない。それを手がかりに、その買い手がメグにどんな協力をするのか探り出せるかも。

車のロックを解除し、まずは後部座席から始めたが、一見して何もなさそうだった。シートポケットを確かめたものの、ポケットティッシュとボールペンしか出てこない。

次に座席の下に手を伸ばした。自分もそうしているように、メグが座席の下にバッグを置いているのではないかと期待して。財布に入れているものを想像してみた。名刺が出てきたら、名刺の主の名前を明日調べてみよう。バッグのサイドポケットにレシートが押しこまれていたら、レシートに印刷されているレストランを訪ねてみればいい。進むべき方向を示してくれるものが何かしら出てくるのではないか。手がかりがひとつあれば、それを追いかけていけばいいのだ。

しかし、土埃が溜まっているだけで、枯れ葉が数枚とドライクリーニングの古いクーポンしか落ちていない。

背後で、バンドがフリートウッド・マックの曲で演奏を始めていた。

グローブボックスを開けてみると、車の取扱説明書とカリフォルニア州の地図があり、その下に紙が一枚はいっていた。メグが最初の日にわたしに見せた物件の一覧表だった。表の上部に、今では見憶えのあるメグの筆跡でメモが書きこまれていた。〈カリスタ叔母――$$――金額不明〉わたしはメモを見つめ、これを書いたときにメグが何を考えていたか想像をめぐらせた。金額がわかったらその情報をメグはどうするつもりだったのだろうか。

車内のほかの場所からは何も出てこなかった。見つけたものをすべて元どおりにして、トランクに向かった。上着はトランクの隅にあった。一般的にカリフォルニアで着用される上着よりもやや厚手だったが、着ると肩から力が抜け、すぐに体が温まっ

た。これはというものはないかとトランク内を見まわしたが、ここにも何もない。ドアをロックして、携帯電話で時間を確認する。内ポケットに携帯電話をしまい、コンサート会場に戻ることにした。

駐車場内で車のあいだを通り抜けていると、すぐ左側でライターを点ける音が聞こえた。ぎょっとして、思わず後ろに飛びのき、悲鳴を堪えた。

二台のSUV車のあいだに隠れて男が立っていた。煙草を吸っている。両手を上げたしぐさから察するに、わたしの顔を見て、怯えていると気づいたに違いない。口にくわえた煙草の火が暗がりで光っている。「驚かせてすまない」と男が言った。「こっそり煙草を吸ってるだけだ」

わたしはかろうじて笑みを返したが、鍵束を握りしめ、車列のあいだを小走りにすり抜けて駐車場をあとにし、公園へ戻った。何度か大きく息を吸い、落ちつこうとした。〝煙草を吸っていた人がいた。ただそれだけでしょう〟

メグのところに戻った頃にはほとんど気持ちを立て直していた。「ありがとう」とわたしは言って、椅子に腰をおろし、車のキーを返した。

メグはワインを注いだプラスチックのカップを手渡してくれた。「トイレに行ってくるわね」

メグは携帯電話をつかみ、バッグを肩にかけた。バッグを腰に弾ませながら歩いていくメグをわたしは見送った。

バンドはすばらしかった。ブロンディ、ゴーゴーズ、フリートウッド・マック、ジョーン・ジェットのヒット曲で観客を盛り上げた。すぐにわたしたちは立ち上がって踊り出し、まわりのみんなと一緒に声を限りに歌った。

しばらくのあいだ、いろいろな問題は頭から離れていた。スコットの懸念もつまずきも忘れ、ひとりの人間としてメグに慣れ親しみすぎて、冷静に観察できなくなったのではないかと胸につのる不安もいったん脇に置いた。ふとした瞬間に、にこにこしながらわたしを見ているメグに気づいた。メグはわたしを誰だと思って見ているのだろうか。身の振り方を考えあぐねて今はぶらぶらしている裕福な女性か、あるいは身辺を探るたジャーナリスト?

わたしは目をつぶり、そんなことはどうでもいいと思った。

コンサートが終わると、声はかれ、体のあちこちが痛くなっていた。「最高だった」とわたしはメグに言った。

メグはわたしの腕に腕を絡ませてきた。「つきあってくれてありがとう」わたしの腕をぎゅっと握って言った。「パイでも食べに行かない？」

「ええ、ぜひ」駐車場にたどりついた。頭上の照明があたりをぼんやりと照らし、駐車場を出ていく車のヘッドライトが地面に広がった。

「あとをついてきて」とメグが言った。「サンタモニカに朝まで営業しているすてきなお店があるの」

わたしは自分の車に乗り、携帯電話をポケットから取り出し、センターコンソールに置いた。そこで、銀行からのメールに気づいた。

〈新しいデバイスでお客様の口座にログインが試行されました。お心当たりがない場合、お客様相談室にご連絡ください〉

メグの車に視線を上げると、メグはシートベルトを斜めに引っぱり、体の脇で留めていた。わたしはまた携帯電話に目を落とした。メールの送信時刻を確認すると、わたしがメグの車を調べ終え、携帯電話をしまったあと、何者かが不正アクセスを試みていたようだ。メグがそそくさとトイレに立った頃だ。

クラクションが鳴らされ、わたしは顔を上げた。ついてくるようメグが手振りで合図を送っている。

わたしは携帯電話をセンターコンソールに戻し、メグに続いて車を出した。

メグのあとを追いかけてサンタモニカのメインストリートに車を走らせながら、胸の奥で怒りが湧いてきた。メグに対してはもちろんのこと、気をゆるめてしまった自分に対しても、だ。メグから過去の話をいろいろ聞き、共感が芽生え、細い糸が織りこまれるようにメグとのあいだに絆(きずな)が育まれ、わたしは引き寄せられた。注意もそらされた。何を考えているのか探るのではなく、メグの心に惹きつけられてしまったのだ。

スコットはわたしに注意を促していた。〝きみはせっせとメグの行いを暴こうとしている。そんなきみに詐欺師が手をこまねいているわけがない。仕返ししてやると思うだろうな〟

わたしは駐車場に車を乗り入れ、不正ログインは試行されただけで失敗したのよ、と自分の胸に言い聞かせた。そして今はちゃんと警戒している。

真夜中近くだというのに二十分待ちだった。順番を待つ客はほかにもいて、みんな外で立ち話をしていたが、わたしは上の空だった。メグが公園のトイレの個室にこもっている姿が頭に浮かんでいた。いつ行ってもじめじめして暗い、コンクリート造りの底冷えするトイレ。窓から流れてくるコンサートの音が響くがらんとした空間で、メグは携帯電話に目を凝らし、盗んだ取引明細書を見ながらわたしの銀行口座にログインしようとする。わたしが通知に気づくまで二時間はあると見越して。行動をともにしていれば、不正アクセスの疑いはかけられないと踏んで。

「これからどうするの？」とメグに訊かれた。「つまり、不動産エージェントのアシスタントとしての刺激的なキャリアは別として」コンサートの興奮醒めやらずといったところか、メグはまだ頬を紅潮させ、いきいきとしている。

いつまでも嘘をつき続けることにうんざりし、わたしは事実もすこし話すことにした。「じつは小説を書いているの」

メグは驚いた顔をした。質問を口にしかけたところで名前を呼ばれた。わたしたちはレストランの中央を通って席に案内された。外で立っていたあとだけに、店内の空気がやけによどんでいる気がする。わたしたちは向かい合わせに座り、メニューを手渡された。

「アップルパイにするわ」メグはメニューを引っくり返した。「あと、デカフェのラテ」

「わたしも同じのをもらうわ、パイはチェリーパイにして」

わたしたちは接客係にメニューを返し、テーブルをはさんで顔を見合わせる。「で、小説ですって！　どういう物語なの？」とメグが訊いた。

無茶をしてみたい気持ちに駆られた。メグがどれくらい賢いのか、突然知りたくなったのだ。どれだけ頭の回転が速く、自分が何者で、何をしているのか臆面もなく隠すことができるのか。「女詐欺師のスリラーなの」

メグは目を見開き、店内のざわめきにも負けない笑い声を響かせた。「面白そうね。どんでん返しがあるの？　それとも、秘密？」

わたしも笑みを浮かべていた。「まだ決めてないけど、どうするか決まったら教えるわ」

今の話でメグが不安になったとしても、顔には出ていない。テーブルに腕を載せ、すっかりリラックスしている。まわりの席には夜更けに食事をする客たちがいて、よその会話が断片的に聞こえてくる。

〝それで彼女に言われたんだよ……〟

〝はっきり言って、その仕事は辞めたほうがいいって〟

わたしはジェンナに会えない寂しさで胸が苦しくなるようだった。ここにいるのがメグではなくジェンナだったらどんな感じか、想像をふくらませてみた。警戒心を解いてコンサートを楽しんで、全神経を張りつめることなくパイを味わえたら。

でも、目の前に座っているのはメグだ。友達面をしている女。友達のふりをしているけれど、友達ではない。

「大丈夫？」とメグが言う。「いつもよりおとなしいけど」

わたしはカウンターの上にぶらさがっている大きな黒板に目を向けた。メニューと値段がカラフルな文字ででかでかと書いてある。ややあってメグに視線を戻した。

「わたしの銀行口座に不正侵入しようとしている人がいるの」

メグの表情を観察した。顔をじっと見ていたが、驚きと心配そうな様子しかうかがえない。「すぐにパスワードを変更したほうがいいわ」テーブルに置いてあるわたしの携帯電話に手を振った。「今やる？」

わたしは首を振った。「侵入はされないわ。二段階認証を設定しているから。でも、明日銀行に連絡してみる、念のため」

メグは水のグラスを持ち上げて、ひと口飲んでから言った。「どうしてまだ不安そうにしているの？」

「郵便物がなくなったの。銀行の取引明細書や請求書がいくつか所定の場所に届かなかった。わたしたちが誰かに狙われているとスコットは考えてる」

メグは目を丸くした。「警察に通報した？」

「まだしてない。でも、さすがにスコットも通報するんじゃないかしら、今夜のことがあったあとでは」わたしは行動に出ることをにおわせ、メグの反応を見た。不安になったり、たじろいだりする気配はないかと顔色をうかがった。うっかり本心を顔に出さないものか。さっきの手書きのメモのことをふと思い出した。〈カリスタ叔母――＄＄――金額不明〉

パイが来たので、ふたりとも黙々と食べ始めた。しばらくしてメグが言った。「余計な口出しはしたくないけど、スコットがまたギャンブルに手を出したってことはない？」

わたしはパイから目を上げた。暗い現実をまざまざと悟った。秘密を打ち明け、真実を明かしたせいで今になって足を引っぱられるとは。これが詐欺師のやり口だ。情報を集めておいて、標的が弱りきっているときを狙いすまして、その情報を使う。

〝あなたが心配するべき相手はわたしじゃないわ〟といわんばかりに。

スコットとわたしの婚約期間がなぜ長引いているのか、その気になれば理由はなんとでも言えたはずだ。でも、わたしは本当のことを話してしまった。メグがその事実を巧みに利用してくるとは知りもせず。

メグはわたしの指輪に手を差し向けた。「どれくらいちょくちょくその指輪をはずしてる?」きっと困惑したような顔をしたのだろう。メグが理由を説明し始めたところを見ると。「ちょっと思ったんだけど、スコットはあなたの目を盗んで宝石をすり替えるかもしれない」メグは両手を上げた。「ごめんなさいね。でも、彼がまたギャンブルに手を出したとしたら、いかにもやりそうなことだから」

祖母の婚約指輪の一件が脳裏によみがえった。指輪がないことに気づくまでどれだけ時間がかかったか。掃除婦が盗んだに違いないとスコットは頑なに言い張っていたが、借金返済のために売り払ったと最後には白状したのだ。

「差し出がましくてごめんなさい」とメグは言った。「でも、よかったら、ダウンタウンのダイヤモンド地区に知り合いがいるの。確認のために鑑定してもらえるわよ」

わたしはパイを食べたが、もう味はしなかった。メグの知り合いはどういう人だろうかと想像した。その人こそすばやく石をすり替えてしまうのではないか。「ぜんぜんはずさないわ」とわたしは言った。本当はそうではないのだが。ジムに行くときははずす。マニキュアを塗るときにもはずす。指輪をはずしていたことは何度もある。スコットが指輪に細工をする可能性はないわけではなかった。

「これ以上余計なことは言いたくないけど」メグはさらに続けた。「気をつけたほうがいいわ。何かおかしいと直感的に思ったら、その感覚は無視しないほうがいい」

「そうね」とわたしは言う。「でも、不正アクセスしようとしたのはスコットじゃないと思う」

メグはうなずき、わたしの意見を受け入れた。そしてパイを口に運び、咀嚼した。最後に言った。「それならよかったわ」

帰宅すると、スコットを起こさないように足音を忍ばせて、彼のパソコンの前に直行した。自分の目で確かめるまでは、メグの疑いを切り捨てることができなかった。閲覧履歴を調べると、ウェブページがずらりと並んだが、どれも合法サイトで、銀行は含まれていない。携帯電話も確認したが、わたしの口座にアクセスを試みた形跡はここにもなかった。胸を撫でおろすも、どっと疲れが押し寄せてくる。いつかスコットの動きに目を光らせなくてもよくなるのだろうか。何かあればスコットのせいだと早合点しなくなるときは訪れるのだろうか。

スコットがベッドで寝返りを打つ物音が聞こえる。自分がいかに不注意だったか気づかされた。スコットの警告を無視し、メグと渡り合える気になっていた。メグの作戦がスコットとの関係に疑念を芽生えさせ、ふたりの溝を深めてわたしが彼を疑うように仕向けることだったとするなら、その作戦は成功していた。

　でも、わたしはまだ状況を把握している。メグが何者か知っているし、何をしているのかも知っている。わたしの口座の安全は守られている。メグの試みは失敗したのよ。

　わたしはメグの上着を脱ぎ、自分のメールをチェックするためログインし直した。銀行口座へ不正アクセスされた時刻をもう一度確認したかったのだ。ジェンナからのメールがいちばん上に表示された。件名には〝ペンシルヴェニア州レディング〟とある。

　好奇心に駆られ、メールをひらいた。

〈うちの調査員が《メロディのライフデザイン》という商号の会社を見つけたの。事業主はメロディ・ワイルドという氏名で登録されている。ペンシルヴェニア州の記録を調べてわかったんだけど、その商号を登記したのはメグ・ウィリアムズだった。でもね、ひとつ面白いことがわかったの……住宅がらみの話よ。調査員はそこからメグを見つけたの。その家はメグの会社に二万ドルで売却された。ペンシルヴェニアの不動産事情はよく知らないけど、安いことは安いわよね〉

　わたしは椅子の背にもたれ、考えをめぐらせた。商号――いわゆる屋号だ――と相場を大きく下回る売買契約。そこからメグの謎めいた買い手のことを思い出した。プライバシー保護にこだわりのある業界人でも、メグの仕事を手伝っている協力者でもないのかもしれない。もしかしたら、その買い手はメグ本人なのかもしれない。

二年前

ペンシルヴェニア州レディング

メグ

レナータの家は二階建てで、窓の鉛枠はよくよく見れば回り縁の補修が必要だとわかる。ハリケーンランプが並ぶ小道を進むと、屋内から聞こえてくる音楽と笑い声が九月の夜のひんやりした空気に漂っていた。

ポーチで足を止め、スカートのしわを伸ばした。わたしの着ている服が数週間前にフィラデルフィアの中古品店で買った古着だとは、この家にいる人たちは知りもしない。あるいは、ハンドバッグに唯一入れている一枚きりの名刺の名前が本名ではないことも。下準備は怠らなかった。何週間もまえから取りかかり、念には念を入れ、自分の経歴を慎重に練り上げ、この瞬間——この会合——が計画どおりに運ぶように準備した。

この家に集まっている人たちはメロディ・ワイルドという女性——最近離婚した、ニューヨークの有名人を顧客に抱える室内装飾家兼ライフコーチ——が来ると思っている。レナータの居間の奇跡の模様替えを担当した人物。奇跡といっても、インターネットで見本帳を何冊か買って、家具の張り替えは自腹を切って高級布地を使用して大幅な値引きを演出し、サラ・ジェシカ・パーカーについてさりげなく話題にしただけにすぎないのだが。

いよいよ標的と初めて顔を合わせる段になるといつもそうであるように、緊張して胃がよじれてくる。こまごましたたくさんのことをそれらしく見せなければならない。手違いが生じかねないことがたくさんある。〝奇跡の仕事人〟とレナータは耳を傾けてくれる人に誰彼かまわず言いまくっている。繰り返し語られるうちに、レナータのおかげでわたしのついた嘘にわたしは結びついていた。磨けば、やがて嘘は真実の輝きを放つ。

半年前、わたしはもうやめようかと思っていた。引っ越しを繰り返すことも、仕事に必要な孤独な生活も。ひとつ間違えたらすべてが吹き飛ぶが、どれくらいでそうなるだろう？

しかし、そんな頃にセリアを見つけた。

セリア・MV離婚したママたち

七月八日

虐待についてわかってきたこと――終わりがない。もう別れたのに、フィリップはわたしを苦しめる方法をいまだに見つけ出す。たしかに午前一時に車から放り出されて、歩いて帰宅させられたりはしなかったけど、毎日向こうの弁護団から異議申し立てが届く。事態を遅らせ、長引かせる見え透いた手口よ。わたしは暴力に耐えていたわけじゃないけど、それでもダメージを受けた。だっていまだにしょっちゅう恐怖を感じるから。フィリップはわたしを支配する力を持っているし、離婚訴訟が長引く限り、その状態は続く。手持ちのお金はどんどん減っている。あと二、三カ月したら弁護士費用を払えなくなる。信用は失墜。こんなふうにしてあとどれくらい生きていられるかわからない。

コメント34件

興味が湧いてくるおなじみの感覚を味わった。心の奥を羽根でくすぐられたのだ。

〝これだ〟

いつだって始まりはこうだ。誰かがインターネットに心の内をぶちまける。そしてわたしがそれに気づく。離婚支援グループはふとしたきっかけで数年前に見つけた団体だった（不妊治療支援グループから子育て支援グループにたどりつき、そこから離婚支援グループにたどりついた。気が滅入るが、予測できる流れだ）。わたしはマーガレット・Wと名乗り、居眠りしている猫の写真をプロフィール画像に使って登録した。別れた夫に養育費を踏み倒されている、小さな子供をふたり抱えた三十歳の女性で、いろいろなアドバイスができますという触れこみだ。

セリアのページからフィリップの情報にたどりつき、最終的にフィリップの妹レナータにたどりついた――四十代半ばの子供のいない既婚女性で、室内装飾にやけに強いこだわりがある。

レナータに話を聞けば、わたしとは政治集会で出会ったと言うだろう。レナータは集会で有権者の登録をしていた。わたしもその集会に参加していた。引っ越してきたばかりで、友達を作るために。しかし、レディングに来るしばらくまえにレナータの動向をインターネット上で追跡調査していた――レナータの関心事を分類し、中古品店をまわってレナータの着ている服と似たような服を買い求め、本人の趣味にどんぴしゃりの架空のビジネスを立ち上げ、あたかも旧友との再会を思わせるような出会いをお膳立てしたのだ。

仕事が成功するもしないも細部にかかっている。細部が整っていれば、正体に疑問を抱かれることはない。どういう背景事情を設定したかは問題ではない。見た目の細部がそぐわなければ、調子はずれのピアノのようなものだ。何度も音をはずせば、やがては馬脚を露(あら)わす。

わたしはレナータにまさに体当たりした。バッグのなかを手探りしているふりをして、わざとレナータにぶつかり、バッグの中身をあたりの芝生にぶちまけた。散乱した持ち物を拾い集めるのを手伝ってもらいながら、知らせたい基本的情報をすべてレナータに知らせたのだ――離婚して人生の岐路に立っていること、母親の生まれ故郷がすぐ近くであること、この街に引っ越してきたのは現実的な理由というよりも感傷的な理由からであること。

「ビジネスが軌道に乗れば、人と知り合いやすくなるわ。それに朝起きて、毎日外に出る口実にもなる」とわたしはレナータに話した。

「お仕事はどんなことを？」

「室内装飾家なの、ライフコーチもしているわ」そう言って、わたしは笑った。「そう、かっこつけた職業に聞こえるわよね、自分でもそう思う」

「ライフコーチのことはよく知らないけれど、室内装飾には興味があるわ」とレナータは言った。「興味があるどころか、はまっていると言ってもいいくらいなの」

わたしは微笑んだ。「部屋の模様替えは特別なことですものね。たんに内装を変えるだけじゃなくて、クライアントにとって思い入れのある空間を一新することだから」そこで顔を近づけて、そっと秘密を打ち明ける。「有名人相手の仕事もたくさんしてきたけれど、いちばん好きな仕事は規模の小さな案件。顧客にとって価格が肝になると心してかかる仕事よ。そのほうがやりがいがあるから」

話しているうちに、レナータが食いついてくるのが手に取るようにわかった。事前の調べで知っていたのだが、レナータ自身に自宅の改装を好きにする経済力はなく、夫はといえば、曰く〝つまらぬこと〟への出費に乗り気ではない。「名刺をいただける？」とレナータは言った。「その話をくわしく聞きたいわ」

到着したとき、レナータのホームパーティーはすでに始まっていた。玄関をはいっていくと、たしかにレナータは室内装飾の目が肥えていると感心せずにはいられなかった。台の上に集められたろうそくの炎が揺れて、部屋に幻想的な雰囲気をもたらしている。椅子とソファの張り替え用にわたしが選んだ黄色い布地が明かりに照らされて金色に輝いていた。訪問客らは少人数のグループに分かれてワイングラスを手に佇み、オードブルをつまんでいる。

レナータが駆け寄り、わたしを出迎えた。「来てくれてよかったわ。模様替えは大好評なの。新規のクライアントを今夜だけでも三人は獲得できるはずよ」声を落として続けた。「生地はもともとサラ・ジェシカ・パーカーが買ったものだと口を滑らせてもかまわないならよかったんだけど――じつはつい口をついて出ちゃったの」

わたしは微笑んだ。「ぜんぜんかまわないわ。彼女のために内装の仕事をしたのは秘密じゃないから。たしか何年か前に『ヴァニティ・フェア』に特集記事が載ったの。よい使われ方をしたと聞いたらきっと彼女も喜ぶわ」わたしは室内に目を走らせ、フィリップを見つけた。片隅で男性とふたりで立ち話をしている。思っていたより背が高い。ボタンダウンのシャツに腹回りがきつそうな紺のズボン。セリアが出ていったあと、不摂生をしているのが丸わかりだ。

レナータはわたしの視線の先をたどった。「兄のフィリップよ。〈プリンス・フーズ〉の創業者で最高経営責任者（CEO）なの――ほら、チェーン食料品店の」
「いいお店よね」とわたしは言った。さっき店内を視察してきたところだ。高級品、遺伝子組み換え食品ではないと表示された食品、オーガニック食品が並んでいた。「最高の品物がそろっていて」

レナータは声をひそめた。「根はいい人だけど、離婚でごたごたしているの」わたしに視線を戻し、目を輝かせた。「あなたを兄に引き合わせようかしら」

わたしは首を振った。「今はそういう気になれないわ。まだ早いもの」

レナータは手を振ってわたしの言葉を退けた。「すぐにどうこうしなきゃなんて言ってないでしょ？　とにかく会ってみて」

「まずは何か飲ませて」

レナータの案内でバーカウンターに向かうと、制服姿のバーテンダーがさまざまな種類のワインとビールを出していた。「席順をいじってくるわね」とレナータはわたしに言い残して立ち去った。

わたしは白ワインのグラスを手に部屋の端を歩き、ワインに口をつけた。そつなく近づき、相手の心をとらえる言葉をかけなければならない。どう近づいていくか頭のなかでおさらいし、招待客にまじっているセリアを思い浮かべようとした。内輪のジョークに笑い、誰かとランチに行く約束をしたり、クラブでテニスをする計画を立てたりする姿を想像した。昔からの友人たちはこぞってここに集まり、贅沢に張り替えた椅子やソファを褒めちぎっているが、セリアは今夜何をしているのだろう? ここにいる友人たちの何人がセリアの様子を気にして電話をかけたり、フィリップがセリアをどう扱っていたか考えたりしただろう? 不公平だと思う人はいるの? 誰かセリアを心配しているの? それとも、セリアは友人たちのレーダーからはずされてしまった? 権力と影響力だけに向けられているレーダーから消えてしまったの?
「ディナーの用意ができました」レナータが部屋の反対側から招待客たちに呼びかけた。「それぞれ指定の席におつきください」向こうからわたしを見て、小さくウィンクした。

食卓はフォーマルでありつつ、親しみやすさも醸し出され、中央に飾られた花は庭から摘んできたようで、背の低いクリスタルの花瓶に活けられていた。わたしの隣にフィリップが座り、ナプキンを振り、膝に広げた。「レナータから聞いたけど、室内装飾家兼ライフコーチなんだって?」手を差し出した。「聞いたことのない組み合わせだな。フィリップ・モンゴメリーだ」

「メロディ・ワイルドです」とわたしは言って握手した。

ふたりともフォークを取り、サラダを食べ始めた。まわりの会話は盛り上がっては落ちつき、話題は次々に移り変わった。しばらくしてフィリップが尋ねた。「ところでメロディ、どうしてこの街に引っ越してきたんだい？」

わたしはフォークを置き、ワインを飲み、どこまで話そうか考えているふうを装った。「長い答えでも短い答えでも、どちらでも話せるわ」

フィリップは頭を傾けた。「まずは短いほうから聞かせてもらおうか？」

わたしは母にまつわる作り話を聞かせた。母はいつも故郷に帰りたがっていたという話だ。「最近、わたしは結婚生活に終止符を打ったの。そうしたら、いろいろな理由がはっきり見えてきたのよ、元夫も住んでいる街に住み続けるのはいかがなものかという理由がね。それで、人生をやり直すのにレディングがどこにも負けないくらいいい場所なんじゃないかと思えてきたというわけ」

「じゃあ、長いほうも聞かせてくれ」

給仕がほぼ空になったサラダの皿を片づけ、濃厚なトマトスープのボウルを置いた。わたしはスプーンを手に取り、考えた。ややあって話し始めた。「長いほうは、元夫が離婚の金銭的条件に納得していないという話よ。自分の取り分よりわたしの取り分のほうが不当に多いと思っているの。だから、おれに正当な所有権のあるものをぶんどったとしょっちゅう責められながら新しい人生に踏み出すより、どこか別の場所で再出発しようと決めたの」わたしは笑みを浮かべて話を締めくくり、スープを味わった。「長いほうも案外短かったわね」

わたしが話しているあいだもフィリップは食事を続けていたが、今はこちらを向いていた。「関係を解消したとき、一方が別の場所に移ったほうが八方丸くおさまるという場合は時としてあるね」

「あなたの話を聞かせて」とわたしは言った。「ここにはまえから住んでいるの？」

「生まれてからずっとさ。ペンシルヴェニア州立大に進学してレディングをいったん離れたが、卒業後は戻ってきた。結婚して、事業を始めて、子供をもうけた」フィリップはほぼ飲み干したスープのボウルに目を落とした。「ぼくもなんだよ、離婚でかなりもめているところだ」

わたしはフィリップの腕に手を置いた。ごく軽く、ほんの一瞬だけ。そして言った。

「お気の毒に」

テーブル越しにレナータがそのしぐさに目を留め、眉を上げた。

「延び延びになっていて。でも、向こうがあの手この手で合意しないから、泥沼になっているってわけだ」

わたしはブレーキを踏んだ。「話題を変えて、もうすこし明るい話をしましょうよ」と提案する。「このあたりではどんな楽しみがあるの？」

フィリップはスープボウルを脇に押しやった。「お決まりのことかな。友達とディナーに行ったり、男同士でポーカーをしたり、釣り旅行やゴルフ」

「学生時代にゴルフ選手とつきあっていたわ。わたしもそこそこ得意だったのよ」

実際にアイダホ州ボイシでプロゴルファーとつきあって、別れたときに四万三千ドルと大きなダイヤモンドのイヤリングを手に入れた。そのイヤリングは今つけているけれど、これも細部を固める小道具のひとつだ。

フィリップは好奇心をそそられたように振り向いた。「一緒にまわるべきだな」

「ぜひ」とわたしは言った。

スープのあと、サーモンとアスパラガスの一品に取りかかった。ガーリックバターとレモンで薄く味付けされていた。

「レナータはきみに特別割引をしてもらったあの肘掛け椅子の話をいつまでもやめないな」とフィリップは言った。

「非現実的な話に盛っているんじゃないか心配だわ。気まぐれな高級志向のクライアントを何人か抱えているだけなのに。これから彼女の知り合い全員から電話がかかってきそう」

フィリップはアスパラガスをひと口食べた。「いいことなんじゃないか？」

わたしはため息をつき、皿に載った料理をいじりまわした。「ありがたいけど、すこし休みを取ろうと思っていたの」

「仕事の話を聞かせてくれないか？」

「室内装飾の仕事を始めたのは二十五歳のときで、デザイン学校を出たばかりだったからクライアントはわずか数人しかいなかった。そこから年月を重ねて技術を磨いたの。ニュージャージーにはフィラデルフィアとその周辺地域に肩を並べる高級住宅地がぽつんぽつんとあって、玄関マットや高級テーブルランプに惜しげもなくお金を使う人たちがいる」わたしはワインをひと口飲んだ。「そこからライフコーチングの仕事が派生したのよ。クライアントのなかに都市部に住むBクラスの有名人が何人かいて、そういう人たちにはマンションの内装を変えるだけでなく、もっと必要なことがあると気づいたの。生活全体を見直す必要があるのよ。バーに通うのや、不特定多数の異性と寝るのはやめて、週二回ヨガのレッスンに参加し、身を清めるとか、そういうこと」フィリップはうなずいた。わたしはさらに続けた。「有名人にありがちなのは、生活の外側ばかり気にして、内側はなおざりにして、がたがたになっている状態。そういうわけでわたしはライフコーチの資格を取って、ライフデザイナーとして自分を売りこんだ」わたしは肩をすくめて続けた。「そこからとんとん拍子に事業は拡大した。最盛期には年百万ドル以上の利益を出したわ」

フィリップは恐れ入ったような顔をした。「驚きだな、せいぜい三十そこそこの身で」

「三十二よ」とわたしは三歳嵩上げして嘘をついた。「でも、ありがとう。的を射たアイディアがあって、仕事にやる気があれば年齢は関係ないわ」

「レディングでそれほど多くの有名人は見つからないんじゃないかな」

「顧客名簿にじゅうぶんな人数がそろっているから、ライフコーチングの新規のクライアントはとくに求めてはいないの。必要に応じて喜んでニューヨークに出向くし、ここでも室内装飾の仕事を時々請け負えたらうれしいわ。夢中になれるプロジェクトがあれば」わたしはゆっくりと満面に笑みを浮かべた。「現時点では、仕事を選ぶ余裕がわたしにはあるから」

そう言いながら、誇らしい気持ちが胸にぱっと広がった。その言葉自体に嘘はないし、大学に進学しなかった女性がなかなかここまで言いきれるものではない。母親の古いミニバンで何年も生活していた経歴の持ち主が。

「名刺はあるかい？」フィリップはそう尋ねてから両手を上げて笑った。「ゴルフの予定を組むためさ。模様替えの相談じゃないし、〝ライフコーチング〟とやらでもなくて」引用符のしぐさをしてみせた。

「試してみなくちゃわからないわよ。人生を見直すお手伝いがわたしの専門で、離婚こそ最大の節目だもの」

「とりあえずゴルフを一緒にやろう。ぼくに言わせれば、頭をすっきりさせたいのなら、十八ホールをまわるのが最善策だよ」

わたしはフォークをおろして微笑んだ。「すてきね」一枚しかない名刺をハンドバッグから取り出し、フィリップに手渡した。「連絡を楽しみに待ってる」

二週間かかったが、フィリップとわたしは予定をすり合わせてゴルフの約束をした。晩秋の空気が漂う頃、プロショップでレンタルの用具が用意されるのを待っていると、フィリップが言った。「今シーズンもおそらくあと一カ月かそこらでコースが閉鎖されるね」

「冬場は余暇に何をするの？」

「テレビでゴルフを見る」

カントリークラブのロゴマークの刺繡(ししゅう)が左胸に入った緑色のニットのベストを着た係員がゴルフバッグをわたしの脇に置いた。「スティーヴンをキャディに手配済みです、ミスター・モンゴメリー」

「今日はキャディをつけなくていい」とフィリップは係員に言ってからわたしに確認した。「それで大丈夫かな?」

わたしは肩をすくめた。「だいたいそうしてきたから」

数年ぶりだった。ゲームの勘がすぐに戻ればいいけれど。そうわたしは内心願っていた。ゴルフを楽しんだためしはなかったが、週末になると何時間も我慢してコースに出て、高齢の叔母の資産を九万ドルも浪費した男とつながりを持とうとしていた。

わたしは一番ホールでクラブをかまえると、快音をたててボールを叩いた。ボールは弧を描いてフェアウェイ上に飛んだ。フィリップを振り返って言った。「シャンクするんじゃないか、ひやりとしたわ」

「プロ顔負けだな。たしか大学でやってたんだっけ?」

「ボーイフレンドがゴルフ部に所属してたの。試合を見に行って彼に夢中になっちゃったのよ。別れてからもゴルフはしばらく続けてたけど、生活の変化でやめたの。ゴルフをしない人とつきあい始めて、週末はほかのことをするようになったから」

フィリップが次のショットをかまえながら薄ら笑いを浮かべたのをわたしは見逃さなかった。そのあと残りのホールは無言のままプレーした。フィリップはワンアンダー、わたしはワンオーバーでホールアウトした。

おのおのバッグを肩に担ぎ、次のホールへ歩いた。突風が吹き、あたりの木々のてっぺんが揺れた。真綿のような白い雲が空を駆けていく。

フィリップはわたしに視線を向けた。「このまえの夜のことだけど、レナータの家で、泥沼の離婚劇を経験したことを打ち明けてくれたね」

わたしはボールをバランスよくティーに載せた。なぜ今日ふたりでここにいるのか、本題にたどりついた。「資産がたくさんあって、その分割をめぐって話がこじれたの」とわたしは言った。「勝者と敗者がいて、いずれにしても気持ちは傷ついた。最終的にはうまくいったわ。あなたもきっとそうなると思う。今あなたはいちばん大変な段階にいる。離婚協議の真っ最中でしょう。些細なことでいちいちもめるのよね」

わたしはボールの上でかまえて、クラブを思いきり振った。ボールは左に曲がり、ラフにはいった。

「ラフからのショットにはピッチングウェッジがいいね」とフィリップは助言してから直前の話題に戻った。「きみの合意内容についてもっと聞かせてもらいたいな。レナータのパーティーで言っていただろう、きみに有利な条件でまとまったと」

「ええ」とわたしは言って、ゴルフバッグにドライバーを戻した。「元夫は働き者じゃなかった。それでも全財産の五十パーセントを要求した」フィリップを振り返り、憤懣(ふんまん)やる方ないといった表情を見せつけた。「わたしは事業を成功させるために身を粉にして働いたわ。どうして向こうの取り分とわたしの取り分を同等にしないといけないの？　わたしが週七日働いていたとき、あの人はどこにいた？　朝寝坊して、ランチに行って、果てはラスヴェガスに旅行よ。車を買って、服を買って、しかもこっちに料金の支払いを拒んだクライアントを相手取って裁判を起こしていたときは？　断りもなく」わたしは息を吸った。「だから、確実に自分に有利になるように決着をつけたの」

そう話しながらフィリップの表情を見て、自分は正しかったとわかった。話の運び方に間違いはなく、フィリップの心をがっちりつかんでいた。弁護士と面談した日の夜に彼の頭で渦巻いているはずの不満をこっちがすっかり声に出して言ってあげた。どう言えばいいのかちゃんと知っていた。セリアから事前に聞いていたからだ。

フィリップはショットを打って言った。「立ち入ったことを訊くようですまないが、どうやったんだ？　うちの弁護団に言われているんだよ、共有財産についての法律を逃れる方法はないと。だからそろそろまとまった額の別居手当を払わざるを得ない」

「あまり話したくないの、正直言って。創造力を発揮しなければならなかったとだけ言っておくわ」

フィリップは好奇心をそそられたようだった。「どんなことでも聞かせてもらえばありがたい。ここだけの話にすると約束する」

あたかも検討しているかのように、フィリップの頼みにしばらくなんとも返事をしなかったが、やがて首を振った。「あなたの助けになりたいのは山々だけど、わたしのしたことは合法ラインをちょっとだけ越えたの。だから下手をしたらわたしとわたしの親友は罪に問われても不思議じゃない。ご理解してね、そういうことだから」

どういうことだろうか、とフィリップに想像をたくましくしてほしかった。いろいろな筋書きを考え、思いつくたびにまえよりも悪質な手口を妄想し、最終的にわたしの話を聞いたときには、その単純明快さに意表を突かれ、ついやってみたくなるように仕向けたかったのだ。

さらに数ホールまわりながら、フィリップは自分の仕事の話や食品業界の仕組み、すでに成人している子供たちの話をした。

「子供たちはもう独り立ちしている。セリアと親権を争わなくて済んでつくづくよかったよ」

「もっと大変になるところだったわね」とわたしも同調した。

ある種の男性のご多分に洩れず、フィリップはわたしの〝ノー〟の返事を尊重しなかった。しつこくせがみ続け、自分の知りたいことを話題の中心からはずそうとしなかった。

〝これを聞けばきみも気が楽になるだろうが、守秘義務を守る経験ならぼくには豊富にある〟

〝セリアとの問題を解決できなかったら、三代前から代々受け継がれた実家を売却する破目に陥るかもしれない〟

わたしは七番ホールまで待たせて、降参した。

後悔するかもしれない決断をくだしたというようにため息をついた。「わたしのしたことは実行そのものは簡単だけど、ばれたら深刻な結果を引き起こすということを理解してもらわないと」危険性は早い段階で確実に説明しておきたかった。そうすれば、あとで考え直す気にはならない。「もっと安全な方法もあるわ、合法的にあなたのお金を奥さんから守る方法が。お子さんたちにまとまった額を贈与するとか」

フィリップは首を振った。「子供たちは自分で財産を築くべきだ、相続するのではなく」

四人組が背後から近づいてきた。「フィリップ！」ひとりが大声で言った。「先にプレーしてもいいか？」

「どうぞ」とフィリップは言った。「すまないね、今日はペースが遅くて」

男たち──四人とも服装はそろってカーキのズボンにパステルカラーのゴルフシャツという組み合わせ──はわたしに視線を向けたが、無言のまま会釈をしてきただけだった。フィリップとわたしは脇に立ち、四人組がフェアウェイの先に姿を消すまで会話もプレーも再開しなかった。

「きみがどういう手を使ったのか知りたい」フィリップは緑色のやわらかいタオルでクラブを拭きながら言った。

「ニュージャージーに懇意にしている仕事仲間がいるの」とわたしは話し始めた。「家具デザイナーの女性で、彼女から長年たくさんの品物を買い上げていた。わたしのしたことはいたって簡単よ。八カ月にわたって彼女に商品を発注したの。前払いして、送り状を保管していた。代金は彼女の口座にはいっていて、わたしは元夫に正確な決算書を開示できたし、財産分与は決算書の総計をもとに話し合われた」

「その女性にいくら預けていたんだ？」

わたしはゴルフグローブを手になじませた。「できればそれは明かしたくないわ、あなたさえよければ」

フィリップは好奇心をくすぐられた顔をした。けしからぬほど莫大な数字を頭に浮かべているのだと想像がつく。

「ことによると、きみが仕事仲間から〝購入した〟――と、引用のしぐさをする――品物の半分をご亭主の弁護士から要求されていただろうに」

わたしはゴルフバッグからドライバーを取り出した。「双方とも弁護士は頼まなかったの」

フィリップは感心したような表情を見せた。「どうやって弁護士抜きで？」

「協力的なふりをしたのよ。〝手間を省いて解決しましょう、財産からごっそり弁護士にくれてやるようなことはしないで〟ってね」わたしは肩をすくめた。「なぜわたしが住んでいた街を離れて、ビジネスの拠点も移すことにしたと思う？　離婚協議が長引いて得をするのは弁護士だけよ。弁護士が関わったが最後、決着までに――最短で一年かかる」

フィリップが黙りこんだので、わたしは次のショットに向けて準備をした。たっぷりと時間をかけ、彼によく考えさせた。ボールを打つと、背筋がこわばり始めた。

「評価日はいつなの?」と尋ねた。評価日とは双方の関係者が財産分与に向けて資産明細書を調べる日で、通常、裁判所が決める。

「約八カ月後だ」とフィリップは言った。「審問が始まる直前に。ストックオプションのせいで裁判所がその日取りを設定した。株価の値動きに対応する方策として」

「つまりあなたには策を練る余地がある」

「今はリストをまとめる段階だ」

わたしたちはグリーンまで歩いた。それぞれのボールは二ヤードほど離れ、ホールまで約十六ヤードの距離だった。わたしはパターを取り出してショットを打ったが、ちょうど背後から突風が吹き、ボールはカップを通りすぎた。

フィリップは無言のまま軽く打ち、ボールを射程内に入れた。

フィリップが打ち終わるのを待って、わたしは言った。「あなたの弁護団はすべてを調べたがるでしょう。そうなったら、あなたは架空取引でお金を隠蔽することはできない。資産の半分を奥さんに渡さなければならなくなる。現金であれ、チフーリのシャンデリアであれ。あなたがやるべきことはサービスにお金を使うことよ。売れだの半分よこせだの、奥さんに要求されないものにね」フィリップににっこり微笑んだ。「たとえばライフコーチングに」

フィリップはうめき声を洩らした。

わたしは笑って続けた。「なぜその方法があなたに理想的か説明させて」ゴルフバッグのサイドポケットから携帯電話を取り出し、〈メロディのライフデザイン〉のURLを入力し、フィリップに手渡した。

フィリップは自分のバッグから読書用眼鏡を取り出し、スクロールを始めた。やがて、携帯電話を掲げて言った。「パスワードを求められた」

「教えられないわ、悪いけど」

わたしは一週間かけてこのウェブサイトを作成した。全国各地の内装業者のホームページから画像を無断で借用して。お客様の声と題したタブには、メディアに頻繁に登場する有名人たちをクライアントとして掲載した。ジェニファー・ロペス、サラ・ジェシカ・パーカー、ニール・パトリック・ハリス、リン＝マニュエル・ミランダ。話を裏づける画像の加工には数日を要した——一枚目はニール・パトリック・ハリスと日向(ひなた)のカフェにいる笑顔のわたし、二枚目はジェニファー・ロペスとブルックリンの通りで腕を組んでいるわたし、そして三枚目はアッパー・イースト・サイドの褐色砂岩造りの高級マンションに入居するサラ・ジェシカ・パーカーの自宅にいるわたし。

わたしは携帯電話をいったん受け取って、パスワードを入力した。「わたしのクライアントたちはかなりの著名人で、プライバシーを大事にしている。あなたの口の堅さを信用してもいいわね？」

「もちろんだ」フィリップは〈お客様の声〉のジェニファー・ロペスの欄をクリックし、大絶賛のコメントを表示した。〈メロディがわたしの生活を変えてくれたの、内側からも外側からも。生活は積み重ねていくだけのものでも、整えるだけのものでもない。内面の景色でもある。いろいろなこととの関係に精神面から取り組むためのものだわ。人間関係も含めて。彼女はライフデザイナーよ〉

フィリップはさらに二件ほどコメントに目を通し、携帯電話をわたしに返した。

「すごいね。どういう仕組みか説明してくれ」

「いたって単純な話よ。あなたはわたしをライフコーチとして雇えばいいの。室内装飾の契約も交わす。そっちがわたしの本業だから。目標はあなたの流動資産を減らすことよ。銀行預金が少なければ少ないほど、財産分与の金額は少なくなる」わたしはセリアのことを思い浮かべた。請求書の支払いをフィリップが銀行口座に貯めこんだ預金に頼って生きている。弁護士費用もそこから捻出して。これはセリアのためにやっていることにしたい。今フィリップの首根っこをできるだけしっかりと押さえておけば、のちのち真実が明るみに出たときにセリアはより有利になる。「通常、クライアントには月三万ドル払ってもらっているわ、年中無休二十四時間対応可能のサービスに。それに加えて室内装飾と部屋のリフォーム料金もかかるけど、あなたが保全したい金額によってそれは調整できる。あなたが払う料金の大半はコーチング料にまわされる。人生の大きな節目を迎えたからという口実で——三十年間の結婚生活に終止符を打つのだから。コーチングセッションの記録も提供する。言うまでもなく、口座の残高をあなたはいつでも確認できる。離婚協議が合意に達したら、お金はあなたに返送するわ、あなたにあとで設定してもらう海外の口座に」

フィリップは大きく息を吐き、携帯電話を指差した。「そういうサービスに三万ドルも払う人が本当にいるのか？」

「メンタルヘルスは一大市場よ。言ってみれば、わたしは人助けを仕事にしているの。クライアントも間違いなくそう思ってる」

「ぼくはセッションを実際にはやらなくてもいい、そうだね？」

「お預かりするお金を返さなくていいってわけじゃないなら——それならそれであり

がたいけど」わたしはウィンクした。

フィリップは暗算で数字を弾き出した。「向こう八カ月で二十四万ドルにしかならないな。料金を月五万ドルに吊り上げられないか？　それなら確保しておきたい金額にぐっと近づく」

〝確保〟〝保全〟性根の腐った男が尻に火がついたときに使う婉曲表現だ。わたしの好きなタイプの獲物。

「もちろん大丈夫よ」わたしは一拍間を置いて言った。「本物らしく見せるために、わたしを雇ったと公言してもらうわ。この契約は見せかけではないと、あなたが行動で示すことが重要なの、とくに自分の弁護団に対して。あなたの動きを逐一見ているでしょうから」わたしはゴルフバッグを持ち上げ、肩にかけた。「ラウンドを終わらせましょう」

プロショップで用具を返却したあと、フィリップからディナーに誘われた。太陽が西に沈みかけ、肌寒かった。わたしは腕組みした。「今日は楽しかったわ。ディナーのお誘いもうれしい」うつむいて、百ドル以上の出費になった白いゴルフシューズにいったん視線を落としてから目を上げた。「正直に話すわね、あなたに惹かれている。

でも、なんらかの関係に飛びつくにはまだ早すぎる。ようやく離婚できたばかりだから、ごたごたしている最中のあなたに深入りしたくないの」フィリップの目をのぞきこむと、怒りが浮かぶのが見えた。しかし、ほんの一瞬のことですぐに消え去った。フィリップは〝ノー〟の返事を聞くことに慣れていない。「これからもあなたと一緒に時間を過ごしたいと思ってる」とわたしはさらに続けた。「でも、しばらくはただの友達でいてもいい？　わたしは今ビジネスを軌道に乗せようとしている。それを自分の思うようにやりたいの。この街きっての有力者のガールフレンドとしてではなく」わたしは手を伸ばし、フィリップの腕に指先を下へと滑らせた。「〝ノー〟と言っているわけじゃないのよ。〝まだよ〟ということなの。それでもよければいいんだけど」

フィリップはうなずいた。「むろんだよ。ぼくもそれでいい」咳払い(せきばらい)をし、気まずそうな表情を見せた。「さっきのことだが、本当に感謝しているよ、手の内を明かしてくれて。簡単なことではないと承知しているし、きみの協力はありがたい」

わたしはフィリップの手を取り、ぎゅっと握りしめた。「信頼されて光栄だわ。ストレスの溜まる時期だから、どうぞ気楽にね」

フィリップは車がほぼ出払った駐車場を見まわした。「とりあえず湖畔の別荘を整理するだけだな」

わたしは顔を上げた。「湖畔の別荘って？」

湖畔の別荘は車で一時間の郊外にあり、セリアが欲しがっている唯一の高額な資産だった。セリアが別荘について語っていないかどうか、わたしは離婚支援グループのサイトをじっくりと調べ、数カ月前の投稿を拾い上げた。

セリア・M＞離婚したママたち

やったわ。湖畔の別荘を合意書に含めるよう求めたの。実際、フィリップは見向きもしないけど。設備が古びているし、家具も不揃(ふぞろ)いの別荘を毛嫌いしているの。本人に言わせれば、「窓の外を見る以外に何もすることがない」って。でも、わたしは気に入っている。夏になると子供たちを連れていったわ。夏が終わるまでの十一週間は天国だった。フィリップ抜きで。庭師にいくらチップをやっただの、週にもう一日多く家政婦に来てもらうべきだの、がみがみ言われることもない。子供たちと三人でゲームをしたり、パズルを解いたり、湖のまわりをたっぷり散歩したりしたわ。ある年、フィリップが年末に出張に行くことになって、クリスマスを別荘で過ごしたこともあったの。まるで童話の世界だったわ。夢のようなクリスマス休暇だった。あの湖畔の別荘こそわが家なの。ある意味で、レディングの家はわが家とは呼べなかった。

ゴルフの二日後、フィリップと電話で話してわかったのだが、湖畔の別荘は彼だけの名義であるものの、婚姻中に購入した物件だという。ローンなし、抵当にもはいっていない。およそ二十五万ドルの値打ちがあり、フィリップにその気があれば譲渡も可能だ。

ただし、その気はなかった。

「お子さんたちに贈与もできるんじゃない?」とわたしは提案した。

「それはだめだ。そんなことをしたら母親を無料で住まわせてやるに決まっている」

ロンが別れ際に母に吐いた捨て台詞が脳裏によみがえった。〝世の中には勝者と敗者がいるんだよ、ロージー〟

ゴルフ以降、ちょっとした調べものをしていた。わたしはざっくばらんな口調を崩さず、助け舟を出した。「アイディアがあるの」と切り出した。「大幅な割引価格でわたしが買い取ってもいいわ。たとえば、二万ドルで。離婚が成立したら、あなたに買い戻してもらう。そうすればあなたは自由に売却できる。でも、やるならすぐにやらないと。評価日が来るまえに名義変更を済ませるには」

フィリップは電話の向こうで黙りこんだ。わたしは待った。すでに公明正大な概念を大きく踏み越えていた。今さら湖畔の別荘をそこに加えても、たいして変わりはしない。わたしの協力のもと、妻から取り上げる資産がひとつ増えるだけのことだ。

よかったら解決策を教えてあげましょうか、とばかりにわたしは沈黙を埋めた。

「さすがに危険すぎる気がするなら、〝ノー〟と返事をするのが無難だわ。あなたの弁護団は別荘を封鎖して、奥さんに買い取らせることもできるでしょうね。あるいは、別荘と引き換えに奥さんにストックオプションをあたえるか。でも、そっちの道を選んだら、市場価格で取引することになるわね」

「そんなことができるのか?」とフィリップが訊いた。「格安で売るなんてことが?」

「信じられないかもしれないけど、よくあることよ」とわたしは言った。「物件は好きなだけ安く売却できる。何もしなければ納税義務があるけれど、回避する道もある、その物件が大事なら」

「ぼく自身はあの別荘は要らないが、妻にくれてやりたくないだけだ」

胸のなかで岩のように決意を固めた。「奥さんの手に渡らないようにしましょう」

ゴルフから一週間後、引っ越しトラックと引っ越し業者を引きつれてフィリップの自宅を訪ねた。「なんだい、これは?」玄関に出てきたフィリップが言った。

わたしはとりあえずトラックのそばで待っているよう業者に身振りで合図を送り、フィリップと玄関ホールにはいった。「あまり使っていない部屋をふたつ選んでもらいたいの、家具を全部出して仕事にかかれるように」

「待ってくれ、どういうことだ?」

わたしは後ろをちらりと振り返った。わたしが雇った三人の男たちは寒い朝の陽射しを浴びてぶらぶらしている。「わたしに送金するだけではだめなのよ、フィリップ。実際に仕事を頼んでいるように見せなければ。その一環としてお宅の模様替えをするの。だから、ふた部屋選んで。家具、ラグ、カーテンを運び出したら、床にシートを敷いて、壁を試しに塗るわ。そうしておけば、誰かに訊かれても、あなたはわたしと契約した仕事の作業現場を見せればいい」

フィリップはあたりを見まわした。大理石造りの玄関ホールに答えが書いてあるとばかりに。「わかった。居間と書斎にしよう」

「了解」わたしは引っ越し業者に手招きした。「案内して」

フィリップは落ちつかない様子でわたしの隣から離れず、作業員が各部屋を片づけて、調度品をすっかり運び出す様子を見ていた。革張りのソファ、アンティークの戸棚、サイドテーブル、ティファニーランプ、美術品、高価なラグ。それらはすべて梱包され、ていねいに取り扱われ、トラックに積みこまれた。

「どこに持っていくんだ?」とフィリップがわたしに尋ねた。

「倉庫を借りたわ。そこに保管して、すべて決着がついたら、元に戻せばいいでしょう」

「経費の金は要るかい? 引っ越し代や倉庫代……」

「大丈夫よ。コンサルタント料ですべて賄えるから」

わたしは手を振って長い私道をあとにした。すぐ後ろに続く引っ越しトラックにはフィリップの最高級のアンティーク家具がいくつも積みこまれていた。

もちろん、それらは売り払った。

以前だました地質学者(〝二万五千ドルとフェンダーのストラトキャスター〟)が教えてくれたのだが、わたしたちの真下に存在する地殻構造プレートはつねに変動しているらしい。たとえ人が気づかなくても、つねに動いている。

何年ものあいだ、わたしはそれについていろいろと考えていた。わたしたちはこの地球で生活を送り、目先のことしか頭になく、地下ですこしずつ起きている変化には気づきもしないということを考えていた。ある日、顔を上げて、何もかも変わってしまったと気づくのだろうということを。

セリアの湖畔の別荘を買い取ることで、わたしにも変化が起きた。真夜中に目を覚ますようになったが、フィリップのことや今取りかかっている仕事のことを考えるのではなく、ロンのことを考えた。キャニオン・ドライブのわが家の思い出。母の笑い声。とうに消えたと思っていたが、今になって芽が出てきた可能性を夢見るようになっていた。ここでしていることを、もう一度自分のためにやれるのではないか。母のためにも。

もっとも、ロンには別のアプローチが必要になる。ライフコーチとしてロサンゼルスに舞い戻り、キャニオン・ドライブの家を二万ドルでわたしに売るようロンを説得できるわけがない。ロンには数十年にわたる不動産売買の経験があり、数多(あまた)の取引を成立させてきた実績がある。こちらは水準を上げなければなるまい。

アイディアを思いつくままノートに書きつけて調査を開始した。手始めに、不動産が市場価格で売却されない可能性があるとしたらどんな状況か調べてみた。フィリップがしたように売り手があえて値を下げないとしたら、重大な損傷の実態をまとめた査定書と協力してくれる鑑定士を用意して、物件の価値が低いと売り手に信じこませなければならない。

〝必要なことはいつも天から降ってくる〟フィリップがわたしのケーススタディになった。どうやって下準備をするか。うまくいくことをどうやって見つけるか。間違いが起きるとしたら、ここで修正するつもりだった。もうひとつの目的は――〝ライフコーチング〟――時間に対して確実に報酬が支払われるようにするためだった。

ビジョンボードの前にフィリップと並んで立った。さまざまな言葉や感動的な引用文、写真を寄せ集めてわたしが作成した理想的な展望を表わしたパネルだ。写真共有のＳＮＳ〈Ｐｉｎｔｅｒｅｓｔ（ピンタレスト）〉から着想を得たのだが、フィリップはニューエイジ的な傾向が強いと思ったようだった。

「今後の予定だけど、湖畔の別荘の鑑定を依頼しなくちゃね」とわたしは言った。

フィリップはわたしに顔を向けた。「市場価格より安く売る狙いの妨げにならないかい？」

わたしはうなずいた。「よく聞いて、判事は鑑定書を確認したがるわ。あなたの弁護団だってそうでしょう。こちらの希望どおりの報告書に仕上がるよう手配できるの。そのあいだに」――購入価格が二万ドルの契約書をフィリップに手渡した――「しるしをつけた場所にサインとイニシャルを入れて。とりあえず日付は空欄のままで」

不動産契約を個人的に結ぶ人向けのウェブサイトからダウンロードした書類にフィリップが目を通している横でわたしは言った。「定型文よ。わたしの会社を買い手として追加で記載したわ。不測の事態のほとんどは回避できると思う。鑑定書が完成したら、物件の価値は目標額まで下がる」

フィリップは所定の欄にサインとイニシャルを書き入れ、契約書をわたしに返した。「これで大きく前進したわ、ミスター・モンゴメリー」わたしは契約書をバッグにしまった。「この調子で進めましょう。次のコンサルタント料の支払い期限は来週末よ。請求書をメールで送るわね」

それまでに三カ月がたち、仕事に注ぎこまれた金額は十五万ドルに達していた。家具を売り飛ばして手に入れた二十万ドルは勘定に入れずに。そして計画実行にともなうストレスがフィリップにのしかかり始めていた。よく眠れないのか、やつれた顔をしていた。「うまくいかないんじゃないかと心配なんだ。ぼくがやっていることを見破られたらどうなる？　金銭的にダメージを受けるだけではなく、地元での評判も地に墜（お）ちる」

わたしはフィリップの腕に手を置き、やさしく握りしめた。「わたしを見て」フィリップが顔を上げると、わたしは続けた。「ここが踏ん張り時なの。でも、忘れないで、あなたは何ひとつしていない。あなたはメンタルヘルスにお金を使っているの。あなたは間違ったことは何ひとつしていない。あなたが売却する別荘には構造上の欠陥が山ほど見つかるから、もはや維持が難しい物件の売却代金を半分ずつ分ける――あなたに一万ドル、奥さんに一万ドル。いろいろな手段で構成されているから、最終的にあなたは問題ないように見える。ただし、ひとつだけあなたが避けるべきことは疑いを持つことよ。わたしたちがしていることは合法的であるとあなたは信じなければ。なぜなら、心にあることが表に出てしまうものだから」

フィリップはうなずいた。どうやら気を取り直したようだった。不安は消えていく。もうすこしだけつきあってもらうわ。

インターネットのおかげでロン・アシュトンの動向を長年追い続けるのは難しいことではなかった。公文書を調べたところ、ロンはまだキャニオン・ドライブの家に住んでいた。オンラインのニュースサイトによれば、今度の上院議員選挙に立候補するという。しかし、接近方法を教えてくれたのはロサンゼルス地域の不動産業界のブログで、悪質なエージェントがクライアントに性的嫌がらせを働いていたという記事だった。〈ミック・マーティンはロサンゼルスの宅地開発業者ロン・アシュトンのエージェントを長年務めていた。アシュトン氏は上院議員選への出馬を検討中であるとささやかれているが、本件へのコメントは差し控えるとのことだ〉

ほかの人には見えないつながりを見抜く力がこの仕事には求められる。十段階先を読み、同時にいくつもの筋書きを想定しなければならない。長年かけて、わたしの直観力は鋭くなった。勘がはずれることはめったにない。

ミック・マーティンを調べると、カリフォルニア州不動産協会に性的嫌がらせの被害報告が二件寄せられていた。協会の規約によると、三件の報告で不動産免許は永久に停止されるに足る。わたしはノートパソコンのキーボードに指を走らせ、新しいタブをひらき、グーグルでいくつか検索した。〝カリフォルニア州不動産協会に性的嫌がらせを通報する方法〟もうひとつは〝カリフォルニア州不動産免許の取得方法〟そして最後のひとつは〝不動産免許取得オンライン講座、カリフォルニア〟

わたしはせまいアパートメントの部屋を見まわした。夜でブラインドはおろしていた。準備に必要なことをノートに書き出した。小規模な不動産業者のウェブサイト。同類のウェブサイトを作成し、数年にわたる高級物件の売却実績を掲載。親しみを感じさせる留守番電話のメッセージが流れる営業所の電話番号。不動産関連の書籍も何冊か購入した。すでにベテランになっている必要があるからだ。

想定より数カ月早いが、湖畔の別荘の名義変更が終わり次第ペンシルヴェニアを去ることになる。ときには、仕事を早めに切り上げざるを得ないこともある――他人の好意をあてにできなくなるか、危険を冒して居残って仕事を完了させても儲けに見合わないか。今回は十一月の選挙のかなりまえに地元に戻り、持ち場につかなければならないからだ。

始めた場所で足を洗うのだと気づき、わたしは胸が躍った。二度と故郷に帰れないと人は言う。

そんなのは嘘だ。

現在
ロサンゼルス

キャット

八月

翌朝、何はさておき銀行に電話をかけた。口座は無事で、預金は引き出されていないと保証されたが、とにかく口座番号の変更を申し出た。例の取引明細書がどこに消えたのであれ、完全に無用にしてしまいたかった。

それが済むと、ジェンナからのメールをもう一度ひらいた。一般的に屋号は実名を含まない名称で事業を立ち上げたい人が使う。〈犬の散歩屋さん〉のように。しかし、屋号は詐欺師の恰好(かっこう)の隠れみのにもなる。登記料さえ払えば、偽の会社と別の納税者番号の陰に身元を隠すことができるからだ。企業名がわかれば、州政府のウェブサイトで検索すれば、創立者は誰なのか調べはつく。しかし、その逆はできない。人名しかわからなければ——今回はメグ・ウィリアムズ——調査は行き止まりだ。

メグの謎めいた買い手——プライバシー保護を重視する業界の人間——はメグ本人

である、とわたしはほぼ確信している。屋号で正体を隠しているのだろう。メグはもともと自分が住んでいた家を盗み返すか、格安に買い取る方法をどういうわけか見つけた。

メグがペンシルヴェニアで何をしたのか、わたしは調べてみることにした。ジェンナのメールには売買の詳細が書かれていた——湖のほとりの物件、売り主の氏名。〝フィリップ・モンゴメリー〟グーグルで調べると、よくある検索結果が出てきた。フェイスブックとツイッターに同名で複数の人が登録している——医者、大工、食料品店チェーンのCEO。検索結果にレディングの地元紙の記事があった。いわゆる埋め草で、余白を埋める短い記事だった。《感謝祭の炊き出しに地元実業家が集合》大盛況の様子が伝えられ、食事を振る舞われた人数や、ボランティアの一覧表が続いた。ふたつの名前が目についた。〝フィリップ・モンゴメリー〟と〝メロディ・ワイルド〟だ。記事に掲載された写真は小さかったので、拡大しなければならなかった。十人ほどのグループ写真で、エプロンをつけ、ヘアネットをかぶり、長いカウンターの奥に集まっていた。そこにメグがいた。後ろに立っていた。隣の大柄な男性にすこし隠れているが、間違いなくメグだ。

メグに目を凝らし、情報を細かに拾い上げようとしたが、しょせんは画面上の白黒画像にすぎない。この記事を本人に見せたらなんと言うだろう？　感謝祭の休暇でペンシルヴェニアの友人を訪ねたときの話を作るに決まっている。記者にはふざけて偽名を使って職業も偽ったのだと言い張るかもしれない。メグは恐ろしいほど口が達者で、昔のクライアントの噂話や契約の失敗談だけでなく、冒険談でもわたしを楽しませてくれる。けしかけられてスカイダイビングに挑戦した話。フロリダのエヴァーグレーズに旅行中、アリゲーターのせいでボートが転覆しそうになった話。わたしだってばかではないが、それでもつい話を真に受けてしまい、メグの言っていることは全部嘘でしょう、としょっちゅう自分の胸に言い聞かせなければならない始末だ。

わたしは電話で調査を始めることにした。まずはフィリップと連絡を取ることにして、医者と大工は早々に除外し、〈プリンス・フーズ〉のＣＥＯに狙いを定める。

「キャット・ロバーツと申します。ロサンゼルス在住のジャーナリストです。ミスター・モンゴメリーに話を伺いたいのですが、メロディ・ワイルドという女性について」

「ミスター・モンゴメリーは現在電話に出られませんが、そちらの電話番号を教えていただければ、のちほど本人からご連絡します」受付の女性の声からは何もわからない。伝言を取り次いでくれるかもしれないが、電話番号のメモはごみ箱に捨てられてしまうかもしれない。

次に、記事に載っていたほかのボランティアに連絡を取ろうとした。あいにくなかなか連絡がつかなかったが、やがてダンス教室のオーナー、フレデリカ・パルミエリがつかまった。「こちらはキャット・ロバーツです。メロディ・ワイルドという女性の取材をしています。彼女について話を聞かせてもらえません？」

フレデリカは警戒するような声で言う。「取材って、どういうこと？」

わたしは慎重に言葉を選ぶ。「メロディはここロサンゼルスで詐欺事件に関わっている可能性があるんです」

電話の向こうでピアノの演奏と指示を出す声が聞こえてきた。「彼女の噂は何も知らないわ。どうしてわたしの名前がわかったの？」

「レディングの新聞に写真が載っていたんです。メロディもそこに写っていたので。二年前の感謝祭で炊き出しをした地元の催しの集合写真に。あなたがたはボランティアで食事を出していた」

フレデリカは晴れ晴れとした声になった。「ああ、あれね。でも、彼女と話したとしても、たぶん挨拶程度だったわ」

「その日、メロディが親しくしていたボランティアはいなかったかどうか憶えていませんか？　彼女を知っている人と連絡を取れないかと思って」

「今の話にもあったけど、二年も前のことだしね。先月自分が何をしてたのかだってろくに思い出せやしないわよ」

「わかります。最後にひとつだけ。イベントの主催者が誰だったか憶えていますか？」

「レナータ・デイヴィス」とフレデリカは言った。「フードバンクの支部長なの。地域のいろいろなイベントに関わってるわ」

わたしはレナータの名前を書き留め、フレデリカに礼を言って電話を切った。

レナータはなかなか連絡がつかなかった。わたしはまずフードバンクに電話をかけた。職員の対応は友好的だったが、レナータの連絡先を記者だと名乗る赤の他人に教えるのを渋った。伝言が取り次がれることを願いつつ、自分の電話番号とメッセージを伝えた。

フェイスブックにレナータは登録していた。友達リストをざっと調べると、興味深いことがわかった——フィリップ・モンゴメリーはレナータの兄だった。ほかの人にも送った文言をいくらか手直しし、レナータにメッセージを送った。〈キャット・ロバーツと申します。メロディ・ワイルドという女性を知っている方にお話を伺えたらと思っています。どんなことでも情報をお寄せいただければ大変助かります。このメッセージにご返信いただくか、下記の番号にご連絡ください〉

おそらくレナータは電話の向こうやインターネットの広大な海に現われた他人をいそれとは信用しないだろう。人は友達の知り合いには心をひらきやすいものだ。メグはまず他人から信頼を得る。たとえばヴェロニカの信頼を勝ち取ったように。

わたしは携帯電話を手に取って、メグにメッセージを送る。〈ヴェロニカはロンに家を売りに出すようにうまく説得できた？　あなたの買い手はまだ興味を持ってくれているの？〉

三つの点が表示され、メグが返信を打ちこんでいるとわかったので、わたしは待った。今度はどんな嘘をわたしに吹きこむつもりだろうか。〈ヴェロニカはやったわ！四百五十万ドルでエスクローが開始されたところ。買い手は大喜びしているわ。エスクローは三十日間で終了〉

不動産情報のデータベースにあたらなくてもわかることだが、四百五十万ドルという価格はこの地域の相場より少なくとも五十万ドルは安い。数字だけ見れば、レディングの物件よりも格段に高額だが、メグがそこでやったことと今度のことはおそらく一致する。

しかし、その考えはどうもしっくり来ない。割り引かれたとはいえ、四百五十万ドルは大金だ。それだけ支払って家を買うとなると、さして詐欺には思えない。

それに、メグがわたしの何を狙っているのかいまだにわからない。二カ月前に開催された資金集めのパーティーのことを思い返した。あの時点で、メグはロサンゼルスに戻ってすでに半年がたっていた。背景を作り上げ、ヴェロニカと抜かりなく友情を育み、そこからロンに近づいた。なぜメグは突然、方向転換をして、わたしを標的にし始めたのだろう？　昨夜の出来事のあとも、どうもそこには無理な飛躍があるとしか思えない。メグには長年の経験がある。公園のトイレでわたしの口座に不正侵入するには十分以上はかかるとわかっていたはずだ。成功するつもりがなかったのでない限り。

メグが本気でわたしから金を巻き上げるつもりだったとしたら、巻き上げていたと思う。でも、わたしの注意を引いただけだった。わたしとスコットをあわてさせ、銀行とケーブル会社に電話をかけてすべての利用を一時停止させた可能性があるだけだった。わたしがしていないことは、謎の買い手たちについての質問だけだ。

キャット

八月

メグはまた遅刻だ。

わたしは〈ル・ジャルダン〉の外に立ち、車が行き交う通りの前で、メグがランチの待ち合わせに来るのを待っている。通りすぎていくバスの排気ガスに息を止め、店内で待とうと足を踏み出したところで携帯電話が鳴り、見知らぬ番号が表示された。

「キャット・ロバーツさんとお話しできますか？」電話の女性の声には中西部訛(なま)りがかすかにあった。鼓動が速くなる。〝レナータだ〟

わたしは周囲に視線を走らせ、メグがいないことを確認する。「わたしです」

「こんにちは、ミズ・ロバーツ。こちらはシティバンクのカードサービスのナタリーと申します。期日を過ぎたご返済について問い合わせの連絡をしています」

わたしは反対の耳に指を入れ、交通量の多い通りに背を向けた。「今なんて？」

「シティバンクのナタリーです」と彼女は繰り返した。「二カ月間ご返済がありません。今月分をすぐにお支払いいただかなければ、回収会社に債権を移行することになります」

「シティバンクのカードは持っていないのよ」とわたしは説明した。「人違いじゃないの？」

「確認のため社会保障番号の末尾四桁を教えていただけますか？」

わたしは思わず笑い出しそうになった。「教えないわよ、だって口座は開設していないんだから」

しかし、ナタリーは決められた文言から逸脱しなかった。「現在の負債額は三万一千百二十五ドルで、月々の最低返済額は五百ドルです。よろしければ、今月分をすぐにお支払いいただけます」

パニックが内側で広がり始め、二週間前からスコットに警告されていたことが瞬時に頭に浮かんだ。〝メグには気をつけろ。バッグを手もとから離すな。メグに携帯電話を貸すのもだめだ〟

これはメグの仕業なの？　今度もまたわたしをあわてさせ、個人情報を引き出して悪用するフィッシング詐欺を働こうとしているのか、それともそれ以上に何かあるのだろうか。わたしは顔を上げ、通りに目を走らせた。メグはどこかの車庫に車を停めて、シティバンクのナタリーだと偽っているとも考えられる。

「お名前をもう一度お願いできる？」とわたしは頼み、声に聞き憶えがないか、耳をすます。

「ナタリーです」と女性は言った。交通の騒音で妨害され、聞き分けるのは無理だった。

「口座番号を教えて」わたしはハンドバッグからペンと紙切れを急いで取り出した。背後のレンガ壁に紙切れをあて、いびつな文字でどうにか書き取った。「わたしはこの口座を開設していないの」とわたしはあらためて言った。「だから三万ドルの返済なんてしない」

ナタリーは冷静な口調を崩さなかった。「わかりました、ミズ・ロバーツ。ファイルにメモをしておきます。ただ、潔白を証明するには、警察に被害を届け出て、その被害届を当行にご提出いただく必要があります。それまではお客様に負債の責任があります」

ミズ・ロバーツ。苗字も実名が使われていることにようやく気づき、わたしはどきりとした。最初からスコットの言うとおりだったということか。これがメグのやり方なのだ。何もかも知っているのよ、とこちらに知らせる手口だ。

そんなことを考えていると、背後に人の気配を感じた。振り返ると、メグが立っていた。いかにも心配そうな顔をしている。それを見て、胃が重くなる。「連絡をありがとう」とわたしは言って、電話を切った。

歩行者がわたしたちをよけて通りすぎていくのを尻目にメグが言った。「大丈夫?」

わたしがなんとも返事をしないでいると、メグはわたしの肘をつかみ、食事をするはずだった高級レストランから離れ、道路脇に停まっているタコスのキッチンカーに誘導し、二人前を注文した。そのあとふたりで近くの公園まで歩き、ベンチに座った。

「どうしたのか話して」とメグは言う。「スコットだったの?」

わたしは口を結んだまま、怒りと恥ずかしさが胸の内でないまぜになっていた。メグと友達になれるかも、仲間として一緒にやっていけるかもと信じそうになった自分が情けなくて腹が立つ。どこまで不用意にメグに接近してしまったことか。しばらくしてようやく口をひらいたが、よそよそしい口調になっていた。「シティバンクの者だと名乗る人からの電話だったの、わたしの名義で三万ドルの負債があるんだとか」

電話の相手はメグではなかったが、メグが裏で糸を引いているに違いない。

メグは驚いた顔をしてベンチの背にもたれた。「なんてこと」

たいした女優だ。いつも友達思いのふりをして。

「警察に届け出ないとだめよ」とメグは言う。わたしはメグの顔色を探り、ゲームをどう締めくくるつもりか見定めようとした。「ねえ、聞いて」と彼女が続ける。「ことを荒立てるつもりはないの。でも、今度のことだけじゃなくて、口座への不正アクセスがあって未払いの請求書も……」最後は言葉を濁した。

わたしは首を振った。スコットのギャンブル問題をメグに話した自分がいやになる。大事な話を明かしてしまった自分が。「スコットじゃないわ」

確信を鎧のように身にまとった。わたしは世間知らずではない。依存症再発率の数値も把握している。しかし、メグが口座に不正侵入を試みた、あのコンサートの夜以来、またぞろ毎晩スコットのデバイスをすべてチェックする習慣に戻ったが、変わったことは何も出てこなかった。仕事用のコンピューターには手が届かないが、スコットも職場で悪事を働くほどばかではない。キー操作はすべて記録され、監視されているのだから。

「そう信じたい気持ちはわかるわ」とメグが言った。「わたしもそうであってほしいと願ってる。でも、あなたは自分の身を守らないと。たとえそれがつらい真実と向き合うことだとしても」

真実? 自分は嘘ばかりついているくせに。「さっきの電話は銀行からかかってきたんじゃないと思う」とわたしは話す。「きっとフィッシング詐欺よ。社会保障番号をわたしから聞き出そうとしたんでしょう。よくある話だわ」こう言われたら、メグもさすがにたじろぐ? 目をそらす?

ところが、メグは携帯電話を取り出し、ウェブ・ブラウザーをひらいた。グーグルでシティバンクを検索し、ウェブサイトを呼び出す。携帯電話を持ち上げて、画面をわたしに見せた。「電話番号はここ。電話をかけて、確かめてみて」

テストの一種だろうか。目の前で電話はかけないと思っている? わたしはその番号に電話をかけ、自動音声の案内に従っていくつかの選択をしながら進み、やがて保留になった。待たされているあいだ、公園の遊び場からあがるけたたましい笑い声がパニックに襲われ始めた頭のなかに染みとおってきた。

今度の電話にはポールと名乗る人物が出た。わたしはナタリーから聞いた口座番号を読み上げ、メグからすこし離れて社会保障番号の末尾四桁を伝えた。「負債額は三万一千百二十五ドルです」とポールが事実を裏づけた。

わたしは目をつぶった。遊び場から聞こえる声がぼやけていく。フィッシング詐欺ではなく、本物の負債だ——しかも高額の。完済の見込みはない。

「最近の取引について訊くのよ」とメグが言った。

目を開けて、こちらを見ているメグの様子を観察した。見開いた目は同情と不安の色をたたえている。なぜわたしにその質問をさせたいのだろう？　わたしに何を聞かせたいの？

問い合わせの答えとして、ポールはキャッシングサービスの高額利用をすらすらと挙げた。すべて地元で、スーパーマーケットでの決済も二、三あった。「請求書の送付先を教えてもらえる？」とわたしは尋ねる。

ブレントウッドの私書箱だという。わたしはまたメグをちらりと見た。オンラインで設定するのは簡単なものだ。

そんなことを考えていると、ポールの声が思考を遮った。「明細書はメールで送っています」メールアドレスをゆっくりと読み上げた。「ヤフーメールで、アカウント名はCalistasniece（カリスタの姪）です」

わたしはメグに目をやった。隠しごとをしている気配はなく、ただ心配そうな顔をしている。いや、表情を偽る経験なんてメグは何年も積んできたはずだ、とわたしは思い直した。「お世話さま」ポールに礼を言って電話を切った。腕に手を置かれ、わたしはその腕を引いた。どこか考えごとのできる場所に行きたい。メグがどんな手口を使ったのか考えられる場所に。

「警察に届けないとね」とメグはもう一度言った。「よかったら一緒に行くわ」

わたしは自分の耳を疑い、メグを見た。ふたりで警察署を訪ねる姿が頭に浮かんだ。メグが隣にいて、事情説明に協力している。どの時点でスコットのギャンブル癖を具体的に明かすだろうか？　さりげなく話に出せば、捜査の手はメグに及ばない。

スコットに話さなくては。三万ドルの借金を隠しておくわけにはいかない。胸の奥から小さな声が浮かび上がってきた。〝メグが正しかったらどうするの？　結局スコットの仕業だったら？〟

これが初めてではないが、思い悩まずにはいられなかった。スコットにギャンブル癖がなかったら、わたしの人生はどうなっていただろう？　あるいは、一緒に回復プログラムに参加したりせず、さっさと別れていたら。今頃はもっと明るい状況だっただろう。絶えず浮かび上がる疑いに対処する必要もなく、心の声に安眠を妨害されることもなく、スコットの言葉につねに疑念を抱くこともない。また同じことの繰り返しかとつねに悩むこともない。ほころびを探し、関係の本質を探ろうとすることもない。

そのときメグの電話が鳴った。画面を見て、メグは言った。「ロンの家の買い手だわ。電話に出なくちゃ」

わたしから離れ、背中を向けた。

なんと、仕事熱心なことか。三万ドルを不正に奪いながら、謎めいた買い手の作り話を続けている。その電話の相手は誰なのだろう？　ヴェロニカ？　別の人？　とにかくメグの話に耳をすましたが、遊び場の声と風の音でかき消されてしまった。

メグは電話を切り、ベンチに戻ってきた。「話の途中でごめんなさい」

わたしは腰を上げ、ほとんど食べ残したタコスをごみ箱に捨てた。「もう行くわね」

メグがハグをしてきた。彼女がまとう高価な香水の香りに包まれたが、わたしは両腕を下げたまま体をこわばらせ、ハグを返さなかった。メグは言った。「何かあれば電話して」

スコットの帰宅を待つことにした。何があったか顔を見て話したいからだ。自分の忠誠心に狂いはなかったと自分で納得したいからだ。

心ここにあらずの状態で車を走らせ、自宅に到着する頃にはごく小さな疑惑の種が小石にまでふくらみ、心のなかに居座っていた。やっぱりスコットの仕業かもしれない。なぜならその可能性は捨てきれないからだ。証拠が見つからないからといって、事件が起きていないとは限らない。

スコットは帰ってくると、わたしの顔をひと目見るなり訊いた。「何かあったのか？」

椅子に座ってくわしい話を聞くあいだ、スコットはわたしから目をそらさなかった。ノートにまとめた情報を読み上げるあいだも、だ。クレジットカードが作成された六月の日付――ちょうどわたしがメグと初めて外出した直後の時期にあたる。わたし名義の借金。直近の請求額とキャッシング利用額、登録メールアドレス。

「とんでもないやつだな、あの女は」わたしからの報告が終わると、スコットはそう言った。

わたしはスコットを見つめて嘘の気配を探した。怒りを露わにする陰で罪悪感が見え隠れしないかどうか。

沈黙に察しをつけたのか、スコットは体を引いた。「ちょっと待ってくれ。ぼくだと思ってるのか？」

「どう考えればいいかわからないの」

スコットは立ち上がり、部屋のなかを行ったり来たりしながら声を荒らげた。「これ以上どうしろっていうんだよ、キャット？　ぼくは日々の行動をすべてオープンにして、きみが調べたいときにはいつでも調べられるようにしている。携帯電話もパソコンも——二年たつけど、きみはいまだに毎日のように探り続けてる」わたしのほうを振り返った。「女詐欺師のような輩とお友達になって、あげくにきみが疑っているのはぼくなのかよ？　あの女はきみの生活にはいりこんでる。きみを取りこんで、コンサートだ、ランチだ、ヨガだと連れまわしてる。きみは御大層にあの女のアシスタントにまでなって」スコットはさらに語気を強めた。「あの女は何度もこっちの情報にアクセスしようとした。銀行の取引明細書は盗まれ、請求書もいくつか行方不明だ。それでも、ことあるごとにきみが真っ先に疑いを向けるのはぼくだ」

スコットは隣に腰をおろし、わたしの両手を握った。声を詰まらせそうになりながら言った。

「どうすればぼくじゃないと証明できるのかわからないよ」目に涙を溜めている。「いつになってもだめなんじゃないかと思い始めてきた。きみに一生信用されないんじゃないかと」

「ねえ、スコット……」

しかし、スコットは両手を上げて、わたしを黙らせた。「もうメグのやりたい放題にはさせない」わたしのノートをつかんで言った。「この件はぼくが引き受ける。明日、メグの捜査を開始する。メグが何をたくらんでいるのであれ、もうおしまいだ」

スコットの顔に浮かぶ苦悩を見て取り、わたしは胸が張り裂けそうになる。スコットはどれだけがんばってきたことか。何をしてもわたしに疑われて、どれほど傷ついてきたことか。

もう疑わない。

「わかったわ」とわたしはささやいた。

八月

キャット

メグの電話に出るのをやめると、メッセージが来るようになった。

〈大丈夫なの？〉

〈どうなってるの？〉

〈元気かどうかだけでも知らせて〉

しばらく放置していたが、結局返信した。〈元気です。クレジットカードの件に対応していたの。被害届を出したから、あとは警察の仕事〉

〈で、スコットは？〉とメグから返信が来る。

わたしは返信しない。

スコットはクレジットカードの取引明細書を印刷し、事件に関連することをすべて警察署に持っていった。自分の手を離れ、わたしはほっとした。しかし、ほかのことをしようにも何も手につかない。メグのことを調べたファイルはデスクに置きっぱなしでひらきもしていない。そして、ますます金に困っているというのにウェブ記事を書く気にもなれず、何件か締め切りを過ぎていた。

さらに一週間が過ぎた。ヴェロニカから電話があり、留守番電話にメッセージが残された。〈メグから聞いたのよ、具合が悪いんですってね。あなたに会えなくてふたりとも寂しがっているのよ。早く元気になるといいわね〉

〝具合が悪いことにされている〟わたしは首を振り、メグが話を作ってヴェロニカに聞かせている場面を想像した。ふたりはヨガマットの上に座り、レッスンが始まるのを待っている。緊急救命室(ER)に運ばれて、抗生物質を投与された顛末でも話しているのだろう。作り話ならメグは大の得意だ。

シティバンクから電話がかかってきたときのことが繰り返し脳裏によみがえった。薄汚れた通り、通りすぎるバスのにおい、公園の木のベンチの擦り傷。わたしが立ち去る直前にメグにかかってきた電話。メグが連絡を取っている謎の買い手たち。

わたしは携帯電話をつかみ上げ、メグとやりとりしたメッセージのスレッドをひらき、スクロールして三週間前まで戻り、探しものを見つけた。〈ヴェロニカはやった

わ！　四百五十万ドルでエスクローが開始されたところ。買い手は大喜びしているわ。エスクローは三十日間で終了〉

社会保障番号を二段階認証で保護したり、信用調査機関へ問い合わせをしたりで忙しくしていたので、メグが昔住んでいた家を取り返そうとしていることに思いをめぐらす暇がなかったのだ。メグは何もわたしから三万ドルをもぎ取りたいわけではないのだろう。ただ、売買契約が完了するまでわたしを遠ざける必要があるだけだ。自分から距離を置くことで、わたしは結局メグに協力していた。

荷造りをし、家具を倉庫に預けるロンを思い浮かべた。あわただしい自宅の売却がまさかメグのたくらみだとは疑いもせず。メグが子供の頃に住んでいた実家から自分を追い出そうとしているのだとは。メグは次にどうするのだろう？　市場価格でひそかに転売し、差額を懐に入れ、そっと街をあとにするのか？　ヴェロニカはある日ヨガ教室に行って、なぜ隣が空いたままなのか不思議に思うことだろう。なぜメグの番号に電話をかけてもつながらないのか。

十年前、メグは電話一本でわたしの人生を狂わせた。わたしは職を失い、居場所を失った。メグのせいで安心感と自尊心が奪われた。それからというもの、あの電話に端を発する出来事の結果を引きずって生きていかなければならなかった。日常生活の一環として恐怖を甘んじて受け入れなければならなかった。

そして今、メグは戻ってきて、さらに奪った。なぜならメグは詐欺師であり、詐欺師は盗みを働くからだ。いつでも、どんな手を使っても。

自己憐憫(れんびん)に浸るのはもう終わりだ。わたしはもう悔やんだり、嘆いたりしない。ことが起きていた最中にメグの行動を見落としていたのかもしれないが、だからといって事件が解決しないわけではない。

スコットは昨日被害届を提出し、わたしのサインが必要な書類を持ち帰った——〈キャット・ロバーツ対メグ・ウィリアムズ〉今や警察沙汰になったのだから、正式な捜査が行われる。スコットも約束してくれたが、メグに対する捜査内容をわたしはすべて閲覧できる。

メグに二度も人生を台無しにされてたまるものですか。

キャット

九月

「フィリップ・モンゴメリーと連絡はつかなかったの？　妹のレナータとも？　どちらからも折り返しの電話が来ないのよ」仕事から帰ってきたスコットに尋ねた。

「すこしは休んだほうがいい」スコットはわたしの頭のてっぺんにキスをした。

　わたしは顔にかかる髪を耳にかけた。「大丈夫よ」

　スコットは目をくるりと上に向けた。「燃え尽きるぞ」わたしの背後にまわり、肩をさすった。「そっとしておくべきじゃないかな。捜査は警察にまかせて。約束するよ、何かわかったら、きみに真っ先に知らせる」

　スコットの手が肩から首に上がり、凝りをもみほぐそうとしたが、わたしは身を振りほどいた。「それで何をしてろというの？　メグがまたわたしの名前でクレジットカードを作るのを待ってろって？　さらに借金がかさむのを？」

スコットは事務用の自分の椅子を引き寄せて座り、ノートからわたしの注意を引きつけた。「きみは食べていないし、寝ていない。ぼくが勧めているのはひと休みして——一日でも、一週間でも気分転換をすることだ。ほかの記事を書いて、そのあとまたあらたな視点からメグの事件を見直してみればいい。記事をものにするには辛抱して時間をかけるしかない場合もあると、きみは誰よりも知っているだろうに」

「三万ドルの借金があるのよ。辛抱強く待っている贅沢は許されない」

認める気にはなれないが、メグのネタを追わないのなら、あとに残るのはインテリアや園芸や人間関係のどうでもいいウェブ記事だけだ。〝新しいお友達は詐欺師？　詐欺師を見分ける五つの兆候〟そんな想像が頭に浮かび、泣きたくなる。

「さあ、今夜はひと息入れよう。シャワーを浴びて、おしゃれをしろよ。〈マグノリア〉に六時半の予約を入れてある。渋滞が激しいから、あと四十五分で出ないと」

わたしはデスクに置いた携帯電話に目をやった。電話もメッセージも来ない。メグはどこにいるのだろう。今度も逃げきれると考えているメグを想像する。メグを名指しして被害届を出したことも、スコットたちが立件に向けてしっかりと捜査を進めていることもメグ本人は知らない。ついにメグの悪事を暴く記事をわたしが徐々に書き進めていることも。

シャワーを浴びて、着替えを済ませると、入れ替わりにスコットがシャワーを浴びにバスルームへはいった。わたしはナイトテーブルの上からほぼ使いきったお気に入りのボディローションのチューブを手に取り、わずかな残りを搾り出そうとした。

「あーあ」と思わずぼやいた。新しく買う余裕が生まれるのは何カ月も先だ。そんなことを思ったが、そこでふと思い出した。そういえば昨年の誕生日にスコットからもらった旅行用のボディローションがあった。タホ湖にドライブ旅行に出かけたときにスコットの車のグローブボックスに入れて、そのまま置きっぱなしにしていたんだっけ。

「あなたの車からちょっと取ってくるものがあるの」わたしはバスルームのドア越しに声を張りあげた。

「なんだって？」スコットがシャワーの流水音に負けまいとして大声で叫んだ。

訊き返してきたスコットを無視し、わたしは玄関ホールのテーブルに置いてある彼の携帯電話の横から車のキーをつかんだ。外のひんやりした空気に洗い髪が包まれたが、寒気（さむけ）ではなく、高揚感を覚えた。夜の外出こそわたしには必要だったのかもしれない。スコットの車は数軒隣の路上に停めてあった。ドアロックを解除し、助手席に座り、グローブボックスを開けた。

ボディローションは車の取扱説明書とテイクアウトでもらった古い紙ナプキンの後ろにあった。探しものを取り出し、グローブボックスを閉めかけたところで片隅に押しこまれた携帯電話に気づいた。

ボディローションの容器が膝に滑り落ちると同時に携帯電話を取り出して手のなかで引っくり返した。小型で色は黒い、よくあるタイプの使い捨てのプリペイド式携帯電話だ。見た目はスマートフォンのようだが、ごく基本的な機能しか使えない――通話、メール、インターネット。画面をタッチして立ち上げながら、見知らぬ他人の写真が表示されればいいのにと願った。落としものの携帯電話が所有者に返却されるまでスコットのグローブボックスで保管されているだけでありますように、と。しかし、待ち受け画面は平凡な青い背景で、時刻と日付、ロック解除ボタンが表示されただけだった。

解除ボタンを押し、起動させると、パスワードは設定されていなかった。持ち主はデータが盗まれる心配などしていないかのようだ。

画像は一枚もなく、連絡先もなし、電話の発信も着信もなし。画面をウェブ・ブラウザーに切り替え、閲覧履歴を調べた。

履歴一覧に目を走らせながら、息が胸でつかえた。夢にまで現われた見憶えのあるギャンブルサイトが並んでいる。スコットにぬけぬけと嘘をつかれていた事実が明らかになるにつれ、暗澹たる思いがこみ上げてきた。

さらに画面をスクロールすると、公園でのコンサートの日付が出てきた。銀行に不正アクセスが試行された時刻だ。わたしの口座に侵入しようとしたのはスコットだった。

手早く設定の画面に切り替え、携帯電話に登録されたメールアドレスを確認しようとした。予想はついていた。何が表示されるか心の準備はできていたが、それでも胸にパンチを食らった心地がした。

〈Calistasniece@yahoo.com〉だった。

九月
選挙の八週間前
メグ

すべての道はキャニオン・ドライブに帰りつく。いつのまにか運転席に座ったまま、またぞろ子供時代のわが家を見つめていた。この同じ場所に何度車を停めただろう？何時間無為に過ごし、家を追い出されたときのことを思い返したか。衣服をあわててごみ袋に詰め、わたしは靴を履く暇さえなかった。保安官が玄関に立ち、近所の人たちはそれぞれの家の私道や広々とした芝生の庭に出てきて様子を見ていた。

しかし、今日はこれまでとは違う。物件購入者のグレッチェンとリックを最終チェックの視察に案内しているのだ。どんな家を担当の顧客が探しているか、同僚の話を小耳にはさんだあと、横取りしたクライアントだ。数本電話をかけ、偶然を装ってオープンハウスで出会い、物件リストにも載っていない売り家の非公開情報があるのだけど、と持ちかけた。昨今の競争の激しい市場で、出物に飛びつかない人なんている？

キャニオン・ドライブの物件は明日、契約が成立する予定だ。ロンはすでに家を出て、上院議員にふさわしい邸宅を見つけるまでの仮住まいであるホテルに移った。投資用物件探しからの必要な変更だが、それはわたしの計画には含まれていなかった。そして今、わが家に戻ろうとしている。初めてではないが、これが最後だ。

初めて戻ったのはひと月余りまえのことで、八月初旬だった。グレッチェンとリックを内見に連れていったのだ。ロンも立ち会っていたので、わたしは初めて訪れる物件の様子に興味津々だという表情を崩さないよう気をつけた。

あまりの変わりように驚いてしまった。木の床は記憶にある明るい色ではなく、黒ずんでいた。レンガ造りの暖炉は大理石張りにリフォームされ、キッチンは完全に新しくなっていた。しかし、シンクの前に立って窓から外を見ると、裏庭の景色は記憶にあるままだった。昔と変わらず、傾斜した芝地が背の高い垣根まで広がっている。プラタナスの木は枝ぶりまでそっくりそのままだ。根元に近い幹から分かれた二本の大きな枝が重なり合う隙間はちょうどお尻の幅の広さがあり、本を読んだり母やロンから隠れたりするのにうってつけの場所だった。

グレッチェンとリックに一階の部屋を次々に見せて歩き、そのあいだロンは自主的に外で待っていた。二階に上がり、どうにかセールスポイントを紹介できた――バスルーム付きの主寝室は椅子を配した場所の向こうにバルコニーがある。そして、わたしの部屋だった寝室の入口に手を差し向けた。「ゲストルームにもバスルームがついています」と説明し、グレッチェンとリックのふたりだけで部屋にはいってもらった。ここで過ごした最後の数カ月の記憶に心をかき乱されたくなかったからだ。

とはいえ、今日は約束の時刻より早く来ていた。もう一度携帯電話に目をやって、キャットから連絡がないかどうか確認してみた。何週間も音沙汰がなく、メッセージも電話も無視されていた。ヴェロニカのところにも連絡がないという。例のクレジットカードの負債をどうやって自力で完済するかキャットは悩んでいるのではないかと想像し、ふと心配になった。キャットが最近書いている内容ではどう考えても無理だ。爪の甘皮の手入れ方法や精油の効力のような記事の寄稿では払いきれるものではない。

ほぼ確信しているが、クレジットカードを作成し、借金を作った犯人はわたしだとキャットは思いこんでいる。この十年間どこにいたか、キャットがどれくらい知っているかわからないが、わたしがしてきた仕事はどれもこれもキャットが考えるわたしの人物像にぴたりとあてはまる――詐欺師、出来心で犯罪に手を染め、目的のために事実をねじ曲げる女。政治家をわなにかけ、返す刀で不遇のジャーナリストから金を巻き上げる。つまり、キャットはさらに意地でもわたしの正体を暴こうとするだろう。たっぷり報酬が支払われるだけでなく、ついに大手の出版媒体で仕事をするチャンスをつかめるものを書こうと決意を固める。キャットが何者か、わたしは最初から知っていたが、キャットのやろうとしていることに今は憤慨していられない。

わたしは鍵束をいじり、目当ての一本を見つけた。「玄関ドアはヴァージニアの森から切り出したオークの木で作られたの。ここに運ばれて、わが家の安全を守るようになるまえは、ジェームズタウンの入植者たちを出迎えていたのかもしれないわ」屋根のついたポーチの下で、わたしは懐かしい台詞をつぶやいた。そこに立っていると、記憶にあるとおりのにおいがする——草の香りといつまでも湿り気の残る漆喰壁の黴くささ。

わたしはひんやりとした玄関に足を踏み入れ、室内を見まわした。ロンが所持していたクロムメッキ仕上げの家具や革張りの調度品は運び出されたあとで、今なら昔の面影を見出せる。ようやく、ゆっくりと別れを告げられる。一階をひととおりまわり、踊り場にベンチを置いた主階段を昇り、かつては本棚がずらりと並んでいた家族用の居間にはいった。

印象は変わったかもしれないが、目印は変わらなかった。裏階段を昇りながら壁の手すりにつかまると、その手触りは昔と同じで、木の手すりの表面に昔と同じくぼみがあった。感触を確かめるように手すりに手を走らせる。階段の四段目は記憶と違わず、今もきしんだ。わたしは前後の階段の昇り降りをしばらく繰り返した。四段目がきしむ音を聞くだけのために。目を閉じ、母がまだ生きていることにした。まだこの家にわたしと住んでいて、すぐそこだけれど、ちょうど姿が見えない場所にいるのだと思いこもうとした。今にも母は声をあげる。〝急いでちょうだい、のろまさん〟

犬が吠(ほ)える声が遠くの裏庭から聞こえ、わたしは現実に引き戻された。階段をさらに昇り、昔の自分の部屋に向かう。裏庭が見渡せる屋根窓のある部屋で、四十五度の傾斜がついた屋根裏にウォークインクローゼットがある。

わたしは部屋の真ん中に立ち、子供の頃の自分に戻ろうとしたが、これはなかなか難しい。部屋はすっかり変わっていた。壁の塗装も床も回り縁も、すべて一新され、安っぽく改修されていた。窓には木製ではなく、プラスチックのブラインドがかけられ、もともと設置されていたバスルームの設備は磁器製からグラスファイバー製に取って代わられている。

クローゼットのほうを振り向き、せめてここだけはロンの手がはいっていませんようにと願いながらノブに手を伸ばし、内壁に靴で傷をつけてしまったことを思い出していた。衣服をかけてたわんだ吊り棒。奥の壁に身長を記録した引っかき傷。頭のなかで今でもその横線が見える。線をつけた横には、おばあちゃんの色褪せた手書きの文字。

ロージー　8・27・78
ロージー　12・17・82

もっと色の濃いマーカーペンで書いた母の文字はそらで憶えている歌のようになじみがある。

ナギー　2・4・93
ナギー　10・26・98

しかし、ノブをまわしてクローゼットのドアを開けると、自動的に照明が灯り、〈カリフォルニア・クローゼット〉の合板の収納棚が備えつけられていた。消毒剤のにおいがしていた。足もとの床には光沢があり、記憶にある壁もそこに書きつけられていた文字もすべて何年もまえに一掃されてしまったようだった。

わたしはそそくさと部屋をあとにし、正面の階段を降り、ダイニングルームを通り抜け、裏庭に出た。わたしの愛した人々の気配が残る唯一の場所だった。プラタナスの幹にそっと手を触れ、裏庭の隅に向かった。おばあちゃんのバラが今もそよ風に揺れている。六十年近くまえに、おばあちゃんがまだ若い母親だった頃に植えた十八株のバラの苗木だ。ひとり息子が麻薬と酒に溺れるまえのことだ。

おばあちゃんの在りし日を偲ぶことができる場所はここにしか残されていない。思い出が胸に迫った。土を掘り起こしたり、石鹸水を入れた霧吹き器を手に、アブラムシがついていないかどうか葉を調べてまわったりして過ごした長い午後。おばあちゃんはバラの品種名をひとつずつ教えてくれた。バースト・オブ・ジョイ、ムーンライト・イン・パリ、ダブル・デライト。教えてもらうと、わたしは呪文をつぶやくようにバラの名前をささやいた。

バラ園がまだ残っているなんてちょっとした奇跡だ。ロンがバラを根こそぎ引き抜いて、焚き火台か露天風呂を設置しなかったなんて。わたしは手を下に伸ばし、地面に落ちている花びらを拾い上げ、香りを吸いこんだ。甘い芳香に思わず時間がさかのぼる。

「メグ、ここにいるのかい？」

リックの声が家のなかから聞こえ、過去から現在に引き戻された。そしてこの十年以上心に抱え、つのらせていた恨みつらみが元の位置にぴたりと戻った。わたしは花びらを庭に捨てた。

「外よ」とわたしは声を張りあげた。家のなかに戻ると、ふたりは玄関で待っていた。ダウンタウンの法律事務所の共同経営者（パートナー）のリックと専業主婦の妻、グレッチェンだ。キャットに信じこませた、名前を伏せた業界の大物夫婦ではなく。何ごともとらえ方がすべてだ。プライバシーを重視する匿名のクライアントと聞けば、人はそれなりの筋書きに細かいことまでおのずとあてはめてしまうものだ。パンくずを点々と落としておけば、人はパンくずをたどればどこかに行きつくと思いこむ。

「キッチンから始めましょうか？」わたしは心からの笑みを浮かべていた。

「明日〈アペックス〉の営業所で鍵を受け取れます。物件の名義が正式に変更されたらすぐにご連絡するわ」最終チェックが終わり、わたしは説明した。

買い手の夫婦が車で立ち去るのを見送り、自分の車のロックを解除したところで初めて気づいた。キャットの婚約者のスコットが旧式のトヨタのセダンの運転席に座り、わたしを見ていた。

キャットのフェイスブックの自己紹介欄を見て、スコットの顔は憶えていた。実名を知ってから、キャットの情報はインターネットで難なく探しだせた。続いて婚約者の身元もすぐにわかった。〝スコット・グリフィン、詐欺事件担当刑事〟捜査した事件の内容についても調べた。フェイスブックをチェックして写真を集めた——海辺にいるスコット、スキー旅行中のスコット、砂漠の巨大なサボテンの前で笑っているスコット。そういうわけで、彼本人に間違いない。

視線をスコットの後ろへ素通りさせ、落ちついたなめらかな動きを続けた。道路脇から車を出しながら、バックミラーをちらりと確認し、裏切られたような気持ちが胸をよぎった。あのふたりは力を合わせている。

キャット

九月

スコットがいなくなってぽっかり空いた空間を意識しないようにしていた。アパートメントのどの部屋に行っても、スコットの不在をまざまざと感じるけれど。わたしはキッチンカウンターの前に立ち、バスローブの腰紐をしっかりと締め、これからどうするか思案する。メグに電話をかけたい衝動は抑えていた。あなたの言うとおりだったと打ち明け、今後どうしたらいいか相談したくてたまらない。メグが長年感じていたなすすべのない怒りが今ならわたしもよくわかる。その昔メグに覚えた憤りよりもさらに激しい怒りだ。憤怒（ふんぬ）に体が震え、低周波のリズムで怒りが脈を打つ。スコットに代償を支払わせるまでどれくらいかかるだろう？

わたしは時を忘れ、メグならどうするだろうかと考えをめぐらした。

スコットがシャワーから出てきたとき、わたしはソファに座っていた。乾きかけた髪は乱れたままで、化粧もまだだとスコットは気づいた。「支度は済んでないのか」そう声をかけてきたあとで、わたしの目の前のコーヒーテーブルに置いてある携帯電話に目を留めた。

その顔にはいくつもの感情が矢継ぎ早に表われた。恐怖から始まり、怒りに変わり、しまいには開き直って、あたかも目の奥で幕がおろされたかのようだった。「なんだい、それは？」

「やめて」わたしは何も感じなくなっていた。最初に受けたショックと悲しみからは程遠い境地に達していた。心は冷え冷えとした静けさに包まれ、それをよしとしていた。できるだけ長く痛みを感じない泡のなかで生きていきたかった。さもなければ、裏切られたことを何度も思い出してしまうとわかっていたからだ。この瞬間が過ぎ去ったあともずっと。

スコットは向かい側の椅子に力なく腰をおろし、両手に顔を伏せた。「すまない」またいつもの繰り返しだ。同じ話がまたぞろ繰り出される。聞かなくても全部知っている——謝罪、反省、後悔。そして、約束。そうやって、またふたりで窮地を抜け出していく。

今度ばかりはそれにはつきあわず、こっちから質問をした。何が引き金になったのか。始まりはどうだったのか。なぜだったのか。そして非難の言葉を浴びせた。悩みを素直に相談してくれていれば、苦労をともにして、一緒に解決策を探れたのに、と。心の内をぶちまけ、最後には何も言い残すことはなかった。

わたしは婚約指輪をはずし、黒い携帯電話の上に置いた。この指輪を売ったらいくらになるだろう。そんな思いがふとよぎった。そもそも石は本物だろうか？　あのときメグの提案に乗って鑑定しておけばよかった。

スコットは顔を上げた。「キャット、それはよしてくれ」

「三万ドル」とわたしが小声で言うと、スコットはたじろいだ。

「返すつもりだった、ほんとに」

聞き憶えのある言い訳だ。「あなたはしゃかりきになって、悪いのはわたし自身だとわたしに信じこませた。わたしの不注意でメグをここに侵入させたと。メグを信用しすぎたせいだと。でも、取引明細書を隠したのはあなただった。請求書の支払いをしなかったくせに、それもメグのせいにした」

「また治療を受けるよ」とスコットが言った。「週五日。一緒に乗り越えていこう。ぼくにはきみが必要だ」

わたしは乾いた笑いを洩らした。「あなたに必要なのはわたしの信用スコア。わたしの口座の微々たる預金。でも、あなたにわたしは必要ない」

「それは違う」

「何が違うの？　あなたは何もわかっていない」スコットがついた数々の嘘や、メグに対してスコットがわざと憤ってみせたことが脳裏によみがえり、メグが淡々と心配してくれていた事実が浮き彫りになった。わたしの身に何が起きているのか、どうにかわからせようとしてくれていたのだ。

婚約者より詐欺師のほうが信頼できる時点で何をか言わんやだ。

「出ていってもらうわ」とわたしは言った。「今夜。二時間以内に荷造りをして。残ったものは売り払って、あなたが作った借金の返済にまわす」

スコットの自責の念は怒りに早変わりした。「〝あなたを愛してる〟って言っていたのはなんだったんだ？　〝回復を応援するわ〟って約束はどこに行った？」

わたしは呆然(ぼうぜん)としてスコットを見た。「五桁にのぼる借金返済を〝回復〟にすり替えるのはさすがに無理があるでしょう？」

「どこへ行けばいいんだよ？」

わたしは肩をすくめた。「支援者(スポンサー)に連絡すれば？　友達を見つけるとか、誰かの家のソファで寝るとか。まあ、わたしに関係ないけど」

「出ていかなかったら?」

「警察に通報する。あなたの同僚が駆けつけたら、あなたがしたことを説明するわ。それでもって、その携帯電話を提出する。そこにはあなたがわたしの銀行口座に不正侵入を試みた証拠や、例のクレジットカードに紐づけられるメールもある。あなたは署に連行されて、取り調べを受けることになるわね」

「きみがそんなことをするもんか」

自分のなかの古い意識が剝がれ落ちていくような気がした。言いたいことも言えない歯切れの悪さ。すぐに心を乱す怖れと疑念。監視を続ける将来を憂えて夜眠れなくなるほどの不安。疑っては調べていた歳月。疑問が浮かんで、問い詰めて、確認するという手順の繰り返し。それらがすべて心から消え、あとに残ったのは揺るぎない決意だけだった。

「今から二時間以内」とわたしは言った。

スコットが荷物をまとめるあいだ、わたしは彼の使い捨ての携帯電話を持って外に出た。自分の車で待つことにして、ドアを全部ロックした。身を縮こめて、暗い通りに停めた車のなかに女がひとりで座っているのを誰にも見られていないかどうか、バックミラーとサイドミラーで確かめた。

スコットがドレッサーや、クローゼット、仕事部屋のデスクから持ち物を全部取り出している様子を思い浮かべた。衣類をダッフルバッグに詰め、同棲生活に持ちこんだものを一切合切荷造りするのだろう。居間に飾っていた額縁入りの絵。父親から譲り受けたテーブルランプ。どうしても欲しかった高価なオーブントースター。

とうとうスコットは出ていった。車に荷物を満載にして。スコットの車が通りの角を曲がり、見えなくなるまで待って、わたしはアパートメントに戻った。居間を通り抜け、寝室——今はもうわたしだけの部屋——にはいり、服を着たままベッドにもぐりこみ、眠りに落ちた。

電話が鳴り、回想にふけっていたわたしは現実に引き戻された。かかってきた番号に見憶えはない。胃がよじれた。また別の取り立て屋？　わたしの名義でまた勝手にクレジットカードを作られた？「キャットです」とわたしは電話に出た。

「キャット・ロバーツさん？」

目をつぶり、覚悟を決める。「そうです」

「レナータ・デイヴィスです。お電話をいただいたようね」

即座に目が開いた。あれこれと考えていたスコットのことは頭から消え去り、ペンと新しい紙をあわてて用意した。「はい。折り返しのお電話をどうもありがとうございます。メロディ・ワイルドという女性についてお話を伺えればと思ってご連絡したんです」

長い間が空いた。ようやく返事をしたレナータの声は低く、怒気をはらんでいる。

「教えてあげるわ、あの女はペテン師で、別人になりすましていたのよ。街にふらりと現われて、自分が何者か嘘八百を並べ立て、わたしの友人たちに取り入って社交の輪にはいりこんだ。わたしの兄から三十五万ドルを巻き上げ、言葉巧みに兄を操って家を一軒譲渡させた。探しているのはこういう情報？」

結局、わたしは記事をものにできるかもしれない。

レナータとの電話は一時間に及んだ。ニューヨークの著名人を顧客に持つ室内装飾家兼ライフコーチを装って、メグ――別名メロディ――はいかにしてレナータの兄フィリップを言いくるめ、離婚を乗りきるためと称して〝ゴーチ〟の座に納まり、離婚成立後まで預かると約束した大金をせしめたか。

「家のことをもっとくわしく教えてください」メグが今現在していることに結びつく

可能性のある情報だ。

「別荘だったの、湖のほとりに立つ」とレナータが言った。「奥さんのセリアにあげなさいよ、ってわたしは言っていたのよ。でも、フィリップは頑固で、別荘も自分の名義だった。あれは兄の資産だったの」

「メロディはどうやって自分のものにしたんですか？」

「二万ドルで彼女に売却したのよ。物件の価値と比較したら、ほんのはした金で。離婚協議が合意に達したあとで兄が買い戻す約束をして。そのあともう一度売却するはずだったの、そのときは市場価格で」

「お兄さんは税金問題に頭を痛めていたのかもしれないですね」レナータの話を上の空で聞きながら、メグは同じような手口でロンを説得したのかもしれないとわたしは考えた。

「うまい節税対策を知っているとメロディが言っていたらしいの。それもまた嘘だったんだけど。でも、その時点でフィリップがこだわっていたのは、自分のものであるはずのものを手放さないことだけだった」とレナータが説明した。「離婚合意後のことは考えていなかった。兄はメロディの口車に乗ったのよ。自分のときもうまくいったから大丈夫だと吹きこまれて」

「詐欺師はおうおうにして精神的に不安定な人を狙うものなんですよ」とわたしは言った。「直面している問題の答えが欲しくてたまらないから、詐欺師が見せる現実をつい信じてしまう人を」

「メロディのせいで兄の人生はめちゃくちゃになった。名声も地に墜ちて」とレナータは言った。メグならどう言うか、わたしにはわかった。〝彼は自分の人生を自分でぶち壊したの。わたしはただほころびを見つけただけ〟

「お兄さんは警察に相談しましたか？」

「したわ、もちろん。でも、メロディに関して〝起訴は難しい〟らしい。警察の見解として。兄自身も詐欺まがいのことをしているから、メロディにだまされたと証明するのは難しいだろうということなの。離婚弁護団が辞任したから、兄は自力で離婚協議に対応せざるを得なかった。大変だったのよ」

フィリップ・モンゴメリーに同情する気にはなかなかなれなかった。元妻の名前と連絡先をレナータが教えてくれたので、わたしはそこへ電話をかけた。セリアは妻子を脅かしていた男の実態を暴露してくれた。「もっと早く別れるべきだったの。必需品だけ入れてスーツケースひとつで家を出たわ。フィリップは激怒した。家の鍵を全部換えたの。残りの持ち物をわたしが取りに帰れないように。裁判所命令を受けた頃には、わたしのものはほとんど何もなかった。捨てたのか、寄付したのか、売ったのか知らないけれど。衣類はどうでもよかった。でも、もっと思い入れがあるものはさすがに堪（こた）えたわ。母から譲られた宝石類や、子供たちからもらった昔の手紙やカードも処分されてしまったの」

セリアの話はメグ親子の身の上と根底では似通った点があった。「メロディはどうやってあなたのことを知ったんだと思いますか？」

「さあ、わからないわ。でも、すごいことがあった。二、三週間前に、不動産問題の弁護士から連絡をもらったの、なんでもカリフォルニア州の同業者の代理で動いているんだとか。その人が言うには、湖畔の別荘はわたしの名義になったんですって。もう離婚が成立したあとだから、フィリップは手出しできないそうよ。別荘はわたしのものになったの」

わたしは上体を起こし、ペンを動かしていた手も止まった。「メロディが別荘をあなたに譲り渡したということですか？」

「調度品もそのまま全部」とセリアは言った。「税金も負担してくれたの」

わたしはしばらく言葉を失った。メグの気前のよさは予想外ではあったが、別段驚くべきことではない。フィリップの金が手もとにあったのだから。しかし、メグは公平にバランスを取ったということだ。フィリップがかすめ取った力をいくらかセリアに戻し、その過程でフィリップの本性を暴いた。クリステンのためにやったことと同じだ。母親と自分自身のために今やろうとしていることとも。

「信じられないことにね」とセリアが話を続けた。「そういうことになる直前に、わたしはもうあきらめようと決めたところだったの。何も手に入れられないけど、あきらめようとね。財産はフィリップが独り占めすればいいんだわって」

「なぜです?」

「離婚はいわばウイルスみたいなものなのよ。生活の隅々まで侵入してくるの、何を考えていても、どんな瞬間にも。〝これは離婚の合意に有利になるか、それとも不利になるか〟という物差しですべてを見てしまう。そんなのは心がすさむのよ」

「でも、大金をあきらめようとしていたんですよ」とわたしは念を押すように尋ねた。

「あなたにとって自由にはどれくらいの価値がある?」

その質問に今もまだ答えを出そうとしている。信頼していた人に裏切られるのは、ひと言では言えない恥ずかしさがある。自分が送っていたはずの生活が破綻して、裏切られたことに気づく心の痛みだ。持ち物を処分し、空いた空間が生まれると、見えなかったことが思い出されてしまう。友達や家族に電話やメールで打ち明けても、人の分まで残念な気持ちを背負わされるだけだ。だからまだジェンナにしか打ち明けていない。

ジェンナの言うことはすべて正しく、わたしの代わりに怒ってくれた。「もう警察に行ったんならいいんだけど」

まずは、スコットが提出したメグに対する被害届を取り下げなければならなかった。

保留のまま十五分も待たされて、ようやく電話口に応対の警察官が出た。

「あの、二、三週間前に被害届を出したんですが、誤解があったので取り下げたいんです」

「事件の番号は？」

わたしは番号を読み上げ、調べがつくまで待とうとしたが、その女性警察官はすぐに言った。「それは事件番号じゃありませんよ。普通は十桁で、調書のコピーの右上に書いてあります」

スコットがわたしにサインさせるために持ち帰った調書を見た。番号は八桁とアルファベット一文字だった。

「あとでかけ直します」とわたしは言った。

言うまでもなく、本物の調書は存在しないということだ。スコットが実際に被害届を提出していたら、捜査の過程でいずれメグの潔白は証明され、スコットの関与が疑われる。しかし、もっと大きなことに気づいたので、またひとつ明らかになった嘘に怒るのも忘れた。被害届が出されていないということは、メグの正体と実行中の行動について知っているのはわたしだけだということだ。

携帯電話をつかみ、手遅れではないことを願いながらメグにメッセージを送った。まだ姿を消していませんように。〈こっちの問題にけりをつける時間をくれてありがとう。もう仕事に戻れるわ〉

しかし、返信はなかった。わたしは腰を上げ、キッチンへソーダを取りに行った。缶入りの炭酸飲料を手に戻ってくると、セリアとレナータから聞いた話のメモに目を通し、メグがフィリップ・モンゴメリーにしたこととロンにしていると考えられることとのあいだのつながりを探してみることにした。不動産鑑定書の偽造？　査定額の改竄？　身元を伏せた買い手のふりをして、キャニオン・ドライブの家を奪い返そうとしている可能性。売却価格が本当に四百五十万ドルだったかも確かめようがない。メグはわたしになんとでも言えただろう。情報は何週間もおおやけにされないと知っていたのだから。

すべてを時系列に並べて見直せば何かわかるかもしれない。コーリー・デンプシーから始めて、フィリップに移り、ロンについてこれまでわかっていることをつけ加えてみれば。メグが最初にロサンゼルスをあとにした直後の被害者たちのことも調べがついているが、彼らのこともあらためて見直してみたい。コーリーやフィリップやロンのやり口がメグの注意を引いたように、被害者たちにもそういう一面があったのかもうすこし深く調べてみよう。

わたしはデスクの引き出しから書類フォルダーを取り出してひらいた。書類を重ねたいちばん上に何も書いていない白い紙が載っていた。それを脇によけると、また白紙が出てきた。それもまたよけると、その下はさらにまた白紙だった。震え出した手でページをめくっていくと、白紙に次ぐ白紙で、しまいにどういうことなのかわかった。

スコットの仕業だ。

荷物をまとめるのを車で待っているあいだ、スコットはわたしのメモを抜き取り、コピー用紙の束と差し替えたのだ。

メグについて集めたことはすべて――偽名、日付、昔の住所、家族の情報――なくなった。十年分に相当する作業が消えてしまった。記事を売って借金を返済する可能性も消え失せた。激しい怒りに身を貫かれ、飲み物の缶をつかむと、壁に投げつけた。その衝撃で茶色い炭酸飲料が噴出し、滝のように流れて木の床に溜まった。

メグ

九月
選挙の七週間前

サンセット・パークの小さな家のなかを部屋から部屋へと歩いていた。今朝はここが四軒目で、〈アペックス不動産〉のエージェントにじゅうぶん姿を見られたものと確信し、今日はこれくらいで終わりにしようと思った矢先に後ろから声をかけられた。

「やあ、メグ」

なかの様子を見ていたクローゼットから振り返ると、〈アペックス不動産〉に籍を置く年配のエージェント、ガイ・チチネッリがドアの隙間から顔だけ出して、せまい寝室をのぞきこんでいた。

「まるでわたしのあとをつけまわしているようね」今日これまでに訪ねたオープンハウスの三軒すべてでガイを見かけていたからだ。

ガイはにやりとした。「競合するかもしれないね」そう言って、わたしの肩越しにクローゼットをのぞきこむ。「ぼくのクライアントはこの家を気に入るだろうな」

「あら、こっちもよ」とわたしは言って、抱えているふりをしている架空のクライアントのことを話す。初めての持ち家を探している若い夫婦。つましい年金暮らしに見合う小さな家に買い替えを希望している元教師。あと数週間で街を離れる予定だが、次の商談こそ成立させようと、はりきっているように見せなければならない。〝いつも契約寸前まで話が進むんだけど〟

ガイはため息を洩らす。「どんな努力も無駄ではないよ。わが家と呼べる場所を見つける手伝いをして、それを実現させてあげる仕事だからね」

「ええ、よくわかるわ」今度ばかりは戯言ではない。湖畔の別荘が正式にセリアのものになったと確認が取れたときに感じた喜びは、無欲に徹し、至極まっとうなことを成し遂げたときに覚える感情だった。それは安らかな瞬間で、たとえるなら、世のあらゆる問題と苦しみが混沌とした動きをにわかに停止し、静かな、喜ばしい瞬間が訪れたかのようだった。〝やったわ。あの家は彼女のものになった〟

連れ立って居間に戻ると、ガイは通りに手を振った。「購入希望者は車で待っているのかい？　顧客も内見できるのは知っているだろう？　業者向けのオープンハウスだけど、買い手側もいつでもなかにはいれるよ」

「なんのこと？」わたしは家の正面の窓から外を見る。「うちのお客さんは来ていないわよ」

「そうか、表に駐車している男性がいるから、てっきりきみのクライアントかと思ったよ。きみがさっきまで視察していた三軒すべてに出没していたからね」

あのろくでなしのスコットか。わたしはあきれたように目を剝いた。「クライアントじゃなくて、アシスタントの婚約者なの」わたしは廊下に戻って言う。「キッチンはもう見た？すてきなのよ」

ガイがキッチンにふらりとはいっていくと、わたしはその隙に彼のそばから離れ、裏庭にまわった。コンクリートの床板に大きなひび割れがあった。ガイの買い手は修理が必要になるだろう。小道は裏門につながっている。わたしはガレージを調べるふうを装って裏門へ歩いた。

携帯電話が鳴り、メッセージを受信した。キャットからだと気づき、足を止めた。

〈こっちの問題にけりをつける時間をくれてありがとう。もう仕事に戻れるわ〉

何週間も音沙汰なしで、わたしの電話もメッセージも無視したあげく、今さら仕事に戻りたいですって？家の正面に車を停めているスコットと、復職を願い出たキャットのことを考え合わせ、わたしは笑いそうになる。ふたりで組んで動いているのだとしたら、やり方が相当お粗末だ。

路地を抜け、南側に出て、通りをまわりこみ、スコットの車に後ろから近づこうかと考えた。窓を叩き、スコットを驚かせる自分を想像する。〝キャットの彼氏ね〟とわたしは声をかける。〝ギャンブル好きの〟見破られたとスコットが悟る瞬間を楽しむ。しかし、角を曲がって近づくまえに常識が働き、足を止めた。

尾行がうまくいっているとスコットに思わせておいたほうが行動は把握しやすい。わたしは体の向きを変えて路地を戻り、裏門を通って家のなかにいったんはいると、ガイに手を振って、先に帰ると挨拶した。そして、ゆったりとした気持ちで玄関から外に出た。

翌日、デスクについた。午後の太陽は傾きかけ、家のなかは静かで、グラスに注いだばかりの炭酸飲料が泡立つかすかな音しか聞こえない。ペンシルヴェニアでつけていたノートを一冊取り出し、向こうで登録した屋号に関してメモしたページをひらいた。

パソコンの画面ではタブを複数ひらいていた。あるタブではカリフォルニア州南部のエスクロー会社と管轄地域の郡の情報を表示していた。別のタブには、カリフォルニア州ですでに存在する屋号と同じ屋号は登録できない制約があるという説明が出ていた。三つ目のタブには、今しがた購入した航空券の支払い受領が表示されている。明朝出発してその日のうちにとんぼ返りする、ラスヴェガスへの弾丸旅行だ。

どの仕事でも、分岐点に必ずたどりつく。仕掛けた詐欺行為がもうじゅうぶんであることを願いつつ、種を明かして逃げるしかないときが来る。コーリーの場合、分岐点がなかなか来なかった。後戻りができなくなったのは、コーリーの口座から預金を引き出し始めてからだ。フィリップの場合は家具を売り払った時点だった。もし気が変わって、家具を家に戻してくれとフィリップに言われたら、たくらみはそこで終わり、詐欺は成功しなかっただろう。

今はロンの案件の分岐点だ。ウェブサイトを仕上げ、ラスヴェガスの公証人を訪ねる。そのあと、郡書記官の事務所に立ち寄り、屋号の登記を済ませ、帰りの飛行機に乗る。こっちに戻ってきたら、また別の屋号を登記する。期限に間に合わせるために達成するべき最後の目標点のひとつだ。つまり、選挙の二週間前を期限に設定している。あと三十五日だった。

そのあと、ロンをマンデヴィルの物件に案内する。ブレントウッドのど真ん中に広がる二万平方メートルの地所だ。売りに出されて二年以上がたつ物件で、これまでに買い手候補はひと組しか現われず、その買い手が一年前に突然手を引いて以来、どこからも引き合いはない。すっかり売り手側のエージェントのお荷物になっているというわけだ。ダイヤル錠のキーボックスが設置されているから、誰でも内見は可能だ。

キャットからのメッセージには返信していない。メッセージが来たことをどう考えればいいのかわからなかった。キャットが何を信じているのか、あるいは何を望んでいるのかもわからない。銀行口座へ不正アクセスがあったとキャットから聞き、その後クレジットカードの一件を聞いたときにも感じた心配でたまらなくなった気持ちを思い返した。スコットの仕業であるのは疑いの余地がなかった。わたしの目には明らかなことをキャットは見ようともしなかった。それにどれほど苛立ちを覚えたことか。

でも、わたしに人の批判なんてできるの？　これまで築いた人間関係はすべて嘘で塗り固めた関係だったくせして。

作成したてのウェブサイトを見つめた。URLの末尾に余分なアンダーバーがついていることを別にすれば、本物のサイトとほぼそっくり同じだ。

わたしはパソコンを閉じ、乗員乗客名簿に名前が残らないようにするべきだっただろうかと考えた。ネヴァダ州まで九時間かけて車で往復するべきだっただろうか。しかし、不安を振り払った。屋号——紐づけされる銀行口座も——がすぐにでも必要なのだ。明日の夜までに用件は片づくはずだ。

翌朝、空港に向かうため高速道路に乗ろうとサンセット大通りを走行中、またもやスコットを見かけた。今回は二台後ろからついてきている。「またか」とわたしはつぶやき、進路を変えたくなる衝動と闘う。サンセット大通りから枝分かれする曲がりくねった道で撒いてやりたくなったのだ。自分の乗る便の出発時刻までだいぶ余裕を持って出てきたとはいえ、朝の往来で追いつ追われつのゲームをして時間を無駄にしたくはない。

はやる気持ちを抑えて選択肢を必死に考えたが、どこにも逃げ場はない。状況が違えば、スコットに尾行されても平気だった。市場へでも、ネイルサロンへでも、婦人科クリニックへでも、ついてきたければ勝手についてくればいい。ただし、空港までついてこられては困る。警察バッジを使って保安検査を通り抜け、わたしがどのゲートから搭乗するか、知られてはならない。ラスヴェガスに降り立つわたしを現地で誰かに待ちかまえさせる手配をされてはならない。

ずいぶん昔にネイトと対決したときのことを思い返した。おまえの素性をばらすと、コーリーの家に押しかけてきたネイトに脅されたことを。あのときは夜逃げもしなかったし、ネイトの非難を否定しようともしなかった。そうではなく、大げさに騒ぎ、ことを荒立てネイトの手に負えないように仕向けた。

あらためて時刻を確認した。バックミラーを見ると、あいだにはさまっていた車が車線を変更し、スコットの車が真後ろについた。あたかもお膳立てされたかのように。わたしは思いきりブレーキを踏んだ。車はタイヤをきしらせ、左車線で急停止した。右車線の車の列は大きくよけた。わたしは衝撃に備えた。スコットには反応する時間がなかった。レンジローバーは追突された。前方に押し出され、衝撃が全身を駆け抜けた。

瞬間的に湧き出たアドレナリンの力を借りて、わたしはドアを押し開け、車を降りた。何が起きているのか探るように、後ろから来る車は一様に速度を落とした。「何してんのよ?」とわたしは叫び、スコットの車に近づいていく。バンパーの横を通りすぎながらフェンダーのへこみに気づいたが、全体的に見てたいした損傷はない。一方、スコットの車は大変なことになっていた。ボンネットはひしゃげ、エアバッグがひらいていたが、幸い、スコット本人に怪我(けが)はないようだ。わたしとしては裁判沙汰だけはぜったいに避けたかった。

スコットも車を降りてきた。どう見てもあわてている。わたしは笑みを押し殺し、携帯電話を取り出すと、写真を撮り始めた。自分の車のバンパー、スコットの車、そのナンバープレート、そしてスコット自身の写真も撮った。「全部きちんと記録しておきたいの。うちの弁護士は徹底的にやりこめるわよ」

「どういうことだ？」とスコットは言う。「ブレーキを踏む理由はなかっただろう？」

「犬がいたの。見なかった？」

スコットはとまどった顔をした。

一台の車が道路の端に停まり、運転手が声をかけてきた。「ふたりとも大丈夫か？ 通報しようか？」

「けっこうだ」とスコットが言った。

でも、わたしは言った。「お願い。警察に被害届を出したいの、後ろにぴったりとつけられていたから。事故はこの人のせいよ」

その親切な男性はすぐに電話をかけた。十分しないうちに警察が到着した。

スコットはびくびくしている。どういう役回りを演じればいいかわからない顔をしている。容疑者を追っている刑事だと身分を明かすだろうか？ それとも、一般市民で押し通す？ ロサンゼルス市警（LAPD）はトヨタのケチな小型車を刑事に支給したりしないに決まっている。つまり、職務としてわたしのあとをつけていたのではないだろう。

警察官が近づいてきた。「大丈夫ですか？　二台とも脇に寄せて、通行を再開させますね」

路肩に停車すると、わたしは強気に攻めた。「この人が追突してきたのよ。前方不注意で。ほかの車はみんな、犬が四車線の道路を突っ切ってきたのを見ていたのにね。たぶん、この人は携帯電話でも見てたんでしょ」

スコットは首を振った。「それは違う」と抗議の声をあげる。「彼女がなんの理由もなく急ブレーキをかけたんだよ」

わたしは振り返り、声を張りあげた。「なんだってわたしがそんなことをするのよ？」

そう言って待った。スコットはどう答えるだろう？　そんなことを思ったが、スコットは警察官に顔を向けて言った。「ふたりだけで話せるか？」

「だめよ、そんなの」わたしはヒステリックと言えるような金切り声をあげた。「そこそ男同士で話をつけようったってそうはいかない」スコットにさらに近づき、彼を指差した。「そんなの、こっちはお見通し。あなたみたいな男たちが何をするつもりか知ってるの。男だけで相談して、わたしのせいにするのよね。〝女性ドライバー〟のせいに」わたしは引用符のしぐさをして話を続けた。「そうはいくもんですか。とにかく、今日はそんなことはさせないから」

警察官は両手を上げた。「どうか落ちついてください。ちょっと頭を冷やしましょう」

今度は警察官のほうに振り向いた。「落ちつけなんて命令しないで。報告書を書いてちょうだい。識別番号の記入も忘れないようにね」そう言うと、わたしはまた写真を撮り始めた。バンパーの写真、警察官の写真、スコットの写真はさらに撮った。

スコットの車の周囲をまわると、後部座席のダッフルバッグに気づいた。枕もある。床には食品の包みがくしゃくしゃに丸めて捨てられている。ステンレス製のオーブントースターが運転席の裏側に押しこまれ、歯ブラシがサイドポケットに突き立てられている。

車上生活者の車のなかがどんな様子か、わたしは知っている。

わたしは思わず拳を突き上げ、喜びのあまりサンセット大通りの路肩で踊り出したくなった。警察官の様子をうかがうと、ナンバープレートの番号をせっせと書き写していた。わたしはスコットの横を通りしな、肩を彼の肩にかすめさせた。「とうとうキャットに追い出されたようね」背後を行き交う車の騒音にかき消されそうなほど声を落として言った。「ほら、なんて言うんだった？〝あの鐘の音はあんたの弔いの鐘だよ、くそったれ〟」わたしはスコットに微笑みかける。「まあそういうことよね」

スコットは驚いたように目を剝いたが、もう何も言おうとしない。

一時間もしないうちに、事故の後始末はついた。スコットは足止めを食い、レッカー車を待つしかない。わたしは警察官が立ち去るまで念のため現場に居残っていた。今日さえ終われば、スコットに好きなだけ追いまわされてもかまわない。

そろそろと車の流れに乗り、制限速度をわずかに下回る速度を心がけ、ほどなく高速道路の四〇五号線に乗って、空港を目指して南下した。もう時間に余裕はない。割高なＶＩＰ用の駐車場に停めるしかないが、それでも予約した便には間に合うだろう。左車線に落ちつき、アドレナリンを放出させた。屋号を登記してしまえば、計画の残り半分に着手できる。

十月

キャット

〈メモを返して〉追い出してから初めてスコットに送ったメッセージだ。返信はすぐに来た。

〈会ってくれ〉

〈携帯電話が目当てだとしても、もう手もとにないの。あなたに対する被害届を出したときに警察に提出したから〉とわたしは返信した。

警察署にはすでに出向いていた。フォーマイカ製のカウンターの前に立ち、担当の刑事にくわしく話したが、あまり身を入れて聞いてもらえなかった。スコットの名前を持ち出すまでは。

その女性刑事は弾かれたように顔を上げた。「スコット・グリフィン刑事、刑事ですって？」

「そうよ」とわたしは言った。「クレジットカードの明細書と彼がカードを作るときに使った携帯電話もあるわ」

女性刑事は証拠品を入れる袋をひらき、そこに携帯電話を入れるよう求めたが、わたしはためらった。「よければ、まだ手もとに置いておきたいんだけど。必要なときに刑事さんたちに見せればいいでしょう?」

女性刑事は黒縁の読書用眼鏡の縁越しにわたしを見た。「そうはいかないんですよ」

スコットからまた返信が来た。〈こんなふうにしなくてもいいんじゃないか〉

〈必要な支援を受けて〉とわたしは返信した。

わたしの知る限り、スコットはまだ仕事をしている。わたしの被害届はおそらく捜査の順番を待つ詐欺事件の長いリストの最後にまわされているのか、スコットの差し金で捜査が遅らされているのだろう。シティバンクには被害を訴え出たが、詐欺事件だとする警察の裏づけがなければ、負債の免除は難しいと申し渡された。請求の一部——食料品や六月分の家賃——にわたしの関与が連想されるからだ。シティバンクの口座を開設したのがわたしかどうかにかかわらず。

〝変えられないことを受け入れなさい〟スコットが参加している十二の段階を踏む回

復プログラムの言葉がふと頭に浮かんだ。「そんなの無理よ」誰もいない部屋でわたしは思わず声に出して言っていた。

誰からも連絡が来ない携帯電話を見つめ、メグとのメッセージのスレッドをひらいた。わたしから送った最後のメッセージにはまだ返信がない。メグはもう姿を消してしまったのだろうか。携帯電話の電源を切って、ひっそりと街を出ていったのか。急に立ち去ったことを怪しまれないように、ヴェロニカにはうまい作り話を聞かせて。キャニオン・ドライブの家の売買取引が完了したら、メグがこのあたりにいつまでも居残る理由はない。

携帯電話の通話ボタンの上に指をさまよわせたが、結局、電話をかけた。話を聞かなくては。

呼び出し音が鳴った。応答メッセージが流れることをわたしは覚悟する。この番号は現在使用されておりません、と告げられるのではないだろうか。あるいは留守番電話につながるかもしれない。

しかし、メグが電話に出た。

「スコットだったの」とわたしは言った。

メグからはなんの返答もない。わたしはメグとの会話を思い返した。物件を案内してくれたときにメグから言われた。〝男はそのうち本性を現わすものなのよ〟スコットは策を弄し、事実ではないことにわたしの注意を引きつけ、直感に疑いを持たせ、自分の目を信用するなとわたしに言い聞かせた。わたしの自信を徐々に削り取り、言葉巧みに事実関係や善悪の判断も鈍らせた。わたしに前を向かせようとしていたのも、スコットの本性を見抜ける力を与えようとしていたのもメグだった。そして、そうしながらわたしが彼女の本質を見抜けるように仕向けていた。

「残念ね」しばらくしてメグが言った。

「あなたの話に耳を傾けるべきだった」

「銀行の取引明細書がどこかに消えたときに何か手を打っていたとしても、それでクレジットカードの件に違いは生まれた？」

いつクレジットカードが作られたかシティバンクから説明を受けたことを思い返した。「いいえ」とわたしはメグに言った。「被害額が数千ドルは減ったかもしれないけど、たいした違いはないわね」ゆっくりと息を吐く。「裏切られたことが頭から離れないの。無力感に苛(さいな)まれて……夜も眠れない。無視する判断をしてしまったあらゆることを考えてしまって」

メグは穏やかな声で言った。「スコットが卑劣な男だったのはあなたのせいじゃないわ」

「お咎(とが)めなしで逃げきりそう」

「そうなるかもしれないわね」とメグが言った。「経験から言わせてもらうと、スコットのような男たちはたいてい逃げきるから」

ロンに責任を取らせるまでメグがどれほど長く待たなければならなかったか。そんなことがわたしの頭に浮かんだ。「ロンの家の取引は完了したの？」

「ええ」

体から空気が抜けていくような気がした。注ぎこんだ労力も時間も無駄になってしまったのか。ことの顛末を内側から見届けたかったのに。しかし、どのみちわたしが内情を知る立場につく見込みはなかった。メグはその点、きっちりしていた。とはいえ、売買取引が本当に完了したのなら、メグがまだこっちにいて、電話に出たりヨガ教室に通ったりするはずはない。わたしは頭のなかで横に動き、キャニオン・ドライブの家の先を見ようとした。そして自問した。〝メグにとって成功はどんな形をしているのだろう？〟答えはおそらく家ではない。

「ロンはどこかに家を買うつもり？　それとも選挙が近づいているからしばらく待つの？」

「いくつか候補があって話を進めているのよ」

「お手伝いできたらうれしいんだけど」とわたしは言った。「必要ならなんでも。気をまぎらわせたくてたまらないの。事務仕事は気分転換になりそうだし」

メグは黙りこみ、何か考えているようだった。「そうね」としばらくして切り出した。「じゃあ、ハイキングに行きましょう。外に出たい気分だし、あなたもそうみたいだから。テメスカル渓谷に一時間後に集合でどう？」

エネルギーがみなぎってきた。あたかもふたたびコンセントにつながれたかのようだった。「待ち合わせは駐車場？」

「ええ。それじゃ、あとでね」メグは電話を切った。

わたしはレナータとセリアと電話で話したときに取ったメモを眺め、セリアのものになった湖畔の別荘の買い取りに注目した。キャニオン・ドライブの家の売却がどうなったとしても、ロンは痛くも痒（かゆ）くもないのは確かだ。つまり、キャニオン・ドライブはメグの最終目標ではなく、むしろそこを起点にさらに大きな目標に向かうということだ。

メグ

選挙の四週間前　十月

テメスカル渓谷はわたしの住まいに近く、地元住民に人気のハイキング場所だ。その日は曇り空で、平日ということもあり、駐車場はがら空きだった。ドアをロックし、あたりの車に目を走らせながらウィンドブレーカーの襟を立てた。急な坂道で体をいじめ、ひと汗流すのは気持ちがいいだろう。あたかも皮膚の上に剝き出しになっているかのようにぴりぴりしている神経を鎮めてくれる。すべては明日次第だ。心の内にだけ存在する未来像をロン本人に売りこめるか、それは自分の腕にかかっている。それができなければ、プランBに変更する時間はない。

キャットの車がわたしの車の横に停まった。キャットが駐車料金を払って、ダッシュボードに駐車券をはさむのを待った。それから連れ立って公園を目指し、駐車場内を歩き始めた。

「車はどうしたの？」とキャットが尋ねる。

わたしは自分の車のほうを振り返り、バンパーを見た。まだへこんでいる。「サンセット大通りでどこかの男にやられたの。向こうは携帯電話をいじっていて、こっちに追突したってわけ」

キャットは心配そうに顔にしわを寄せた。「大丈夫だった？」

「ええ、平気よ。あの車は頑丈だから。向こうの車はぐしゃっとなったけど」

土を踏みしめながら小道を歩いていくと、反対側から歩いてきた数名のハイカーとすれ違った。深く息を吸うと、肩から力が抜けていき、わたしは新鮮な空気を素直に楽しんだ。道幅がせまくなり、上り坂が始まるのを待って、スコットの話題を出した。

「いろいろあったみたいだけど、あなたは元気でやってるの？」

「そうね、たぶん。スコットがいなくなって、家のなかは静かなものだけど。だからこうして外に出る機会はありがたい」

「警察に被害届は出した？」

「ええ、先週」

「なんて言われた？　警察は何かしてくれるの？」道がせまくなったので、わたしたちは一列になって進み、キャットはわたしの後ろについた。山道の左側は崖になり、深い渓谷が広がっているので、振り返ってキャットの顔を見るわけにはいかないが、おそらく何を考えているのかおくびにも出さないよう気をつけているのだろう。スコットがロサンゼルス市警経済犯罪課の評判のよい刑事ではなく、中堅の銀行員だという設定を崩さないよう、言えることと言えないことを頭のなかで整理して。

「調べることは調べるでしょうね。でも、クレジットカードは家計費にも使われたから、事件性はないという印象なのよ」

キャットが口にできないことが行間に隠されている。被害をスコットの同僚に届け出たわけだから、同僚たちはスコットをかばう公算が高い。言うに言えないのはそういうことだろう。勾配が険しくなるにつれ、息が上がり、ふたりとも無言になった。にぎやかな女性の一団が道をくだりながら近づいてきて、わたしたちは脇によけて道を譲った。ふたたび歩き始めてからわたしは言った。「あなたは自分で思っているよりもタフな人だわ。今度のことも乗り越えられるし、乗り越えたら、もっと強くなる」きっとそうなる。身をもって知っているが、心をずたずたにされても人は立ち直り、ひとまわりたくましくなるものだ。簡単にはへこたれなくなるものなのだ。

キャットからなんの反応も返ってこなかったが、わたしの話は耳にはいっていたはずだ。

滝にたどりつき、そこから引き返した。復路はほとんど会話もなく、どんどん山をおりていき、ほどなく広々とした場所に出た。プラタナスの木が点在し、中央にはピクニックテーブルもある。わたしはそこを指差して言った。「俗世間に戻るまえにひと休みしない？」

キャットは肩をすくめた。「いいわね」

身を落ちつけると、わたしは言った。「これからどうするの？」

「警察に出した被害届をシティバンクに送って、口座は凍結したわ。だから少なくともスコットがこれ以上被害を拡大することはない」

「スコットのことを彼の上司には報告した？」

キャットは目をそらした。「ええ、上司は被害届のコピーを持っているわ」

慎重に言葉を選ぶキャットにわたしは感心した。本人が思う以上にキャットはこういうことが得意だ。

「携帯電話は？」

「それも警察に提出した」キャットは首を振った。「今はとにかく仕事に戻りたいの」

わたしはキャットを見て、どう答えるべきか考えた。一緒に過ごすのはたしかに楽しかったけれど、キャットが姿を消してからのほうが、ことは簡単に進んだ。今後の数週間はタイミングが命で、ひとつの間違いも許されない。「今はクライアントもあまり抱えていないし、あなたにやってもらうことはないのよ」

「ロンのことはどうなっているの？」とキャットが訊いた。「物件を買うんでしょう？」

「今は選挙が控えているから、ロンとしては待ちたいの。州都（サクラメント）に家をかまえるほうがいいのか見極めたいんでしょうね」わたしは体の向きを変えてベンチにまたがり、キャットの顔を見た。「ねえ、ロンのことはもう忘れて。わたしが頼んでいた、たいした儲けにもならない仕事のことも忘れてちょうだい。あなたにはやり直すチャンスがある。人から押しつけられていたあなたらしさから抜け出して、なりたい自分になれるチャンスがある。例の小説を書けばいいじゃない。なんならサファリに行けばいい。船を買ってハワイに船旅に出かけたっていい。大きなことをやってみればいいの。大胆なことを。みんなをびっくりさせてよ、あなたも自分で自分にびっくりするのよ」

「あなたもそういうことをしていたの？」とキャットが訊く。「今も？」

キャットの問いかけがずしりとわたしにのしかかる。「わたしはただの不動産業者よ」結局そう答えた。

キャットはうつむいた。「わたしが大胆でもなんでもない平凡な人間だったら？　だいそれたことなんて考えもしなかったらどうなるの？」

「どうしてそうなったかあなたはわかっている。過去にさかのぼって、あなたにはそうなれないと教えた人のところに戻るの。そして、やり直してみるのよ。人生は一度きりよ」とわたしは話す。「どういう人生を歩みたい？」

「なぜロンの家は市場価格を大幅に下回る価格で売却されたの？」キャットはわたしの質問を無視して訊いてくる。「調べたのよ。地域の相場をもとにすれば、最低でも五百万ドルで売却されてしかるべきだったのに」

わたしは目を見開き、つい驚きを露わにしたが、膝で握り合わせている両手に視線を落とした。キャットが自分自身の問題に対処しながら、まだ事件のネタを追いかけていたことに驚いたわけではない。キャットならそれくらいのことはやってのけるはずだ。わたしは真顔になって視線を上げた。「売り手も買い手も双方とも満足の行く取引だったの。問題は何もないのよ、キャット」

「誰が買ったのか教えてもらえる？」

不動産の売買は名義変更が登記されると六週間から八週間で公文書になる。リックとグレッチェンのターナー夫妻の持ち家であることはいずれ明らかになる。キャットはターナー夫妻の素性の調査にどれくらいの時間を無駄にするだろうか。奇術師よろしく、手品を見ているのだと思わせる程度にはキャットに種を明かしていたが、そのあいだに詐欺行為自体は見えないところで進めているというわけだ。「名前は伏せてほしいとクライアントに頼まれてるの」

たがいに慎重にならざるを得ない状況にわたしは疲れてしまった。ありもしない現実に合わせて言葉を選ばなければならないことに。しかし、すでに決めていることがあった。これが終わったら、キャットにはすべてを明らかにするつもりだ。この仕事のことだけではなく、これまでの仕事すべてについて、標的に選んだ人々について、その理由も含めてすべてを明かそうと思っている。クリステンの唱えた〝女子の掟〟——助け合えるときには女同士助け合うこと——を全力で遵守したことをキャットに知ってほしいからだ。カモにできそうだからという単純な理由ではけっして選んでいなかったということも。

わたしは携帯電話をチェックした。「もう行かなくちゃ。見ておきたい物件がいくつかあるの」

見え透いた芝居をしなくてもいいときが来たら、喜んで幕をおろそう。

十月
選挙の四週間前

メグ

マンデヴィルの物件は七百万ドル余りで売りに出されていて、マンデヴィル・キャニオン・ロードからすこしはずれたところにある。「平らな区画で総面積は二万平方メートルを少々超える、近頃ではあまり前例のない広さだわ」わたしはビヴァリーヒルズから西へ車を走らせながらロンに説明する。移動のまえに、バンパーのへこみをロンが気にかけていたが、たいしたことないとばかりにわたしは手を振ってロンの心配を受け流した。〝サンセット大通りでちょっとした追突事故に巻きこまれただけよ〟

「中央に位置するから、ブレントウッド地区の便利な場所に近いし、上院議員として必要なプライバシーも確保できるわ」

「ホテル暮らしにはもう飽き飽きしているよ」

「まだ入居の準備が整っているわけじゃないの」とわたしは釘を刺す。「でも、作業はそれほど手間取らないと思う。価格帯がやや高いことも承知しているけど、キャニオン・ドライブの物件を売却したから、融資を受ける場合、じゅうぶんすぎるほどの頭金になる」わたしは横目でロンを見た。「いずれ州知事選に打って出たら、選挙活動の催しに申し分ない場所になるわね。資金集めのディナーパーティーにもぴったりだわ。売り手側のエージェントは友人なんだけど、彼女が言うには、一時期ロナルド・レーガンが所有していた土地なんですって。ハリウッドで活躍していた頃に。つまり、地域でも指折りの由緒ある邸宅なの」

予想どおり、その謳(うた)い文句でロンの興味を引きつけることができた。石壁が地所を囲み、見渡す限りオークの古木が両脇にそびえるゲートを通り抜けた。ここには何度か足を運んだ。別々の日の別々の時間帯に。いつ来ても、人の気配はなく、今日もそうだった。

かつて人気を誇った高級住宅街の多くの中古物件は何年も売りに出されたままで、修繕に時間と費用をかけようと思う買い手はいない。ここもそうだが、たいていの物件はキーボックスが設置され、ダイヤル錠の番号の組み合わせも単純なので、やきもきしている売り手側のエージェントに知られずにこっそりと下見ができる。

ハンドルを強く握る手の力を意識的にゆるめ、肩の力を抜いた。「防犯ゲートの設置は簡単にできるわ。この物件は最近空き家になって、売り主は早く売りたがっているんだけど、まだ市場には出ていないの」

オークの木が立ち並ぶ、曲がりくねった長い道にゆっくりと車を進めた。タイヤが砂利を嚙んでいる。やがて平屋のランチハウスの前で車を停めた。白い下見板張りのレンガ造りの家だ。

ふたりで玄関に近づきながら、わたしは慎重に説明の言葉を重ねた。トランプの札で家を作るように、購買欲をそそる事実を順々に挙げていった。「係員に管理させれば駐車場には約三十台の車を停める余裕がある」と言いながら裏手を指差した。「家の裏側にはプールがある。プールサイドに休憩室が併設され、その上はアパートメントになっているから宿泊もできるの。それから、馬を飼いたければ耳寄りな情報だと思うけれど、小さな厩舎もある。レーガンは毎日乗馬をしていたそうよ」

説明がひととおり終わると、ロンを家のなかに案内した。

「塗装工事や電気器具の買い替えなど、すこしリフォームが必要だけど、そういう作業は一週間でできるわ」堅い木の床や石造りの暖炉、キッチンにつながる開放的な居間を指し示した。「寝室は五室で、メイド用の部屋もある」

ロンに先を歩かせ、この家で暮らす様子を好きに想像させた。

「キッチンは広々としているから、ケータリング業者が大勢はいって作業できるわね」キッチンを通り抜けながら説明を続ける。「大型洗濯機と乾燥機の配管はそこを通っているわ」

外に出て、石畳の広いテラスに立った。遠くに渓谷の絶景が広がっている。「このあたりは市街地の明かりがほとんど届かないから、夜は星空がすばらしいのよ」

一時間かけて地所を歩いた。ロンの関心が高まっていくのを感じ、わたし自身も興奮の度合いが増していった。これこそが計画の最重要案件だった。この案件がなければ、ここで時間をかけた見返りはそもそもわが家であるべき物件の売却手数料にしかならない見通しだ。

「サクラメントで過ごす時間が大半を占めることになるとわかっているけれど」内見を済ませ、車に戻るとわたしは切り出した。「でも、気晴らしになる場所は必要でしょう。充電する場所は。有力政治家は誰しもそういう場所を持っている。俗に言うように、今の仕事に見合う服ではなく、やりたい仕事に見合う服を着ろということじゃないかしら」渓谷の麓の信号で停車し、わたしは説得に向けた最後のひと押しをつけ加える。「購入は可能だと思うの。キャニオン・ドライブの家を売却して手に入れたお金があるから、差額分はそれほど多くないわ。三百万ドルといったところでしょう。わたしからのアドバイスとしては、慎重に検討してほしいということなの。あなたの会社の財務部長さんに数字を伝えてみるといいけれど、時間はかけすぎないで。今日の午後、内見予約が三件はいっている。だから買い手はすぐにつくでしょうね。でも、例の友人が都合をつけてくれて、わたしたちのオファーを最優先させてくれるの。全額現金払いが可能なら、市場価格よりかなり安く買えると思う」

話はそのままにして、ロンの車を停めたビヴァリーヒルズの営業所へ車を走らせ続けた。ロンは左肘をセンターコンソールに置いていた。そこへ手を伸ばし、もうすこし親密な関係に持ちこむのは難しくない。わたしはふとそんなことを考えた。最悪のタイミングで暴露するスキャンダルをさらに重ねられるかもしれない。不動産エージェントへの性的嫌がらせが選挙直前に発覚。

正直に言えば、そういう手口を実際に検討したことがあった。ペンシルヴェニアで最良の接近方法を探していたときに、ロンと親密な関係になればどれだけのダメージをあたえられるか考え、その気になりかけた。しかし、さまざまな角度から折り合いをつけようとしても、無理があるような気がした。母の幻影をやけに身近に感じ、耳が痛いことをささやく声が聞こえるようだった。

〈アペックス不動産〉の営業所に戻る頃には、ロンの心は決まっていた。「書類を作ってくれ。スティーヴに連絡して、金を用意させておく」

わたしはロンのほうを振り向いた。「本当に大丈夫？　大金なのに」そうじゃないのと言うように手を上げて、苦笑を洩らした。「わかってるのよ、朝からずっとこの物件をあなたに勧めてきたくせに、今になって止めにかかっているんですものね。でも、不安を感じることはしてほしくない。リスクが大きすぎるということなら、最初の方針に戻って、またアパートメントハウスを探してもいい。資産に加えて、現状維持で進めてもいいと思う」

申し分のない反応が返ってくる。「リスクを取る人生こそ生きる価値がある。値引き交渉はせず、希望販売価格で申し込みをしてくれ、全額現金払いの条件で」

わたしは警戒心を露わにしてロンを見た。「そんなに早く資金を用意できるの？」

ロンは窓の外に目を向けた。「選挙対策として、いざというときのためにデイヴィッドとぼくで確保している金がある」

「選挙が近づいているのに、本当にそんなリスクを冒したい？」とわたしは尋ねた。

「もし明るみに出たら……」言葉を濁し、選挙資金流用の事実が外部に洩れたときの影響はロンの想像にまかせた。

「金の心配はぼくの仕事だ。きみは売買契約の成立に集中してくれ。エスクローの期間は短くしてもらいたい。祝勝会を開催するなら最高の会場だからね。家の改修が間に合わなくても、庭にテントを立てて、料理はケータリング業者を雇って用意すればいい」

わたしはにっこりと微笑む。「おっしゃるとおりよ」

二十四時間待ってから電話で朗報を伝える。「申し込みは先方に承諾されたわ。提示した条件もすべて合意を得られた。売買契約は十四日間で締結される。選挙の二週間前に」

「家屋の検査が終わるまでどれくらいかかるかな?」

「木曜日で手配済みよ。検査報告書は来週早々に届くはず。売り手側はサインも済ませて、契約の履行に着手したわ。すべて順調にいけば、選挙当夜はもうあなたは新居に住んでいるわね」

「それはすごいな」

わたしは目の前の画面に表示されたエスクローの書類に目を通し、不備はないかどうか確認する。七百万ドル、全額現金払い、十四日間のエスクロー、住宅検査で大きな問題が発見されなかった場合という条件付き。

問題が発見されることはない。

次にロンの会社の財務部長スティーヴ・マルトゥッチに電話をかけた。

スティーヴが電話に出ると、わたしは愛想のよさそうな声を出し、浮ついた気配を醸しながら言った。「こんにちは、スティーヴ、メグ・ウィリアムズよ。お元気？」

「メグか！」スティーヴは三十年以上ロンの金庫番を務めている人物だ。「契約をまとめたそうだね、おめでとう。きみとロンはいいチームだよ」

「最終的に物件を見つけてあげられてよかったわ。ロンの世話は大変だもの」

スティーヴは笑った。「知ってる。で、今日の用件は？」

「マンデヴィル・キャニオンの物件をエスクロー取引で購入する際にお願いすることを事前に知らせておきたくて、ちょっとご連絡してみたの」わたしは甘い声を取り繕う。「あなたはプロで、こういう取引を千回はまとめてきたとわかっているけれど」

スティーヴは含み笑いを洩らした。「それを言うなら二千回だ。でも、きみもなかなかどうして悪くない。キャニオン・ドライブの売却手続きほど円滑な取引は見たことがないよ。ロンが使っていた以前のエージェント、ミックより断然腕がいいね。あの男はどうも好かなかったが」

わたしはロサンゼルスに戻ってすぐの午後のことと、ミックに案内された三カ所の物件のことを思い返した。ミックはやたらと体を近づけてきて、わたしが誘いに乗ってくるかどうか合図を待っていた。わたしが合図を送ると、ミックはためらいもしなかった。「誰かがミックのことを通報してくれてよかったわ。ありがたいことに、男性のみんながみんなああいう人じゃないしね」

わたしはわかりやすくほのめかした——スティーヴは善良な側の男性であると。そして、たいていの人がそうであるように、そうした印象に応えようとして精一杯がんばってくれる。「今回はどこのエスクロー会社を使っているんだい？」

ロンが長年使ってきたいろいろなエスクロー会社をすべて調べ上げ、社名に聞き憶えはあるが、最近は疎遠になっている会社を選んでいた。「〈オレンジ・コースト〉よ」

購入申し込みが承諾されると、買い手はエスクロー会社の担当者から〈新居ご購入、おめでとうございます！〉というメールを受け取る。本文にはエスクロー取引のリンクが張られ、手続きの指示が書いてある。

「そちらに担当者から一時間以内にメールが届くはずよ。そこに購入代金送金のリンクが張ってある。エスクローの書類と事前権原報告書を送る準備も整えておくようすでに頼んであるわ、日程に余裕がないから。購入代金の三パーセントが手付金として必要になる。建物の検査が済んだら、確定した決算日をすぐに知らせるわね」これまでに二件しか取引を成立させた経験はなかったが、われながらプロらしい話しぶりに聞こえる。

電話を切ると、喜びが胸のなかで弾けた。集中して打ちこめば、長年の努力は実を結ぶということだ。わたしはキッチンに行ってサンドイッチを作り、カウンターの前で立ったまま食べながら裏庭を眺めた。平らな区画の芝は週に一度来る庭師が手入れをしている。費用を負担しているのは一度も顔を合わせたことのない大家だ。奥の隅に鎮座する焚き火台にかけられた覆いは花粉と乾いた鳥の糞にまみれ、使われないままの四脚の椅子がまわりに集められている。

笑いさざめく声が響き、それに続いて誰かがプールに飛びこんだような音が隣家の柵越しに聞こえ、わたしは目下の作業に意識を引き戻された。サンドイッチの残りはごみ箱に捨て、パソコンの前に戻り、今後二週間の予定を思い描いた。すべて順調にいけば、期日前投票が始まった頃にはもはやロンに逃げ道はない。

だがまずは、すでにロンに説明したことを裏づける検査報告書をまとめなければならない。そして、荷造りにも取りかからなければ。今度もまた、ほぼすべてを残していく。わたしはまわりに目を走らせ、自分が立ち去ったあとの部屋はどんな感じがするのか想像してみようとした。すべてこのまま置きっぱなしにしておく。キャットが暴けるように。

キャット

十月

　道を歩いている。サンタモニカの駐車場に車を停めたあと、徒歩で北上していた。風に吹かれ、陽射しを浴びて、苛立ちを発散したかったのだ。

　火曜日の午前九時の自転車道は人影もまばらで、時折り自転車が通りかかるだけだ。現われたかと思うと、すぐにこちらを抜き去り、またひとりになる。寄せては返す波の音が左側から響き、十月初旬の太陽が背中を温めてくれる。「選挙まであと四週間なのよ。ここに残って、どうなるか見届けないと」

「遊びに来て。時間ならあるでしょう?」とジェンナが言った。

「そんな余裕はないわ」わたしはイヤフォンを耳に押しこみ、砂浜に切りこむ自転車

「航空券を買うだけでいいのよ。こっちに着いたら、お金は使わなくていいから」

　自分の手をすり抜けてしまった事件のネタにこだわって時間を無駄にしている。わ

たしのことをそう思っているとしても、ありがたいことにジェンナは口に出してそうは言わない。自転車道が坂になり、太平洋沿岸高速道路（パシフィック・コースト・ハイウェイ）のすぐ脇を進むところまでたどりつき、暗いトンネルに目をやった。交通量の多い通りの下を海水浴客が安全に通り抜ける道だが、そちらには行かないことにした。また別の道が高速道路から分かれ、パシフィック・パリセーズ地区へ延びている。その道の先を目でたどり、一度も招かれなかった自宅にメグが今いるのではないかと想像した。詐欺事件の最終段階の計画を練っているのだろうか。どんなことが起きるのか、わたしには予想もつかないが。

「メグは何をするつもり？」とジェンナが訊いた。

「わからないわ。わたしは締め出されちゃったから。今は仕事が暇だから手伝いは要らないと言われて」

「そんなの信じていないんでしょ？」

わたしは笑って、金属製の手すりにもたれ、海を見た。遠くにぼんやりとポイント・デュムが見える。「たしかにスコットに関してはメグの言うとおりだったかもしれないけど、それ以外は全部嘘なのよ」

「もしかしたらメグはあなたの正体を見破ったのかも」

スコットがわたしに信じこませようとしていたのもそれだった——だからメグは自

宅までつけてきて、郵便物を盗み、わたしたちから金を巻き上げる作戦を開始したのだと。結局、どれも事実ではなかった。

二羽のカモメがすぐ下の砂浜に急降下し、誰かが捨てた食べ残しのホットドッグを取り合い、食い散らかしながらパンをついばんだ。「それはどうかしら」とわたしは言った。「わたしが何者か途中で気づいたら、メグはそもそもわたしをそばに置かなかったわ。でも、わたしたちは相変わらず一緒にヨガ教室に通って、ランチをとって、メッセージや電話で連絡を取り合っていた。何も変わらなかったの」

とはいえ、たしかなことは知りようがない。

ジェンナは穏やかな声でためらいがちに言った。「ねえ、まだ記事にする気があるなら、あなたならできると思う」

「そんなに単純ではないの」わたしがやりたいと思っていたことはすべて、自分の身に起きたことの責任を取らせずにはいられない、トラウマを抱えた若い女の思いこみに基づいていた。レイプ被害につながる一連の騒動をたどり、因果関係を探し、それを断ち切りたいと昔は思っていたのだ。

十年の歳月が流れ、今のわたしは年を重ね、人生は直線ではないと理解している。原因と結果は曖昧な場合が多々あるものだ。今でも記事を書き上げたいと思っているが、この数週間のあいだにいつのまにか動機に変化が生じていた。今の望みはメグの成功を見届けることだ。

ジェンナの声が聞こえて、わたしは物思いから意識を引き戻された。「すべて終わったら電話して。旅行はそれからでいいかもね。いつでも頼ってくれていいから」

「ありがとう」

わたしは電話を切り、後ろを向いた。朝の太陽はもはや陽射しが直接目に降り注ぐ高さに昇っていた。まぶしさに目がくらみ、わたしは目をつぶった。

駐車場に戻ると、スコットが見憶えのない車にもたれ、わたしを待っていた。歩みに迷いが生まれたが、それも一瞬のことだった。

「わたしのあとをつけているの？」

スコットはわずかに肩をすくめて認めた。「話がある」

「それは誰の車？」

「レンタカーだ。きみのお友達のメグが急ブレーキを踏んだせいで、追突しちまった」

メグの車のバンパーがへこんでいたことを思い出した。「メグを追いまわすべきじゃなかったのよ、彼女は何も悪いことをしていなかったんだから」わたしはドアのロックを解除し、車の屋根越しにスコットを見た。

「きみが知らないだけだ」

「証拠があるなら、あなたはこんなところで油を売ってない。用はなんなの？」

「メグは昨日、あの男をマンデヴィル・キャニオンの物件に案内した」

苛立ちが胸をよぎった。まるで地平線のようだ。メグが向かう先を知っていると思うたびに、メグはわたしの予想を超えて先へ進んでいる。追いつけそうで追いつけない幻なのだ。「だから何？　彼は物件を探している顧客で、メグは不動産エージェントよ」

「そうじゃないことはきみも知っているだろ」とスコットは言った。「力になれるよ」

「わたしのメモを盗んで？　わたしに借金を背負わせて？」

「まだそこに立ってぼくと話をしているのはメモを取り返したいからだけか？　さっきも言ったように、ぼくはメグを尾行していた。そういうのはきみの役に立つ」

「三万ドルがあれば役に立つわね」

わたしは皮肉ったが、スコットは取り合わなかった。「ふたりでよくアイディアを出し合っていただろう？　新しい手がかりはないか相談し合って」スコットの泣きつくような表情は見ていられない。彼はさらに言った。「相棒がいなくて寂しくないのか？」

「べつに」

「きみが被害届を取り下げてくれたら、協力し合える。ぼくは刑事の仕事をして、きみは十年間追いかけてきたネタを記事にする。捜査上の外に出せない内部情報だって提供できる。その気になれば、ぼくたちふたりとも人生を変えられるんだよ」

わたしはまじまじとスコットを見た。見慣れた顔を見つめながら不思議に思った。数週間前に同じ約束を口にしていたことをスコットは忘れたのだろうか。「そうすればあなたが抱えている問題も都合よく消えるしね」

「まあね」とスコットは認めた。「でも、被害届を取り下げてくれなかったら、ぼくは仕事を失って、きみに金を返すこともできなくなる」結局わたしはそう言った。

スコットは自分の言っていることを自分で信じている。それはわかるが、結局約束は守らないということもわたしにはわかる。しばらくは借金に責任を感じていても、その重みに慣れてしまえば頭から離れてしまうだろう。

古ぼけたボルボが隣に停まった。屋根にサーフボードがくくりつけてある。様子を見ていると、中年男性が降りてきた。ウェットスーツを腰まではだけている。サーフボードをおろし、車のロックをかけると、小走りに海へ向かった。わたしはいつのまにかコーリー・デンプシーのことを考えていた。すべてはあの男から始まった。昔のガールフレンドが未来の上院議員を懲らしめようとしていると知ったら、コーリーはなんと言うだろうか。

スコットは話を続けた。「きみは刑事課の捜査情報を活用できる。張りこみやデジタル科学捜査だ。メグがオンライン上で何かやれば、警察はその動きを調べることができる。彼女は政治家を標的にしている。さらなる被害が出るまえにメグの犯行を阻止できる」

とんだお笑い草だ。被害ならロンのせいでとうに起きている。スコットのせいでもだ。「なぜあなたはまだ停職処分を受けていないの？　被害届を出して一週間もたつのに」

「今のところ、味方してくれる同僚たちがいる。事務処理は遅い。でも、被害届を取り下げないなら、きみもぼくも欲しいものは手にはいらない」

わたしが何を望んでいるのか、スコットはもはや知らない。

「わたしからの申し出を言うわ」とわたしは最終的に突きつける。「被害届は取り下げる。ただし、あなたには刑事を辞めてもらう。警察を退職して、本格的に支援を受けて」

「嘘だろ？」

「決めるのはあなたよ」わたしは運転席に座り、車をバックさせた。スコットはその場から動かず、わたしの車がパシフィック・コースト・ハイウェイに乗り入れるのを見ていた。南へ向かう車の流れに乗りながら、自分の決断が間違っていないことをわたしは願った。

メグ

十月
選挙の四週間前

ロンの手付金は無事にエスクロー口座に入金された。五日後には残金——キャニオン・ドライブの家の売却代金からの四百万ドルとロンの選挙資金三百万ドル——が口座に移され、わたしは国外へ脱出する。

しかし、まずはマンデヴィルの地所でロンと造園業者のリコに会わなければならない。現地に行かないようロンに釘を刺し——〝選挙まで四週間よ。勝つことに集中して〟——それには成功していた。物件への訪問には危険がともなうからだ。現地で鉢合わせしたら、売り手側のエージェントを驚かせてしまう。

ロンにはすでに検査報告書は渡していた。一年前にこの物件の診断を担当した会社の報告書を入手し、日付を改竄したうえで要望に応じて細かな情報を追加していた——電化製品は買い替えが必要、離れに側溝新設が必要。以前の購入希望者が手を引く原因になった大きな問題は報告書から削除した——屋根の劣化、旧式の冷暖房空調設備、木材の乾燥腐敗。ロンの知る限り、新居の状態に問題はない。

だが今日は裏の傾斜地をどうするか話し合うために来ていた。土砂崩れの可能性にロンが気づき、専門家に見てもらいたがったのだ。わたしたちは中庭に車を停め、家の側面をまわって裏手に向かった。

あたりは静かで、近くのサンセット大通りを通りすぎる車の音もまったく聞こえない。風が木々のあいだを通り抜け、渓谷へ吹きおろすだけだ。頭上を一羽のタカがゆっくりと旋回している。ここでの暮らしはどんな感じだろうかと想像してみた。どれほど平和で、世間から隔絶されているような気がするのか、あたかも別の時代に生きているかのように。

ロンは興奮していた。すっかり二十一世紀のレーガン気取りで、週末にはチェック柄のシャツを着てカウボーイハットをかぶる自分を思い描いているようだ。信じていたことが何ひとつ現実ではないと知ったら、ロンの落胆はいかばかりだろうか。そんな想像が頭に広がった。

物件選びは慎重を期した。キャットを避けて、調査も自分でやった。下見にひと月かけて——街に近すぎる物件は捨て、買い手が修繕に意欲を燃やすような物件も捨てした――マンデヴィルの家を見つけたのだ。さらに言えば、売り手側のエージェントが熱心ではなく、家屋の欠陥が一見しただけではわからないということもあり、条件として申し分ない物件だった。

ロンとリコが整地と自生植物を用いた庭造りを相談しているあいだ、一台の車が敷地にはいってきた。やがて、わたしの車の近くに停車した。ドアが閉まる音でロンが気づいた。「誰か来ることになっているのか？」

この物件は何週間も誰も訪ねてこなかった。わたしは私道に何時間も居座って観察していたのだ。もしもの場合の言い訳を用意して。〝ちょっと電話をかけるあいだ停めていただけです！〟誰も姿を現わさなかった。家の所有者も、管理人も、売り主側のエージェントも。Uターン場所を探している車が進入してくることもなかった。

それなのに、期限――ペンシルヴェニアにいた頃に自分で決めた期限だ。ロンの金を奪うだけでなく、選挙結果に打撃をあたえることも思い描いて設定した――の十四日前の今になって、忘れられたはずの物件を見に来る人がいるとは。

わたしは先を読み、どこの誰だか知らないが、どうやってその訪問者を追い払うか策をひねり出そうとした。なぜ彼らがそこにいるのかロンにどう説明するか。補欠の買い手？　曲がる道を間違えた人？　ありえそうな理由を挙げては却下した。

「たぶんシーラだわ」結局、そう言った。「エージェント仲間でね、彼女もクライアントをこの地区に案内する予定があるから、わたしに鍵を持ってきてくれると言っていたの。ちょっと行ってくるわね」

ロンはうなずいて、リコに向き直る。わたしは足早に訪問者のほうへ向かった。家にはいってくるまえに呼び止められればいいのだが。

家の角を曲がると、オープンハウスで見かけたことのある女性だとわかった。クライアントを待たせて、キーボックスをいじっている。「こんにちは」とわたしは声をかけた。「何かお手伝いできる?」

エージェントの女性は顔を上げてわたしを見た。「内見に来たの。でも、心配しないで。そちらの邪魔はしないわ」

「ちょっといい?」とわたしは頼みこんだ。

ふたりしてすこし脇に寄ってから切り出す。

「じつは、うちのクライアントはプライバシーをすごく気にするのよ」わたしは不安そうな張りつめた表情を顔に浮かべる。「だから、裏の傾斜地を業者に調べさせるあいだ、ここを貸し切りにしますと約束しちゃったの」

エージェントは同情的な顔をした。ロサンゼルスでは、プライバシー保護の要求はある種の客層のあいだではあたりまえのことで、エージェントたちはそうした要求に融通を利かせることに慣れっこになっていた。

「もうすぐ終わるところよ」とわたしは説明した。「お代はこちらで持つから、先にランチはいかが？　ここには午後戻ってくることにしてもらえない？」

エージェントはクライアントに目を向けた。ふたり連れの顧客は玄関ポーチに立ち、窓からなかをのぞいて、ひそひそ話している。「そうね」とエージェントは言った。「今日はこの地区でほかにも二軒まわるつもりなの。だから、そちらを先に見て、一時間後に戻ってこようかしら。それで時間は足りる？」

思わず相手を抱きしめそうになるほど、わたしは心から安堵した。「ありがとう」息をついた。「助かったわ、ほんとに」わたしは財布を取り出し、彼女に二百ドル差し出した。「ランチはわたしのおごりよ」

女性エージェントはためらいもなく、わたしの手から紙幣をつかみ取り、クライアントのほうに戻ると、相談を始めた。やがて、三人は車に引き返した。「ご理解のほど、ありがとうございました」とわたしは声をあげた。

ほどなく彼らの車は私道を入口のほうへ戻っていき、右に曲がると、サンセット大通り方面へ走り去った。わたしは大きく息を吐き、家の側面にもたれ、さっきのエージェントに頼みを断られていたらどうなっていたか想像しないようにした。わたしたちの到着がもうすこしあとで、自分の家だとロンが信じている物件を彼らが歩きまわっているのを見てしまっていたらどうなっていたことか。

わたしは壁を押して体を起こし、ロンとリコのほうへ戻った。「もう済んだ？」と訊く。用事を済ませ、早くここを立ち去りたくてたまらない。

ロンは首を振った。「まだだ。リコに小川を見せたい。東側の土手を広げようかと思ってね」

わたしはやきもきしながらふたりのあとについていった。時間がどんどん過ぎていく。一時間でここを無事に出られるのだろうか。しかし、四十五分後、わたしたちは車に戻った。もっとも、敷地を出て、市街地に戻り始めるまでは気が抜けなかったが。

十月
選挙の二週間前

メグ

そろそろ出発だ。

キャットが向かいに座っている。わたしたちが囲むテーブルには皿が散らかったままだが、レストランのなかは閑散としている。キャットは知らないが、これがわたしたちの最後のランチだ。明日、わたしは姿を消す。残されたキャットは、わたしが何をしてきたのか、その全貌を知ることになるだろう。

「新しいクライアントはつかまえられそう？」とキャットが訊いた。まだ探りを入れている。まだ真相を解明したがっている。本人の予想以上に真相に近づいているのに。

わたしはナプキンをいじりまわしていたが、やがて真実をすこしだけ織り交ぜて、キャットに話した。「不動産の仕事はすこし休もうかと思ってるの」通りに面している窓から外を見た。高級ブティックの袋を提げた買い物客たちが歩いている。「休暇いかもしれない。この仕事を長く続けてきたから。相も変わらず好みのうるさいクライアントを相手にして、面倒なエスクロー取引に毎度手こずらされて、売り手ときたら、地下室の水漏れや空港の騒音を隠そう隠そうとする。そんなことの繰り返しで疲れたの。故郷に戻ってくれれば、願いどおり気分も一新するんじゃないかと思っていたけど、別のことをしたいと思う気持ちを振り払えないのよ」

キャットがじっと見つめてきた。知りたくてたまらない質問をついに解禁するのだろうか。〝どういう手口を使ったの？ 誰を標的にしているの？ ロンをどうするつもりなの？〟

しかし、そういう質問が出そうな気配は消えた。

「世の中にはひとつところに落ちつかないタイプの人たちがいるけれど、あなたもそうなのね」とキャットは言った。「転居を繰り返して、わが家と呼べる場所をいつも探しているけれど、けっして見つからない」

キャットには本当の自分を見せている。それがどんなにすばらしいことなのか。

「母が死んだ日にわが家は消えたわ。それ以来ずっと、形のない感覚を追い求めてきた。人生が元の状態に戻るリセットボタンを探していた。でも、人はいずれ、ありもしないものを追いかけるのをやめて、前に進まなければならない」

言葉の裏にある本心にキャットは気づいただろうか。わたしはもう嘘をついていない。居場所を探してみようと思っていた。自分のために何かを積み上げることのできるコミュニティを探そうと思っている。そして願わくは、ほんのひとときでいいからキャットと腹を割って話がしたい。最初から始めて、すべてを打ち明けることもできなくはない。インターネットカフェで過ごしたあの雨の日の午後、見憶えのある顔を見つけて、チャンスに気づいたときにまでさかのぼって。

後悔することを口走ってしまうまえに、わたしは話題を変えてキャットに尋ねた。

「その後、何か進展はあった？　スコットから連絡は？」

キャットは目をそらした。「ないわ、でも、ほっとしてるの、正直言って」

わたしはレモンウォーターを飲み、キャットが箸をもてあそんでいる様子を観察した。あちこちに目を泳がせているけれど、わたしのほうだけは見ようとしない。彼女は嘘をついている。でも、そんなことはどうでもいい。明日になれば、すべては終わる。

やり残していることは二、三あるだけだ――荷造り、飛行機の予約、明日の行動のために準備が整っているかどうかの確認。

明日の朝、ロンの金庫番のスティーヴは残金を電信送金するよう指示を受ける。

キャニオン・ドライブの家がすみやかに売却されたおかげで売買取引が無事に完了したことをすこしも疑わず。相手にリンクが送られるなら、フィッシング詐欺ではないと言える。

今週にはいってから、わたしはロンのアシスタントになりすまし、何本か電話をかけていた。詳細の確認。スケジュール設定。プレスリリース配布。しばらくまえにロンがキャットに洩らしたことがロン本人に返ってくる。〝ひとたびマスコミにそういうネタをつかまれたが最後、前言撤回は不可能だからというわけだ〟

わたしは最後の舞台に立つダンサーのような心境だった。満身創痍であり、苦労しなくてもいい生活に憧れている。どんな人物になりたいのか、いろいろと自分探しをしていた。どんな人物であり続けたいのか。

でも、自分のしてきたことに満足している。ここにたどりつくまで頭を使って工夫を重ねてきたことを誇りに思っている。一流の詐欺師には自分だけの力ではなれないが、腕を磨く助けになってくれる教師は世の中にいくらでもいる。もっともらしく嘘をつくにはどうすればいいか。人を操り、手玉に取るには。最高の自分を演出する力を使い、人から盗んだものを堂々と持ち去るにはどうすればいいか。

キャットはナプキンを皿の上に放り、椅子から立ち上がった。「そろそろ行かないと。午後はいくつか用事があるの。オーブントースターも買わなきゃいけなくて。スコットが持っていっちゃったから」

わたしは顔を上げた。口にはできないことが頭のなかでひしめき合い、まともにものが考えられない。目頭が熱くなり、頭に載せていたサングラスをあわてて目もとにおろし、涙を隠した。

キャットはハンドバッグのなかをかきまわして車のキーを探していた。探しあてると、ちらりとわたしを見た。「明日話せる?」

「もちろん」とわたしは言った。誰も座っていないテーブルのあいだを縫うように歩いていくキャットの姿を目で追いかけた。やがて姿は見えなくなった。「さよなら」とわたしは誰にともなくささやいた。いつものように。そうでなければならない、いつものように。

十月

キャット

遅い昼食をとっていると、メグからメッセージが来た。〈こっちに来てくれない？ロンのために新しく始めた取引を手伝ってほしいの〉追って送信されたメッセージにメグの自宅の住所が書かれていた。

わたしは食べかけのヨーグルトをキッチンカウンターに置いた。午後なのにまだパジャマ姿のままだった。このまえ海辺でスコットに会ったあとに帰宅して、マンデヴィル・キャニオンの物件を調べてみたが、これといった情報は出てこなかった。それ以降もその界隈で契約が成立した物件はない。

〈一時間後にそちらに着きます〉と返信したが、それに対する反応はなかった。

急いで清潔な服に着替え、あとまわしにしていたシャワーを浴びるのはあきらめ、車のキーとハンドバッグをつかむと、連絡が来てから十五分とたたないうちに車に乗っていた。

玄関に近づくと、メグの家の正面(ファサード)には黄金色と呼んでもいい陽光が降り注いでいた。ここを訪ねるのは初めてだった。お手洗いにどうぞとか、お水はいかがというやりとりを飛ばして、家のなかをひとまわりすることはできるだろうか。

ノックをしたが、足音は聞こえてこない。そこで、ドアベルを鳴らして、待った。

それでも、応答はない。

試しにドアノブをまわしてみると、鍵はかかっていなかった。明るく、広々とした居間に足を踏み入れた。白いソファセットにガラスの天板を載せたクロムメッキの低いコーヒーテーブル、陶磁器タイルを張った暖炉が場所を占めていた。「メグ」とわたしは呼びかけたが、自分の声が反響するだけだ。

キッチンにはいると、カウンターは上にものが何もなく、光り輝いている。冷蔵庫を開けてみると、収納棚はきれいに掃除され、いちばん奥に水のボトルが一本だけ置いてあった。まるでモデルハウスに足を踏み入れたかのようだ。人が住んでいるように見せかけているけれど、食器戸棚のなかもクローゼットのなかも空の状態の。

「メグ?」裏庭をのぞいてみたが、そこにもメグの気配はない。

〈どこにいるの?〉とメッセージを送った。

ダイニングルームには八脚の椅子が並んだテーブルがあった。テーブルの真ん中に二十冊ほどの螺旋綴(と)じのノートが積み重ねられ、いちばん上にわたし宛ての封筒が載っていた。

封筒のなかには手紙と、シティバンクに振り出された三万一千百二十五ドルの小切手がはいっていた。わたしは呆然として小切手を見つめていたが、ややあってようやく手紙を読み始めた。

キャットへ

よくできた話は人の心を惹きつける。たいていの人は目の前に積み上げられた証拠をろくに調べもせず、話を鵜呑(うの)みにするものだわ。でも、そういう人たちが知らないことがある。誰も信頼できる語り手ではないということを知らないの。信頼できる語り手なんてこの世にいやしないのよ。

自分の名前について考えたことはある? キャット——獲物にそっと忍び寄り、襲いかかる絶好の瞬間を待ちかまえる猫(キャット)と同じ読み方でしょう。自分のことを捕食動物と見なし、遺産を相続してお金持ちになったばかりの暇を持て余した女性という作り話を思いついたの?

わたしははっとして手紙から顔を上げた。結局、スコットの言うとおりだった。莫大な遺産を相続したなんていう話にメグが引っかかるわけがないのは当然だ——メグこそ大ぼらを吹く詐欺師なのだから。わたしではなく。

あなたがわたしに嘘をついていたことは、それはそれでべつにかまわない。わたしのしていることで何がいちばんきついかといえば、いつもほかの人の信頼を背負っていて、それが重荷になっていることなのよ。だからあなたの信頼は背負わなくてもよかったのは儲けものだった。でも、わたしに嘘をつかれるのはあなたにとって想定内だったとしても、それでもあなたに嘘をついたことを悔やんでいるし、こんなふうに去らなければならないことも悔やんでいる。とはいえ、いつだって終わりはこんなものなのよ。誰かがそろそろ別れを告げようかと思うより先にわたしは姿を消す。そのわたしですら、さよならを言う心の準備ができないうちに。

一生普通の生活を送れないことを受け入れるのはしんどいこともあるにはあるの。

普通の人間関係は築けないし、普通の家庭も持てないわけだから。でも、それより大きなことも手に入れた。アメリカじゅうを渡り歩いて、そうでもしなければ出会うはずのなかった人たちに出会えた。当然ながら、行く先々でわたしは混乱と疑問をあとに残した。友達になった人たちは、友情は本当にあったのかと疑問に思ったでしょうね、何か疑問に思うとしたら。でも、友人たちはそれぞれ忘れがたい思い出を残してくれた。映画の『カサブランカ』が大好きになったのはフェニックスのダイアンの影響。サンドイッチのパンはトーストしたほうが好きなのはモントレーのナターシャのおかげ。同僚や隣人の存在がわたしのよりどころだった時期もある。だから孤独にならずに済んだの。そこから仲のいい友達もできた。連絡を取り続けることはできないけれど、友人たちが示してくれたやさしさを忘れることはないわ。

わたしの嘘には目的があるの、宿命(カルマ)を正しい方向に導くためなのよ。力を失った人たちに力を取り戻させる目的がある。正義と復讐の違いは結局のところ、物語を語るのは誰かということに尽きるの。

そのノートを読めば、わたしが何をしたのか、なぜそうしたのか、あなたもわかるでしょう。なぜならものごとは前後関係が大事だから。

わたしが標的にした男たち——性根が腐っていて、身勝手で、時に危険でもある

——は、どこにでもいる。どの町にも、どの世界にもいて、得意なことをしては他者を食いものにしている。わたしがある男を成敗しても、別の場所でまた別のそういう男が出現する。今なら自分の払った代償がわかるわ。おのれの魂へ及ぼす影響のほどがわたしにはわかる。なぜかといえば、不正行為や強欲さの近くにいるのは核廃棄物処理場の上に住んでいるようなものだから。やがては毒物が血中に染みこみ、汚染されてしまう。

あなたに話したいことはもっとあるけれど、時間切れで、もうここにはいられない。だから、この三つのことはぜひ知っておいてほしいの。まず、あなたを好きだったわたしの気持ちに嘘はなかったということ。あなたとの友情をわたしは大事にしていたし、これからもずっと胸に抱き続ける。ふたつ目は、あなたは愛する人から誠実に扱われるべき人だということ。そして三つ目は、たぶんこれがいちばん大事なことね——男の弱点をつかめば、プレッシャーをかけて、あなたの望む結果を手にするのは簡単だということ。

元気でいてね。それから、このネタを記事に——小説でも、なんでも好きに——してくれてかまわないから。

ノートは順序よく積み上げられているわけではなかった。いちばん上に載っていたのは数年前のノートで、ひらいてみると、ページの最初の行に日付が記され、メグの手書きの文字がびっしりと並んでいた。やるべきことをリストにまとめている書きこみもいくつかある。〝電話会社に連絡して、インターネットを設定すること〟町や地域や人々にまつわる事実も並べられていた。〝まずはマルコのことだが、車が昨年差し押さえられた。フラッグスタッフは町が小さすぎて、うまくいかないだろう〟もっと個人的な書きこみもあった――母親の思い出、進行中の事柄の決断理由の正当化。出会った人々やデートをした男性の印象と彼らから奪ってもいいもののリスト。カリフォルニア州中部フレズノの男からは五万ドル。死期が迫った叔父からせしめた金と同額。ねずみ講詐欺を働いていたヒューストンの男からは十万ドル。リストは想像していたほど長くなかった。メグは事前の調査に時間をかけたからだ。標的にするべき相手かどうか、まずは確認していたのだ。

ノートにざっと目を通しながら、その細かな内容に驚かされた。標的に接近する戦略。どうやって人の信頼を勝ち取るか。自分のしていることを誰かに気づかれたらどうすればいいか、簡潔にまとめてもいた――〝抱き寄せる。注意をそらす〟わたしは顔を上げ、メグが押さえていた謎の買い手のことを思い返した。おそらくふたを開けてみれば特別な人物でもなんでもないのだろう。わたしの追っていた手がかりも仮説も、どれもこれもメグがあえてわたしに提示していたのだから。

山積みにされたノートの次の一冊は最初のノートで、日付は十年前にさかのぼる。

〝わたしは生まれながらの詐欺師だが、それに自分で気づいたのは詐欺師になってしばらくたってからのことだ〟ロン・アシュトンについて初期の頃の書きこみがあった。ノートに書き残された悲しみと怒りは鮮烈で、ここ数カ月にわたってメグはよくロンと長い時間を過ごせたものだとわたしは思わず舌を巻いた。どれだけメグの心に負担をかけていたことか。報復がそれに見合う結果になればいいのだが。

数週間前からの疑問がまたわたしの頭に浮かんだ。〝メグにとって成功はどんな形をしているのだろう？〟その答えはノートのどこかに隠されている。

ノートをあれこれ読み漁っていると、やがて最新版が見つかった。メグがロサンゼルスに戻り、ヴェロニカと出会える場所にわざと身を置いていたことが書かれていた。ヴェロニカと夫のデイヴィッドが自宅の購入で勝ち取った〝世紀の取引〟はメグが作り出した幻想にすぎず、ひとえに自分の評判を高め、ロンに必要とされるためだった。

キャニオン・ドライブの物件は合法的に販売され、次に続くために打たれた布石だった。マンデヴィル・キャニオンの物件と〈オレンジ・コースト・エスクロー〉という屋号の会社だ。ロンの金庫番に送るメールの下書きを読んだ。〈新居ご購入おめでとうございます！《オレンジ・コースト・エスクロー》はお取引を担当させていただくことを喜ばしく思っております。このメールにエスクロー取引の安全なリンク先と送金方法の説明も併記しています〉

わたしは携帯電話を取り出し、ノートの上部に書いてあるURLを打ちこみ、〈オレンジ・コースト・エスクロー〉のホームページを呼び出した。よくあるリンクが並んでいる——ツールとリソース、サービス、電信詐欺にご注意という件名のリンクもあった。〈当社を装ってお客様のお金をだまし取ろうとする犯罪行為が発生しています。資金を送金するまえに電話でご確認ください！〉そして電話番号が記載されていた。

新しいウィンドウをひらき、グーグルで〈オレンジ・コースト・エスクロー〉を検索した。ふたつのリンクが表示された。ひとつ目を閲覧し、次にふたつ目を閲覧した。両方のサイトを何度も見くらべたが、電信詐欺の警告文まですべて、まったく同じだった。やがてあることに気づいた。メグのノートを見て入力したURLには末尾にアンダーバーがついていた。そして電話番号も違っていた。そこに電話をかけてみると、女性の声で案内が流れた。「こちらは〈オレンジ・コースト・エスクロー〉でございます。エスクロー取引担当の者にご用がある方は数字の一を押してください」指示どおりに押すと、電話が切れた。もう一度やってみたが、結果は同じだった。

次に、マンデヴィル・キャニオンの物件の売り手側のエージェントを調べて電話をかけた。「こんにちは」相手が電話に出ると、わたしは言った。「〈アペックス不動産ビヴァリーヒルズ営業所〉に所属するメグ・ウィリアムズのアシスタントを務めているキャットです。マンデヴィル・キャニオンの物件はいつエスクローが開始されたのかと思いまして」

電話の向こうの女性は笑い声をあげた。「あら、エスクローにはいったならいいのだけれどね。うちの物件に買い手が見つかったの？」

あらためて連絡すると断って電話を切り、メグの使った技術の高さと計画実行力に驚いた。ロンから家を取り返すことはできないとメグはわかっていた。そこでロンをペテンにかけて、別の物件に買い替えたと信じこませたのだ。最初のエスクロー取引が無事に完了すれば、次の取引はなんの疑問も持たれないはずだ。

わたしはまたメグのノートを手に取った。ページをどんどんめくっていくにつれ、メグがどんな詐欺を仕掛けたのかとうとう明らかになった。メグがロンに仕組んだのは八方塞がりの状況だった。偽のエスクロー会社による架空のエスクロー取引。〈オレンジ・コースト・エスクロー〉という屋号ならびにその屋号名義の銀行口座はどちらも九月にメグが開設していた。〝選挙運動費用の献金〟という言葉に三本下線が引かれていた。七百万ドル余りがこの口座に送金され、そこから別のところに全額送金されると書いてある。そのあと、プレスリリースの草稿を読んだ。メグの書きこみによれば、すでに発表されているはずだ。

「あらま」がらんとした家のなかで、わたしは思わず声に出して言った。そして笑い出していた。

十月
選挙の二週間前

メグ

ロサンゼルス国際空港の第二ターミナルの前で〈ウーバー〉のタクシーを降りた。レンジローバーは昨日ディーラーに返却していた。海外に引っ越すことになったからリース契約を解約したいと申し出て。〝バンパーのことはほんとにごめんなさい!〟タクシー運転手にトランクの荷物をおろしてもらいながら腕時計で時間を確認した。すぐに保安検査を通り抜けて、テレビを見つけられるといいけれど。

夕方が近づいた空港は通勤客で混雑していた。X線検査装置を通過する列に並んで待つあいだ、キャットが自宅を訪ね、置き土産に気づく様子を思い浮かべた。ロンのことも考えた。わたしが引き起こした混乱に対処を迫られていることだろう。そして、何をしたのかロンに話した瞬間を頭のなかで再現した。

ロンにばったり会うのは難しいことではなかった。平日の午後三時半にいつもいる場所にいたからだ。ロンはサンタモニカのパリセーズ公園をジョギングしていた。海を見下ろす切り立った崖の内側を通る砂利敷きの曲がりくねった並木道は、ランナーやベビーカーを押す親や子守、話しこみながら颯爽とウォーキングをする人たちで混み合っていた。でも、ロンは来るとわたしには確信があった。中年期に差しかかって不安を覚える女性さながらの熱心さでロンは体型維持に努め、ランチミーティングと夕方のカクテルタイムのあいだの隙間時間を利用して走っているからだ。

わたしは気を鎮めて待った。大人になってからずっとこの瞬間を想像して生きてきたのだ。何年ものあいだ、ロンが手錠をかけられ、警察が会社に踏みこみ、廃業に追いこまれる展開を思い描いていた。詐欺罪で起訴されるロンを。しかし、わたしも年を重ねるにつれ、この国にはふたつの法制度があるのだと悟った——ひとつはロン・アシュトンのような裕福な白人男性向けの制度で、もうひとつはその他大勢向けの制度だ。

木を使ってストレッチをしているふりをしていると、やがて遠くにロンの姿が見えた。上体を起こし、ゆっくりとロンのほうへ走っていった。ロンはわたしに気づき、目を輝かせた。「メグ」声をかけられて、わたしは足を止めた。ロンは言った。「話したいと思っていた人にちょうど会えるとはね。ぼくのメッセージは届いているか？マンデヴィルの家の鍵が要るんだ。選挙当夜に間に合わせるなら、そろそろ業者を作業に取りかからせないと」

わたしは額に手を走らせた。「それは無理ね」

ロンはとまどった顔をした。「売り手側に何か問題でも？」

長い年月をかけてここにたどりついたのだから、ロンが真相に気づく瞬間を見逃してはならない。わたしが本当は誰なのか、間違った思いこみが解きほぐされる瞬間を。「家なんてないのよ」とわたしはロンに言った。「エスクロー取引もない。お金はもうないの」

ロンは当惑しているものの、まだパニックには襲われていない。「いったいなんの話をしているんだ？」

「あなたはマンデヴィル・キャニオンの家を買ったわけじゃない。なんなら調べてみればいいわ、まだ売り出し中だから。売り手側のエージェントに電話をかけたら、あの物件には一年以上オファーは来ていませんけど、と言われるでしょうね」

ロンはわたしの話をどうにか理解しようとしているようだった。「どうしてそんなことに？　代金は今朝〈オレンジ・コースト・エスクロー〉に送金済みだ。スティーヴが確認した」

「お金はわたしが管理している口座に送金されたの。そこからロサンゼルス・ホームレス協同組合に送金されたわ。保護施設を運営し、利用者の相談に乗り、医療行為を提供するすばらしい団体よ。就職説明会も開催している」わたしは午後の陽射しに目を細めた。「大口寄付者として、あなたも就職説明会への参加を検討するべきだわ」

一瞬、すべてが宙に浮いた。一秒たち、二秒たち、すべてが納まるところに納まった。「ありえない」とロンはつぶやいた。

わたしは腕時計で時刻を確認した。「約二十分後に報道される。プレスリリースは大手放送局全局に配布済み。〝有力上院議員候補ロン・アシュトン、ホームレスに七百万ドルの寄付〟というわけ」わたしは声をひそめて続けた。「全額があなたのお金ではないことをわたしたちはふたりとも知っているわけだけど。半数近くはあなたへの献金だった」

まわりの人々がロンに気づき始めた。若い男が携帯電話を取り出した。わたしはその若者のほうを指差し、ロンに言った。

「気をつけて。動画を撮られてるわよ」

「なんだってこんな――」

「〝なぜホームレスに？〟と自問しているかもしれないわね」とわたしはロンの話を遮った。「あなたの支援母体も不思議がるでしょうね」間を置いて、この瞬間を細かいところまで心にしっかりと刻みつけた――わずかに潮の香りを含む午後の空気。遠くから聞こえる下方の浜辺で砕ける波の音。「ロージー・ウィリアムズという女性を憶えている？　十五年前にあなたがつきあっていた人」

ロンは当惑の色を顔に浮かべた。

「ロージーはわたしの母だった」とわたしは話を続けた。「二〇〇四年、あなたは嘘をついて母とわたしの家の所有権を手に入れた。その家はあなたのためにこのまえ売却手続きをした家だった。母は当時病気で、しかも末期患者だったのに、あなたはわたしたちを家から追い出した。母になんて言ったか憶えている？」ロンが返事をしないので、わたしは母から聞いた言葉を話して聞かせた。「〝世の中には勝者と敗者がいるんだよ、ロージー。ここではきみが敗者だ。負けを認め、次は賢くやることだ〟」

ロンは観衆がいることに突然気づいたのか、周囲を見まわした。さっきよりも人が集まっていた。「嘘だ。そんなことは起きなかった」

「地所から強制的に人を立ち退かせるのはあなたのビジネスモデルの根幹のようね」

わたしは携帯電話を掲げ、準備してあった録音機能（ボイスメモ）の再生ボタンを押した。ロンの声があたりに響き渡った。〈夢の筋書きはこんな具合だ。補修工事の必要な物件を見つけ——本業は宅地開発業者で建設業者だからね——生活保護費をだまし取っている女や麻薬常習者を立ち退かせ、安手の改装をちゃちゃっと済ませ、家賃を倍に値上げし、でもって頭が悪いか飲んだくれて判断力の鈍い大学生に貸し出す〉

再生を停止した。「大手放送局はもうじきあなたの電撃的な声明を報道するわ。すばらしい声明文なのよ。〝何年もまえに私はある一家の信頼を悪用しました〟」——そらで憶えていた。「〝当時の行動にのちのちつねに悩まされ、長年後悔の念を覚えていたのです。ロサンゼルス・ホームレス協同組合への寄付はその過ちを埋め合わせる私なりのけじめです〟」

ロンは顔をゆがめて冷笑を浮かべた。「きみのしたことは違法行為だ。ぼくの金を盗んだんだからな」

わたしはわずかに肩をすくめた。「問題なのは最初に盗んだのはあなただということ。だからこそあなたは進退窮まることになる。寄付金をそのままにしたら、あなたは支援母体を失い、おそらく選挙にも負ける。お金を盗まれたと被害届を出すこともできるでしょうね。自分の意思に反してホームレス団体に寄付されたのだと主張して。でも、あなたの金庫番が選挙運動資金をエスクロー口座に送金した事実はどう説明をつけるの？」わたしは最後にもうひと押しすることにした。「警察は誰かの捜査を始めたら、その人物の財務状況を調べようと思うんじゃない？　公私両面の。おそらく何年もさかのぼって」わたしは後ろに何歩か下がり、話はこれで終わりだとわからせた。「仕事をご一緒できてよかったわ。選挙、がんばって」

　わたしは後ろを向き、脇道を走り出した。肩越しに振り返ると、ロンはその場に立ち尽くしていた。高級トラックスーツに真っ白なランニングシューズという出で立ちで、肩をすぼめ、弱々しい姿を晒して。

〈ウーバー〉で空港までのタクシーを依頼した直後にキャットにメッセージを送った。〈こっちに来てくれない？　ロンのために新しく始めた取引を手伝ってほしいの〉返信が来るまえに、携帯電話の電源を切った。キャットが来るのはわかっていた。

　保安検査を通過すると、小型のスーツケースを引いてラスヴェガスとナッシュヴィル方面の搭乗ゲートを通り抜けた。空港内のバーで並んで座っている女性客がふたりいた。額を寄せ合っている。あのふたりはどういう間柄なのだろうか、とわたしはふと思った。ふたりでなんの相談をしているのかしら。その女性たちの姿を見て、母の法則が頭に浮かんだ。〝女性ふたりが力を合わせれば、向かうところ敵なし〟

ヒューストン経由コスタリカ行きの便の搭乗口に着き、座る場所を見つけた。向かい側で高齢の女性が編み物をしていた。足もとに置いたバッグから毛糸を引き出しながら。老婦人は指を器用に動かし、編み棒をカチカチと鳴らして操り、何を編んでいるのかわからないが、一段一段長くなっていった。

やがて、結び目を作った。編み棒を抜き、四角い作品を完成させると、老婦人は編み物の道具を全部バッグに片づけた。わたしはこの十年に思いを馳せた――ひと区切りごとに出来事を振り返った。街から街へ、標的から標的へ、記憶をたどった。その中心にロンがいた。ほどけない結び目のように長年頭を悩ます存在だったが、もうその部分をわたしの人生から切り離すときが来た。

賃貸契約をした家がわたしを待っている。海辺を見下ろす丘に立つ小さなバンガロー風の家だ。暖かな陽光、やわらかな砂、素肌に塩気を残す海水を思い浮かべた。サーフィンを習おうか。バーで働いて、観光客相手に飲み物を作るのもいいかもしれない。あるいは、ポーチで読書をして過ごすのもいいだろう。いつの日か、女詐欺師の小説を読むかもしれない。母親が味わった胸が張り裂けるほどの悲しみをついに癒す日が来ることを夢見て、アメリカじゅうを旅する女詐欺師の物語を。

キャット

十月

翌朝までに、地元の報道機関はロンがロサンゼルス・ホームレス協同組合にいきなり多額の寄付をしたことをこぞって報じた。わたしは早起きをした。毎時トップニュースで報道されるこの出来事にニュースキャスターたちがとまどいを隠せない様子を見逃したくなかったからだ。そして今、最新のニュースを聞き逃すまいと、メグのノートから顔を上げた。

「選挙まで二週間となった今、ホームレス問題に厳しい見解を公言してきた候補者にしては不可解な決断です」と発言しているのは〈チャンネル・ファイブ・モーニングショー〉の司会者ケント・バックリーだ。

「支援母体が喜ぶとはとても思えませんね」と共同司会者の女性が応じた。「アシュトン氏の声明をどう判断しますか？　声明内で言及された一家について何か情報は？

どなたか名乗り出たのでしょうか?」

「今のところ新しい動きはまだ何も。アシュトン氏の支援組織側はコメントを差し控えています。また、アシュトン氏本人からもコメントは得られませんでした」ケントは体の向きを変えて別のカメラに顔を向け、番組のコーナーに区切りをつけた。「続報は〈ニュース・ファイブ〉でお届けします。さて、クリスティと天気を見てみましょう」

音量を下げ、メグのノートに戻った。夜遅くまでノートに目を通していてわかったのだが、国内のあちこちで詐欺行為を働いていたことが詳細に書き留められていた。今はもう手もとにない自分のノートの内容とはくらべものにならない情報量だった。名前、場所、すでに存在しないウェブサイトがわかった。何本か電話をかけてみると、相手は喜んでメグのことを話してくれた。メグがいた場所や当時名乗っていた名前によって、呼び名はメガン、メロディ、マギーとさまざまだった。あらたな事実に気づきながら夢中でノートを読んでいたので、ヴェロニカからのメッセージで携帯電話が鳴ったときは思わず飛び上がりそうになった。

〈メグから連絡はあった? どこにいるか知っている?〉

ロンの選挙後援会内部がどうなっているか考えてみた。州全域の支援者から集められた三百万ドルの献金が消えたのだ。その献金がどこに送金されたのか、世間一般の人々と同じタイミングで支援者たちは知らされたのだから、さしずめ混乱は必至だろう。

またメッセージが来た。〈メグから連絡が来たら、大至急知らせて〉

メグの手紙のあるくだりを思い出した。〝わたしのしていることで何がいちばんきついかといえば、いつもほかの人の信頼を背負っていて、それが重荷になっていることなのよ〟ヴェロニカが気の毒になった。メグに操られ、利用されていたとは知りもしなかったのだから。ヴェロニカは友達の身に何が起きたのか、今後もずっと不思議に思うのだろう。

〈メグがどこにいるのか、わたしも知らないの〉と返信した。〈昨日、メグの家に行ったけど、もぬけの殻だった。姿を消したのよ〉

そして、メグのノートの山からまた別のノートを手に取り、さらに読み進めた。

二時間後、母から電話がかかってきた。「ねえ、あれについて書いているのよね?」

わたしは読みかけのノートを脇に置き、喜んでひと息ついた。こういう電話がかかってくるだろうとびくびくしていたのだが。「あれについて書いているわよ」鸚鵡(おうむ)

返しに言った。

「メグが関与していたの？　どう考えたってロン・アシュトンが自分からあんな寄付をするわけないものね。ロンは強制されたの？　脅された？　この事件についてあなたには独自の視点がある。誰にも書けない視点から書けるじゃないの」

母にかかると、いつもこうだ。わたしを道連れにして、娘のわたしの夢ではなく、母自身の夢を追いかけようとする。「メグは関与していたようではないわ」とわたしは母に言う。「報道によれば、かなり昔に起きた事件への賠償行為の一種ではないかと指摘されている。でも、ロン・アシュトンは誰にも何も話していない」

「あなたが何者で、何を望んでいるのか、今こそメグに打ち明けなくちゃね。あなたはメグとつきあいがある。身元を明かさないと約束して、それと引き換えにすべての情報を入手するのよ。こういう記事をものにすれば、あなたにはすべての門戸がひらかれる」

わたしはノートに目を向けた。そこにはメグがわたしに明かすことのできるありとあらゆることが書かれている。「メグは姿を消したの。どこへ行ったのか見当もつかない」

母は息を吐いた。鋭い吐息にはさまざまな感情――非難、失望、苛立ち――がこめられているが、母からそういう批判的な反応が来るのにわたしは慣れっこになっていた。「これまでかけた時間は」と母が言った。「無駄だったってわけね」

「無駄ではなかったわ」メグが残してくれたことが頭に浮かんでいた。ノートだけじゃなくて、スコットに背負わされた借金を完済したお金だけじゃなくて、単純明快な事実だ。

コーリー・デンプシーの人生から立ち去ることについてまとめたページを見つけたのだ。ひとつのアイディアがページのいちばん下に書きつけられていた。〝ネイトの関与について、ロサンゼルス・タイムズに電話〟その電話に出た若い記者がばかな真似をしてしまうとはメグは知る由もなかった。〝前後関係が大事だから〟ということだ。

メグが嘘をついたせいでわたしがネイトと関わる破目に陥ったのはただの偶然であり、それでメグを責めるのは山火事を雷のせいにするようなもので、なんの意味もない。すべてが焼き尽くされて黒い灰になっても、やがてはあらたな草木が芽吹くものだ。

「スコットのためにロサンゼルスに住み続けることもなくなったのだから、あなたは住む場所を変えられる。友達のマイケルから聞いたんだけど、『サンフランシスコ・

クロニクル』で校正の仕事に空きがあるらしいの。仕事に精を出せば、半年後には何年もまえにやめたところにようやく戻れるかもしれないわよ」

母はけっして変わらない。自分がなくした夢をあきらめられないのだ。でも、その夢を母に見せてあげる義理はない。「もう切るわね」とわたしは言った。「でも、考えてみる」

電話を切ったあと、ほぼ五カ月前の資金集めのパーティーを思い返し、どうしたかったのか思い返した。〝人生は一度きりよ――どういう人生を歩みたい？〟いくつか考えがあった。

エピローグ——キャット

十二月

アパートメントのなかを最後にひとまわりする。今はもう空っぽだった。調度品はすべて売り払うか寄贈し、残った持ち物は車に積みこんだ。衣類、写真、ノートパソコン、メグのノート。

最初にメグのことを調べ始めたとき、誰を探しているのかわかったつもりでいた——人を操る達人、筋金入りの嘘つきで、カメレオン並みの変装の名人。調査で判明したことによれば、詐欺師には人をだまし、惑わせ、自分の有利になるようことを運ぶ、生まれながらの才能があると描写されていた。

メグ・ウィリアムズはそれらのすべての資質を備えていた。でも、それだけではなかった。

ほとんどの詐欺師とは違い、メグは社会病質者（ソシオパス）ではなかった。つねに社会の仕組みに弾かれているように思われる、人生に疲れた女性のひとりだった。メグは性根の腐りきった男たちを標的に選んだ。小粒なカモは無視し、楽に勝てる機会に乗じたりはしなかった。その代わりに、同僚女性の研究を盗用した大学教授のような輩に標的をしぼった。叔母の年金をかすめ取った甥。少女たちを食いものにした元数学教師にして学校長。財産をきちんと分けようとしない元夫。

もちろんメグには選択の余地があった。お金を貯めてコミュニティカレッジへ進学することもできなくはなかった。友人のキャルが勧めたように。わたしはキャルを探しあてた。モロ・ベイでパートナーのロバートと暮らしていた。メグにかける言葉があるかと訊いたら、キャルはぽつりと言った。「どれだけ愛されていたか、メグ本人が知っていればいいな」

これはメグが出会ったほとんどの人々から異口同音に繰り返された言葉のような気がする。もちろんメグから金品を盗まれた者からではなく、メグが友達になった人々、メグが標的に近づく懸け橋になった人々からだ。それが詐欺師としていかに異例なことか。一般的に詐欺師は中身のない存在で、目的のために嘘をつき、人を操り、友人や隣人の心を傷つけたり、彼らを怒らせたりする。運がよければその程度の被害で済むが、そうでなければ標的は無一文にされる。でも、メグは違う。

「彼女は最終学期の学費を払ってくれたの」そう話すのはメグをマギー・リトルトンとして知る人物だ。匿名を希望するその女性は、ワシントン州スポーケンのコミュニティカレッジでメグ――あるいはマギー――と友達同士になった経緯を話してくれた。ふたりはともにウェブデザイン科を専攻していたという。メグは課題に熱心に取り組み、腕を磨いた。つねに学び続け、実力をつけていった。努力の甲斐あって、偽のウェブサイト作りや雑誌掲載写真の加工、写真撮影はお手のものだった。「マギーはよくうちの子供たちの子守を無料でしてくれたのよ。最終学期の学費を捻出するのにわたしが四苦八苦しているのを知っていたから。学費支払いの猶予をお願いしようと学資援助事務局を訪ねたら、すでに支払いは済んでいると言われた。マギーが全額払ってくれたの、街を出ていく直前に。わたしが手に入れたものはすべて――仕事も家庭も彼女のおかげなの」

これこそ真の詐欺師の証だ。あとに残してきた人たちはメグが何をしたのか知ったとき、それでもなおメグの幸せを願うのだ。

わたしはメグの記事を書くことを真剣に考えていた。大手の報道機関に持ちこめば、どこでも飛びつくはずだとわかっていた――五回シリーズの連載、ポッドキャスト、特集記事。しかし、わたしにはできなかった。男性の視点がはいれば、女詐欺師の話はあっという間に単純化されてしまうとわかっていたからだ。メグの注目すべき特徴は女であることの一点にしぼられ、頭の回転の速さやすばらしいウィット、追いつめられたときに発揮される肝の据わり具合は省略されてしまうだろう、と。

　メグのノートを読むのをやめられなかった。地図を読むようにノートの内容を研究した。読むたびに新しい発見があった。最初は見落としていた余白に書き留められたちょっとしたメモに気づいたりする。読めば読むほど、学ぶことが増えた。どうすれば痕跡をほとんど残さずに住居を移転できるのか。どうやって名前を変え、調べられてもボロを出さない信憑性のある経歴を作り上げられるのか。メグのフェイスブックのプロフィールとパスワードは三冊目のノートの表紙裏に記入され、標的を探すのに利用していた非公開グループへ自動エントリーもしていた。

　わたしが手にしているのはメグがしたことをするためのマニュアルだった。うまくやってのけるための秘訣が書いてあるのだ。十年かけて探していた人物、メグ・ウィリアムズは相変わらずわたしの人生を変えていくのだろう。これまで思っていたのとは違う方向に。

　ジェンナが知り合いの出版エージェントを紹介してくれた。そのエージェントとは先週話をした。「すばらしい書き出しね！　ぜひ仕上げてちょうだい。この小説はきっと世に出せるわ」

わたしはスコットと共有していた仕事部屋の入口で足を止めた。それぞれ黙々と仕事をしながら、居心地のよい静寂に包まれていたことを思い出す。スコットに責任を取らせなかったことを後悔するのではないかとわたしは気に病んでいた。でも、彼の人生をめちゃくちゃにする張本人にはなりたくなかった。彼のしたことでわたしの人生こそめちゃくちゃになっていてもおかしくなかったけれど。スコットはメグが標的にした男性たちとは違う。欲の皮が突っぱっているわけでも、性根が腐っているわけでもない。ただのギャンブル常習者で、常習者がすることをしていただけだ。そういう人に必要なのは支援で、復讐をするべき相手ではない。スコットは今、ネヴァダの治療施設に通って、銀行の警備員の仕事をしながら元気に暮らしているそうだ。

ロン・アシュトンは選挙で地滑り的な大敗を喫した。ホームレス団体への寄付の半分近くが支援者からの献金だったことが判明すると、支援母体から見捨てられ、この問題に連邦選挙管理委員会が介入した。

メグはどうしているのかというと、どこか暖かい土地にいるのではないかと思う。緑豊かな広々とした家に住んでいるのではないだろうか。プライバシーがしっかりと守られた家に。心のおもむくままに過ごす自由を満喫しているのだろう。自分自身の夢を探す自由を。

しばらく考えていたのだが、わたしがしようとしていることを知ったらメグはどう思うだろうか。初めからずっとそう仕向けるつもりだったのだろうか。

〝正義と復讐の違いは結局のところ、物語を語るのは誰かということに尽きるの〟

わたしは玄関のドアに鍵をかけ、大家宛てのパッド付き封筒に鍵束を入れ、差し出し用郵便物の郵便受けに投函し、外に出た。

探し出すまで一時間とかからなかった。ポートランド在住、ソフトウェア会社で地方営業部長として勤務。現地まで車で二日といったところか。彼はいろいろな人に会っているはずだ——顔も名前もごっちゃになり、十年前に一夜をともにしたわたしの顔も名前もすぐには思い出せないだろう。すでに住む場所は確保した。水道や電気の手続きももちろん済ませてある。メグのフェイスブックのプロフィール欄を通じて、ネイトの新しい交友関係と重なりそうな人々も特定済みだった。

メグのおかげだ。わたしが近づいてくることに彼はけっして気づかない。

読書会向け案内

1. メグの最大の武器のひとつはソーシャルメディア(SNS)に精通していることです。オンライン上の発信からメグはあなたのどんなことがわかると思いますか?

2. 素性をごまかしているとおたがいに知っているため、メグとキャットはそれぞれ相手が信用ならないとわかっています。それなのにどうしてふたりの友情は育まれるのでしょうか?

3. メグの詐欺行為における慢心の役割を話し合ってみましょう。標的になる非道な男性たちはどうしてメグにつけ入る隙をあたえているのでしょうか?

4. 最初、キャットはネイトとのことをメグのせいにしていました。そう思わなくなったのはいつだったと思いますか？

5. メグの行っていた詐欺稼業の最大のマイナス面は孤独です。コーリーにペテンをかけ始めたとき、その気になればメグは友達と疎遠にならずに済んだと思いますか？メグの立場に身を置いたとして、数年ごとに引っ越しを繰り返し、末永い人間関係を築けない生活をあなたはどう思いますか？

6. フィリップをだましてセリアの湖畔の別荘を取り返したことが詐欺稼業の分岐点になったとメグは考えています。その一件はほかの詐欺行為とどんな違いがあったのでしょうか？

7. スコットがまたギャンブルを始めたとキャットが気づくまでかなり時間がかかったのはなぜでしょうか？　依存症を克服しようとしているパートナーを支えることと自分の身を守ることとのあいだに、あなたならどこで線を引きますか？

8. スコットが同僚から取り調べを受けることにはならないとキャットは考えます。

警察は組織内部の巡査や刑事を捜査する気がないのでしょうか？　汚職や暴力を隠蔽しがちな体質はどこから来るのでしょうか？

9. メグはこんな指摘をします。〝正義と復讐の違いは結局のところ、物語を語るのは誰かということに尽きるの〟これはどういう意味でしょうか？メグの意見に賛成しますか？

10. キャットとメグはこの先どうなるのでしょう？ キャットはあらたに乗り出した冒険で成功すると思いますか？　メグは本当に詐欺師を引退するのでしょうか？

著者インタビュー

『私の唇は嘘をつく』を書くことにしたきっかけはなんですか？

犯罪ドキュメンタリーのポッドキャストにはまっていて、数年前にある詐欺師の話を偶然耳にしました。入念な準備をして被害者を誘いこみ、信頼を勝ち取ったあと、所有する資産をすっかり盗み出すという。その詐欺師は男性でしたが、そのときこんなふうに考えたのを憶えています。〝詐欺師が女性だったらどうだろう？　女詐欺師の言うことのほうが人は信じてしまうのでは？〟そこからはわたしの想像です。『プエルトリコ行き477便』と同じく、心底反社会的な女性を描きたいとは思いませんでした。そこで、たっぷりと時間をかけて、良心を持ち合わせた女詐欺師の物語にする道を探りました。女性たちがしばしば貧乏くじを引かされる世の中で、知性と機転を駆使して人のためになることをする女性を書きたかったのです。

メグとキャットはどんどん親しくなっていっても、たがいのことを信用しません。ふたりの関係を描くうえでいちばん苦労したのはどんな点ですか？

わりと短い期間にふたりの関係が自然に発展していくよう描くことが難しかったです。キャットはトラウマを抱えているせいで、最初はメグを色眼鏡で見ています。メグを誤解しているキャットにすこしずつメグを受け入れさせなければなりませんでした。そのほかに苦心したのはメグの人物像です。メグは積もり積もった怒りをくすぶらせていますが、同時に読者にとって共感できる人物として描くよう心がけました。いろいろな要素のバランスを取るのは大変なんですよ！

キャットとスコットの関係はスコットのギャンブル依存症により深刻な影響を受けてしまいます。ふたりの対立から読者にどんなことを汲み取ってもらいたいですか？

依存症を患う人を愛することの葛藤と苦悩を読み取ってもらいたいです。キャットとスコットが最悪の事態を乗り越えたということにも気づいてもらえたら。さらに読者の皆さんに憶えていてほしいのは、直感はたいてい正しいということです。何かがおかしい気がしたら、それがなぜなのか知る必要はありません。ただ、その感覚を信じればいいのです。

物語が進むにつれ、メグの人生哲学は罰することから修復することへ進化していきます。このような成長を描くことはあなたにとってなぜ重要だったのですか？

登場人物には成長が必要です、詐欺師であっても！　現実の世界の詐欺師がメグのような人物だとは思いませんが、メグを根っからの詐欺師だと見なしているわけでもないのです。メグは正義の人であり、あまりにも多くの人々が巧妙に不正を働く世の中で、自分なりの正義をまっとうします。思わずメグを応援してしまうのはメグのそうした気質ゆえではないか。そんなふうにわたしは思っています。

メグが何よりも残念がっているのは友情のはかなさです。どうすればメグのような世を忍ぶ放浪生活を送っていけると思いますか？

わたしは根が出不精なので、数年ごとに転居を繰り返す生活はかなり難しいでしょうね。決まりきった日常に満足していますが、どこかに移り住み、別人に生まれ変わるのはスリリングだろうと思います。何度もやってみなければうまくできないでしょうけれど。秘密を守るのはたぶん下手ですし。早い段階で口を滑らせ、そこでゲームオーバーになるのは目に見えていますよ。

謝辞

本を出版するには頭の切れる有能な人たちのチームが必要です。わたしは幸運にも、最高のチームに支えられています。非凡なる才能に恵まれた出版社の経営者ドミニク・ラッカー、あなたが作家陣と読者のためにしてくれるすべてのことが世の中への贈りものであり、その情熱と献身に生涯変わりなく感謝を捧げます。シャナ・ドレース、編集者としてのあなたの鋭い目が作品に磨きをかけてくれるのです。メグとキャットに命を吹きこむうえで、これ以上のパートナーは考えられません。いかにして人をだますのか策を練った〈ズーム〉での何回ものやりとりに謝意を表します。エージェント、モリー・グリックは間違いなくわたしのいちばんの味方です。いつも支えてくれてありがとう。朝早くあなたと電話でおしゃべりするのが大好きなの。CAAのチームの全員にも感謝します。ケイト・チャイルズ、ローラ・ベリエ、エミリー・ウェストコット、ガブリエル・フェターズ、いつも電話やメールで連絡するとすぐに対応してくれてありがとう。映画エージェントのベルニ・バルタとジア・シン、あなたがたの熱意と切れ味鋭い交渉力にひときわ大きな感謝を捧げます。次はどうなるか楽しみです！

ソースブックス社のマーケティング・プロモーションチームの皆さんに感謝します。ヴァレリー・ピアース、モリー・ワックスマン、クリスティーナ・アレオラ、リジー・レヴァンドフスキ、ケイトリン・ロウラー、アシュリン・キール、マデリーン・ブラウン。全国各地で宣伝に奔走してくれました。そして強力な販売チームにも感謝します。クリス・バウアリー、ショーン・マリー、ブライアン・グローガン、マーガレット・コフィ。皆さんの洞察力と才能のおかげでわたしの作品は書店や読者の手に届けられているのです。ミシェル・メイホール、ケリー・ロウラー、ヘザー・フェンホイゼンの制作チームが本書を輝かせてくれました。ヘザー・ホールならびに彼女のチームにも謝意を送ります。皆さんの精密な作業のおかげで本書は洗練され、無事完成に至りました。コンマのことはいろいろごめんなさい。

敏腕広報担当者グレッチェン・コスにも感謝します。グレッチェンを味方につけるのは、宣伝の秘密兵器を備えているようなものです。仕事ですばらしい働きをしてくれるのはもちろんのこと、すばらしい友人でもあります。そして、グレッチェンの友人、アニー・ベインに特別な感謝の気持ちを送ります。すみやかに原稿に目を通してくれて、とても重要な意見を提供してくれました。

めきめきと腕を上げている優秀な編集者ナンシー・ローリンソンにも感謝します。

本書に早い段階で関わってくれたおかげで整理がつき、厳しい日程にもかかわらず見違えるほどの成果を上げることができました。

作品を世界に売りこみ、わたしの仕事を熱心に評価してくれるＩＬＡの海外版権チームにもお礼を言います。

『私の唇は嘘をつく』を読んで、批評してくれた作家仲間に感謝します。リズ・ケイ、エイミー・モロイ、キメリー・マーティン、エイミー・メイソン・ドーン、ローラ・デイヴ、キンバリー・マクレイト、エイミー・マイヤーソン。本書には皆さんの指紋が残っています。皆さんのおかげで、よりよい作品になりました。

本書をものするにあたり、多くの専門家の協力を仰ぎました。キャットの職業を肉づけし、専門用語の正確な使い方を教えてくれた調査ジャーナリストのジェシカ・ルーサーに感謝します。屋号について銀行取引の部分を説明してくれたクローディア・ゴメスに特別な謝意を表します。屋号に関してはトッド・キュッセローの協力にも感謝します。詐欺事件担当の刑事や知能犯罪、警察組織全般についてもとりとめのない質問に答えてくれました。不動産の諸々（もろもろ）の事情を教えてくれ、致命的な間違いを犯していないかどうか原稿の初期のバージョンを確認のため読んでくれたアリソン・ゴールドにおおいに感謝します。そして最後にジュリエット・キングスベリーに謝意り間に合って内容を明確にすることができました。カリフォルニア州での実際の仕組みとは異なるか逸脱している場合、その責任はわたしひとりにあります。

本を直接読者に販売するうえでなくてはならない存在である多くの書店に感謝します！　地元の二軒の書店〈ディーゼル・ブレントウッド〉と〈〔ページズ〕：ア・ブックストア〉に特別な感謝を捧げます。両店の献身は出版業界に多大なる貢献をしています。早くから応援してくれた〈ヴァレー・ブックセラー〉のパメラ・クリンガー＝ホーンにも感謝します（ジョーン・クリンガーの鋭い視点とポストイットの軽妙なレビューにもとくに感謝します）。作品に情熱を傾けて応援してくれるニュージャージーの〈スパルタ・ブックス〉にも心からの感謝の気持ちを送ります！

書評サイト『ザ・ブック・リポーター』のキャロル・フィッツジェラルドにも感謝します。キャロルの支えと友情はわたしにとってとても大事なものです。

フェイスブックとインスタグラムの文芸インフルエンサーの方々へ……大勢なので個別にお名前は挙げられませんが、作家たちを応援する皆さんの働きは比類なきすばらしい活動です。皆さんの活動分野に存在し、日々交流できることを光栄に思っています。

連絡を取ってくれたすべての読書会と読者の皆さんに感謝します。読者と話をすることはこの仕事の最高の喜びなのです。ある登場人物に名前を使わせてくれた〈サウスウェスト・フロリダ・リーディング・フェスティヴァル〉のくじ当選者ガイ・チチネッリにも感謝します。

家族にも感謝を捧げます。ママ、ボブ、アレックス、ベン。あなたたちがついていてくれなければ、この旅路はこれほど楽しいものではなかったでしょう。愛しているわ。

訳者あとがき

ジュリー・クラークの『私の唇は嘘をつく（*"The Lies I Tell"*）』をお届けします。

復讐心を胸に秘め、長年追いかけてきた相手がついに目の前に現われたら、どうなるでしょうか。つい不用意な行動に走り、せっかくの機会をふいにしてしまう？ うっかり自分の正体を明かしてしまえば、再度の接近は限りなく困難になり、仕返しのたくらみももはやそれまで……。たいていそんなところでしょうが、この本に登場する女性たちはひと味違います。

ロサンゼルス在住のウェブ記事ライター、キャット・ロバーツは十年越しの敵（かたき）である女詐欺師の姿を政治資金パーティーで見かけ、内心動揺を覚えつつも、まずは相手の動きをしっかりと観察する冷静さを発揮します。駆け出しの新聞記者時代に功を焦り、独断で潜入取材に臨んだ結果、レイプ被害に遭い、それにより心身に不調をきたし、退職を余儀なくされるというつらい過去をキャットは背負っています。体当たり取材に走らせた匿名の通報電話の主が女詐欺師であると見破り、その女が関与した事件の全容をいつか記事に書き上げ、大手の出版媒体に売りこもうと地道に調べを続けていました。

一方、女詐欺師メグ・ウィリアムズもそのパーティー会場で積年の恨みを晴らすべき相手と遭遇します。パーティーの主役である地元の実業家にして上院議員候補、ロン・アシュトンと再会を果たしたのですが、巧妙に初対面を装います。正体を明かすのはロンからすべてを奪い去ったときだと心に誓っているからです。固い決意を抱くのにはそれ相応の理由があってのことですが、いったい過去に何があったのか——。

そこから作中の時間は十年前にさかのぼり、人目を避けて車上生活を送るメグがさらに過去の出来事を振り返ります。メグはひょんなことから学校長をペテンにかけることにしますが、そこでキャットとの不幸な接点が生じたというわけなのです。

本書の主人公はこのメグとキャットのふたりの女性です。やがて、たがいの腹の内を隠したまま深く関わっていくことになるのですが、それぞれの復讐劇がどんなふうに進んでいくのか、ふたりの関係がどのように変化していくのか、最後までお楽しみいただければ幸いです。

著者ジュリー・クラークを『プエルトリコ行き477便（"*The Last Flight*"）』（久賀美緒訳／二見文庫／二〇二一年刊）で知った方も多いでしょう。暴力的な夫から逃げようとする名家の妻クレアと、どうにもならない過去から逃れて心機一転を図ろうとするエヴァの物語に手に汗握り、胸を締めつけられる思いでふたりの行く末を見届けた読者のひとりとして、『私の唇は嘘をつく』も同じく心を揺さぶられ、ストーリー展開に目が離せないと同時に、女性の生きづらさについてもあらためて考えさせられる作品であると申し上げます。

「リスクを取らなければ、男性と肩を並べる実力があると証明できない」と日頃母親から諭されていたことが裏目に出て、キャットは手痛い過ちを犯してしまいます。母と娘の微妙な関係が人生にいくらか影を落としているのですが、キャットは婚約者との良好な関係の維持にも苦戦しています。仕事も私生活も理想とは程遠く、それでも夢を追いかけて奮闘するキャットは読んでいて感情移入しやすいキャラクターであろうと思われます。

もうひとりの主人公メグは詐欺師である以上、諸手を挙げて応援できない面もあるかもしれませんが、彼女の仕掛ける詐欺行為の成功を読者として知らぬ間に願ってしまう、そんな不思議な魅力のある女性です。メグは自分の利益のために詐欺を働くことはほとんどなく、困っている人のためにひと肌脱ぐ、いわば現代のロビン・フッドか、はたまた鼠小僧かといった気質の持ち主だからでしょう。現行の法制度が必ずしも万人に平等ではない苦い現実を身をもって知り、それゆえ自分なりの正義を貫こうとするメグの冒険はじつに痛快であると言えるのではないでしょうか。

さらに今回は〈読書会向け案内〉も紹介され、前作同様、〈著者インタビュー〉が末尾に掲載されています。著者の考えや本書の読みどころ、ディスカッション・ポイントなどがまとめられていますので、各地の読書会で、あるいは本書を読んだご友人同士でお茶でも飲みながら語り合うひとときを持っていただければ、と訳者としても読書会を主催する者としても願っております。

二〇二三年一月

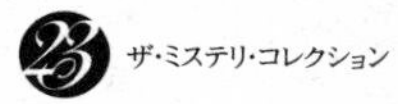

私の唇は嘘をつく

2023年 3 月 20 日　初版発行

著者　ジュリー・クラーク
訳者　小林さゆり

発行所　株式会社 二見書房
東京都千代田区神田三崎町2-18-11
電話 03(3515)2311［営業］
03(3515)2313［編集］
振替 00170-4-2639

印刷　株式会社 堀内印刷所
製本　株式会社 村上製本所

落丁・乱丁本はお取り替えいたします。
定価は、カバーに表示してあります。

ISBN978-4-576-23019-1
https://www.futami.co.jp/

＊の作品は電子書籍もあります。

プエルトリコ行き477便＊
ジュリー・クラーク
久賀美緒［訳］

暴力的な夫からの失踪に失敗したクレアは空港で見知らぬ女性と飛行機のチケットを交換する。だがクレアの乗るはずだった飛行機がフロリダで墜落、彼女は死亡したことに…

そして彼女は消えた＊
リサ・ジュエル
氷川由子［訳］

15歳の娘エリーが図書館に向ったまま失踪した。10年後、エリーの骨が見つかり…。平凡で幸せな人生の裏でじわじわ起きていた恐怖を描く戦慄のサイコスリラー！

誠実な嘘＊
マイケル・ロボサム
田辺千幸［訳］

恋人との子を妊娠中のアガサと、高収入の夫との三人目を妊娠中のメグは出産時期が近いことから仲よくなるが…。二人の女性の数奇な運命を描く戦慄のスリラー！

完璧すぎる結婚＊
グリア・ヘンドリックス&サラ・ペッカネン
風早柊佐［訳］

裕福で優しいリチャードとの結婚を前にネリーには悩みがあった。一方、リチャードの前妻ヴァネッサは元夫の婚約を知り…。騙されること請け合いの驚愕サスペンス！

危ない恋は一夜だけ＊
アレクサンドラ・アイヴィー
小林さゆり［訳］

アニーは父が連続殺人の容疑で逮捕され、故郷の町を離れた。十五年後、町に戻ると再び不可解な事件が起き始め、疑いはかつての殺人鬼の娘アニーに向けられるが…

秘めた情事が終わるとき＊
コリーン・フーヴァー
相山夏奏［訳］

無名作家ローウェンのもとに、ベストセラー作家ヴェリティの共著者として執筆してほしいとの依頼が舞い込むが…。愛と憎しみが交錯するジェットコースター・ロマンス！

2034 米中戦争＊
エリオット・アッカーマン／ジェイムズ・スタヴリディス
熊谷千寿［訳］

2034年、南シナ海で起こった事件から世界が恐ろしい事態に巻き込まれて行く。米軍最高司令官が予見する最も危険なシナリオとは…。全米震撼のベストセラー！